Los incomprendidos

Novela

Pedro Simón

Los incomprendidos

PEFC Certificado

Este libro procede de
bosques gestionados
de forma sostenible

PEFC/14-38-00305 www.pefc.es

Espasa, un sello editorial de Editorial Planeta, S. A.
Avda. Diagonal, 662-664, 08034 Barcelona (España)
www.espasa.com
www.planetadelibros.com

Adaptación de la cubierta: Booket / Área Editorial Grupo Planeta
Fotografía de la cubierta: © Richard Kalvar / Magnum Photos / Contacto
Primera edición en Colección Booket: noviembre de 2023
Segunda impresión: marzo de 2024
Tercera impresión: julio de 2024
Cuarta impresión: octubre de 2024
Quinta impresión: febrero de 2025
Sexta impresión: junio de 2025
Séptima impresión: octubre de 2025

Depósito legal: B. 17.999-2023
ISBN: 978-84-670-7136-8
Impreso en España

Biografía

Pedro Simón (Madrid, 1971) es escritor, reportero y columnista. Como novelista, es autor de la llamada «Trilogía de la familia», que incluye sus obras *Los ingratos* (Premio Primavera de Novela 2021), *Los incomprendidos* (2022) y *Los siguientes* (2024). En clave periodística, es autor de las antologías de reportajes *Las malas notas*, *Crónicas bárbaras* y *Siniestro total*. Actualmente, trabaja como reportero y columnista en el diario *El Mundo*. Ha obtenido más de una decena de galardones por sus artículos. Entre ellos, destacan el Premio Ortega y Gasset 2015 en la categoría de Periodismo impreso por su serie de reportajes en *La España del despilfarro* y el Premio al Mejor Periodista del Año de la APM en 2016. En 2020, fue finalista de los premios internacionales de la Fundación Gabo. En 2021, ganó el Premio Rey de España de Periodismo.

Dedicado a Martín y a Mateo.

Para los que se levantan.
Para los que cada mañana, a pesar de todo,
lo vuelven a intentar.

La vida que creemos haber vivido. La vida como un día se nos presenta.

NICOLA LAGIOIA, *La ciudad de los vivos*

Decimos en voz alta que las cosas no pueden ser, para acostumbrarnos a lo incomprensible de que sean. Nos escuchamos a nosotros mismos negando que algo haya sucedido, para ir aceptando lo inaceptable de que sea cierto.

CARLOS MARZAL, *Nunca fuimos más felices*

Cuando yo tenía catorce años, mi padre era un ignorante insoportable. Pero, cuando cumplí los veintiuno, me parecía increíble lo mucho que mi padre había aprendido en siete años.

MARK TWAIN

1

JAVIER

Esa niña de la foto me quiere muerto.

En el retrato enmarcado que ahora puedo sostener entre las manos sin que me tiemblen, aparece muy contenta jugando en Pirineos. Acaba de cumplir trece años, lleva una trenca verde, levanta los brazos como si quisiera abarcarlo todo y tiene la cara colorada de la emoción y del frío. A sus pies está Roberto, tirado en el suelo posando como una maja desnuda, solo que abrigado hasta arriba con un anorak. Han hecho un muñeco de nieve y luego, entre risas, la mayor le ha arrancado la cabeza.

Todavía no están cansados.

Todavía todo está intacto.

En ese instante, Inés ignora que llegará un día en que me querrá matar.

O, por lo menos, no sabe que llegará un día en que deseará que se estrelle el avión en el que viajo. Y que me lo dirá con voz serena, un par de horas después de que yo entre por la puerta tras haber venido de la feria del libro de Frankfurt. Que me lo dirá porque le he reclamado que recoja su habitación o algo similar. Que me lo dirá como quien no quiere la cosa, como quien dice ojalá hubiera pedido *pizza* cuatro estaciones en vez de *pizza* boloñesa: ojalá se hubiese estrellado el avión.

Pero estaba hablando de una foto. Una foto enmarcada que sigue inamovible como todas las fotos. Pero que, con el paso del tiempo, dice una cosa de mí: yo sí me he movido, hoy puedo mirarla.

Atrás se ve el comienzo del camino y de la montaña. En la parte baja del encuadre, asomando de un modo tímido en la imagen, se proyectan en oblicuo dos sombras invasoras que somos su padre y su madre, esa forma de estar, a veces, torcida y oscura.

Recuerdo el momento justo de antes de la fotografía que sostengo entre mis manos y el de después.

El momento de antes: fueron las notas de Inés. Le habíamos prometido que iríamos los cuatro de excursión a aquella casa rural si en la primera evaluación sacaba buenas notas.

—Mi viaje —dijo nada más darnos el boletín.

Así que viajamos hasta aquel pueblecito de postal aprovechando un puente. Nos hospedamos en un hotel confortable. Amanecimos temprano los cuatro, igual que cuando madrugas sin necesidad de un despertador porque quieres exprimir el día desde la primera luz. Desayunamos con esa alegría que solo te procura uno de esos interminables bufés. Nuestros dos hijos envolvieron comida en una servilleta y se la metieron en los bolsillos. Luego nos subimos al coche y fuimos hasta el comienzo de aquel camino que se nos tragó.

Un camino que acabaría siendo una fauce abierta. Una cicatriz serpenteante. Una línea indescifrable de la mano. El arañazo de un surco.

—Ponte ahí con tu hermano —le pedí antes de empezar la caminata.

Y disparé.

El momento de después: Inés vino corriendo sin bajar los brazos y se tiró a darme un beso mientras yo seguía en cuclillas. Caímos, la vieja Nikon de mi hermano Paco rodó por una peña y el objetivo se partió en dos.

Aquella fue la última fotografía que hice del viaje.

No hubo más excursiones así.

Luego ocurrió aquello.

Sí. Fue como si se abriese una pequeña grieta en una esclusa que creíamos inquebrantable y todo se fuera inundando poco a poco. Gota a gota. Con la rutina y el transcurso del tiempo. Hasta ahogarnos en pena y silencio.

Ya no me abrasa esa foto enmarcada de la cómoda. Aunque me pese entre las manos como un yunque, ya puedo cogerla. Inés creció muy deprisa a partir de aquel puente. Ahora que lo pienso, de eso va esta historia precisamente.

De los objetivos rotos.

* * *

He deshecho la maleta después de llegar del aeropuerto, siento la frase despiadada de Inés como un cepo que hubiese pisado al poco de entrar en casa: el dolor que no te suelta, el recuerdo de una trampa oxidada.

Todos se han ido. Entonces veo la vieja fotografía ahí y me acerco como si me interpelara.

Pienso en la foto. Pienso en la cámara. Pienso en el clic. Justo en ese clic. En lo que tienes delante de un modo muy nítido en ese mismo instante y ni sabes apreciar: una imagen hermosa, la sonrisa de los dos, juntos, buena luz, buen encuadre, todo lo que se puede tener y siempre das por seguro.

Frente al retrato sostenido por unas manos que ahora no tiemblan y que al principio lo hacían como un búnker con las bombas, también pienso en lo que a veces viene después de darle al botón de disparar. En las sombras que acechan en todas las fotografías infantiles. Porque la vida de una familia cualquiera responde a la leyes inexorables de la óptica: para que haya sombras antes tiene que haber luces.

La luz prendió el día en que Celia me dijo que estaba embarazada. No he vuelto a ver una explosión así. Hablo de los primeros paseos con la mochila portabebés a la espalda. De esa forma en que entonces te querían los hijos y ya nadie te querrá jamás. De aquellos días ingenuos de los treinta en que Celia y yo todavía pensábamos que no seríamos como los otros padres. De los juegos de mesa entre los cuatro al principio, acalorados y felices.

Y más tarde, nada.

Y poco a poco, las sombras. Como una tormenta que se te anuncia a lo lejos y llega sin prisas, inexorable, segura, la derrota del horizonte.

Hablo de hoy. De las interminables horas con la puerta cerrada de su dormitorio, de los mutismos, de los malentendidos, de la mecha de la rabia siempre ahí, de su frustración y también de la nuestra, del brillo de sus ojos y también de su silencio.

Esta tarde, por ejemplo, nada más volver del instituto, sin venir a cuento, Inés me ha dicho del tirón: Yaestamosquépesadoeres.

Ha llegado a casa a las tres de la tarde, ha entrado sin despegar la vista del móvil, le he dicho hola, qué tal hija, me ha contestado hola sin mirarme. Le he pedido que no deje ahí la mochila y que se lave las manos. Ya voy. Le he calentado la sopa y le he puesto el filete recién hecho, le he dicho, venga, ven a comer. Ya voy. Como no ha venido, le he dicho que se le iba a enfriar la comida. Ya voy. Le he repetido por tercera vez que deje el móvil. Ya voy. Que, por favor, Inés. Ya voy.

Ya voy. Ya voy. Ya voy. Ya voy. Ya voy. Ya voy. Ya voy. Ya voy. Ya voy. Ya voy. Si nos dieran diez céntimos cada vez que nos dice ya voy, habríamos pagado ya la casa. Pero no viene.

Cuando por fin lo hace, tiene puesta la mesa, el agua, la servilleta doblada, el pan, los cubiertos, la alfombra con la cabeza disecada del padre para que se limpie los zapatos. Al fin hablamos, un extraño modo de utilizar el plural.

—Bueno, ¿qué tal todo? —lo intento de nuevo.

—Bien.

—¿Qué tal fue el examen?

—Normal.

—Normal para cuánto. ¿Normal de un cinco o normal de un siete?

—Pues normal, hijo. —Me pone enfermo cuando llama hijo a su padre.

—Ya.

[Silencio de treinta segundos. Se oye el sonido de las cucharas. En la televisión que ha encendido y no mira, el hombre del tiempo anuncia un temporal].

—¿Has quedado el sábado con Marina?

—No sé.

—Ya, bueno, tu madre decía de ir al cine… si te apetece.

—Yo paso.

[Suena un mensaje en su teléfono, se levanta de la mesa, le digo que no se levante, va a ver el mensaje, regresa].

—Bueno, pero cuéntame algo, hija, que nunca me cuentas nada.

—¿Y qué quieres que te cuente, si no hay nada que contar?

—No sé. ¿Tienes muchos deberes hoy?

—Sí, supongo, no sé.

—Pues ya le puedes dar caña, porque están los exámenes a la vuelta de la esquina.

—Ya estamos, hijo, qué pesado eres.

Ahí va cayendo el objetivo a velocidad superlenta, a punto de impactar con una peña de Pirineos. Yo hago un ademán instintivo, pero no logro agarrar la correa de la Nikon. El gran angular golpea la roca y se parte en dos. Me agacho. Lo recojo de entre la nieve. Soplo en la lente rota. Me acuerdo de mi hermano mayor partido en dos, sin arreglo ninguno, como su vieja cámara. Miro a Inés muy serio. Está al borde del llanto. Luego se me abraza.

Han pasado tres años desde aquel abrazo. Lleva horas en la habitación. Sale a cenar como si le debiéramos algo, la vida, dinero, disculpas, un respeto, explicaciones; termina; regresa a su cuarto.

Antes de darme la vuelta hacia mi izquierda en la cama, justo después de comentar el incidente del agrio recibimiento de nuestra hija, le he dicho a Celia que, a veces, cuando veo a Inés observándome de ese modo, pienso que esa niña de la foto que tenemos en la mesilla hoy me mira de un modo como si me quisiera muerto.

* * *

Hace no mucho, los viajes no terminaban hasta que no revelabas las fotos. Podías haber estado fuera un fin de semana o quince días y llevar otro tanto en tu casa de vuelta, pero aquel viaje tuyo no estaba acabado del todo hasta que no veías con el otro las fotos.

Antes habíais ido a la tienda con dos carretes de treinta y seis, pongamos. Habíais elegido brillo o mate, sin marco blanco o con él, tamaño normal o algo más grande. Y luego, al cabo de un par de días o por ahí, ibas entusiasmado al estudio de revelado a recoger las fotos como el que se sube de nuevo a un crucero.

—No las veas sin mí —te habían advertido—. No se te ocurra verlas solo, las vemos juntos después.

Pero tú abrías desobediente el sobre un poco, nada más que un poco, para ver al menos la primera foto, igual que hacen los presentadores de la gala de los Óscar para conocer el nombre del premiado. Esa curiosidad y esas ansias. Nada más que la primera foto. Y luego volvías a cerrarlo.

Entonces ya sí, durante la tarde, en casa o en una terraza, ibais pasando una a una las imágenes de lo que habíais sido hacía tan solo tres semanas, muy juntos, volviendo a empezar un viaje como de Cinexin esta vez, fotograma a fotograma, suspiro a suspiro, recuerdo a recuerdo.

—Esta está desenfocada.

—Aquí me sacaste con los ojos cerrados.

—Esta está oscura.

—Esta es preciosa, parece una postal.

Otra más.

Y otra.

Decenas de ellas.

Y ya.

Acababas de verlas, las volvías a ver de nuevo, al cabo de los días las ponías en un álbum como si fueran esquelas de ti mismo y sanseacabó, viaje terminado, ahora sí que sí.

Si desperdiciabas media docena de fotos en un carrete de veinticuatro, estabas jodido.

Las cámaras de entonces no te dejaban equivocarte y las de ahora sí.

La Nikon de mi hermano Paco era de las primeras.

Hoy el viaje no ha terminado y las fotos de hace tan solo dos días ya te parecen viejas.

Hoy te puedes equivocar.

Hoy puedes desperdiciar todos los clics que quieras. Gastar sin límite. Enviar al instante. Ampliar. Reducir. Borrar a quien no te guste.

Cortarle la cabeza igual que al muñeco de nieve.

* * *

Lo bueno de cuando teníamos una casa pequeña es que los niños no tenían escapatoria. Si querías concitar su atención, si querías hablar cara a cara con ellos, si querías que vinieran a pedirte perdón o a hacer algo todos juntos, era casi imposible que no lo acabaran haciendo. La única estancia donde había un televisor, buena luz natural, sofás y espacio suficiente como para volcar las cajas de juguetes con desahogo y sin tropezarse era el salón.

Aquellas cajas de juguetes que volcabas como si fueras el mismísimo Dios y, desde arriba, le pusieras deberes al mundo.

Aquel modesto salón que era un arca de Noé donde, a salvo de truenos y relámpagos, nos salvábamos los cuatro apretaditos.

Ahora no. Ahora Inés se va a la buhardilla de cuarenta metros y echa el pestillo. O se encierra en una habitación (solo suya) más grande que el salón de aquella primera vivienda. O se baja al garaje que tenemos habilitado como zona de copas y se pone a escuchar música con los cascos para no oírnos, imagino.

Lo malo de tener una casa grande es que tocas a más metros, pero a menos gente.

Puedes tirarte un fin de semana entero sin saber muy bien dónde está el otro, apenas coincidiendo para cenar en silencio o ni eso. Una pantalla en cada cuarto. Dos equipos de música en ambientes distintos. Metros y cerrojos y escaleras y mucho wifi de por medio. Dónde se ha metido ahora Inés, por qué se ha enfadado esta vez, qué le hemos hecho hoy.

No siempre fue así, no siempre tuvimos tantas cosas.

Si compramos un chalé de casi trescientos metros en Boadilla del Monte y dejamos el piso de setenta y cinco de Carabanchel Alto, fue pensando en Inés y en Roberto. Un día Celia dijo, con razón, que en esa casa no cabíamos los cuatro y que no quería que, cada vez que íbamos a comprar pan al chino, los niños tuvieran que oler a porro en los soportales.

Acabábamos de heredar tras el fallecimiento de mis suegros. Eran los años en que ella había conseguido la plaza en el hospital y en que la ruinosa editorial que me empeñaba en mantener abierta empezó a crecer gracias a la venta de novela negra por internet.

Durante algún tiempo, los amigos que se habían ido a vivir a Aravaca, al Pasillo Verde o a la propia Boadilla del

Monte todavía nos preguntaban con extrañeza que si pensábamos seguir viviendo en Carabanchel Alto. Enarcando las cejas con asombro indisimulado cuando les contestabas que sí. Como si lo normal fuera no seguir ya en ese barrio popular y mudarse a uno mejor, a uno como el suyo, supongo. Como si ya hubiésemos hecho méritos para pasar esa pantalla de la Play, pero Celia y yo siguiéramos en bucle allí dentro con el niño y la niña, disparando a porreros, jubilados y ecuatorianos con el joystick.

—Bueno —les decía—, es que a mí me gusta mi barrio, crecí aquí, estudié aquí, mis padres viven aquí, todo aquí —me excusaba, oliendo el vino para darme más tiempo—. Además, mi hermana Clara vive cerca, que a veces nos echa una mano. Y luego está la niña, que no quiere separarse de sus amigas, menuda es.

A veces íbamos a sus bonitas casas a cenar. Chimeneas de piedra. Cocinas americanas de zinc. Áticos con vistas a un hormiguero de luces. Un mes, a una casa. A los tres o cuatro meses, a otra. Así, hasta que llegaba nuestro turno y les abríamos la puerta de nuestro piso de setenta y cinco metros y dos dormitorios.

Yo creo que a Celia le daba cierto apuro. Nos acomodábamos todos como podíamos en torno a la mesa desplegable del Ikea. Antiguos alumnos del instituto, clase media bien, aprovechando la sobremesa para ver quién aparentaba ser más listo o se había ido más lejos en vacaciones.

Una noche, pasado de vino, interrumpí la velada golpeando una copa con una cucharilla, como si tuviera que anunciar algo importante, y les conté que la mayoría de las sillas en las que estábamos sentados los diez las había pillado yo esa misma mañana en El Corte Inglés que había cerca de casa, con la intención de devolverlas al día siguiente.

—Chicos —solté en medio de varias carcajadas—, es que no me caben diez sillas en este salón y no había otra manera. Así que no vayáis a mancharlas, que me joden y no me devuelven la pasta.

A la mayoría se le saltaban las lágrimas. Fueron alabados mi ingenio y mi espontaneidad. Todos se rieron mucho. Celia menos.

A la mañana siguiente me dijo que, desde ese mismo instante, cuando nos tocara a nosotros invitar, mejor lo hacíamos fuera.

Entonces, en el reservado de El Recodo o en El Sur, mientras se llevaban una croqueta a la boca o un calamar, es cuando nos preguntaban aquello que ya habíamos respondido media docena de veces.

¿Y no habéis pensado en mudaros alguna vez? Y yo: Pues no. Y ellos: ¿Y los niños qué dicen? Y Celia: Están encantados con sus amigos. Y ellos: ¿Y algún día habéis visto a Rosendo por la calle? —como si Rosendo fuera el abominable hombre de los Carabancheles—. Y yo: Nunca, nunca lo hemos visto. Que yo pensaba que lo más seguro era que Rosendo también se hubiese ido ya a Boadilla o a Galapagar o, mejor aún, a Manhattan, para no aguantar a mis amigos.

Hasta que aquel día fuimos al chino a comprar pan y regalices negros después de un paseo e Inés nos preguntó qué era eso que estaban fumando aquellos chicos en los soportales y que olía tan dulce.

Eran las doce de un mediodía soleado.

Esa tarde Celia se puso a mirar chalés por Idealista.

Ya no paró hasta encontrar uno que le cuadró en Boadilla del Monte.

* * *

Hace un mes que volví del viaje y mi hija me recibió de aquel modo que a cualquiera le costaría olvidar. He pasado la mañana trabajando en casa. Mientras estoy con una novela negra, me ocupo de la comida. Hasta que suena el timbre. Es ella.

Inés ha tirado la mochila a los pies del perchero nada más entrar por la puerta como si fuese la piel de un animal muerto. Como si fuese una presa de caza y yo fuera su perro pointer, uno que, supongo, debiera agacharse, recogerla con los dientes, llevársela a su cuarto y luego esperar un hueso jadeando y con las orejas tiesas.

Inés ha tirado la mochila y le he pedido que no la deje ahí, que la lleve a su habitación.

—Haz el favor, hija. —Yo.

—Ya voy. —Ella.

Pero Inés no me va a hacer el favor, Inés no está aquí ni ahora, y tiene algo dentro que teje y desteje y le enmaraña el alma.

Cuando su madre llega del hospital, ya es de noche, como siempre. Hablamos lo justo del trabajo mientras frío las patatas, ella me dice cuántos nuevos ingresos ha habido y yo le cuento qué me está pareciendo la nueva revelación de la novela negra española. De Lemaitre para arriba.

Inés sale de su cuarto sin dejar de mirar el móvil y se deja besar por su madre, le hace ese favor.

No es una mala relación la que tenemos, no es eso. Es como si no hubiera relación, como si el paso del tiempo hubiese impuesto un silencio y desanudado todo eso que nos ató bien cerca y que nos mantuvo juntos.

Nos dice que mañana ha quedado en el parque, apenas cena, pregunta si alguien ha visto su cargador, le digo que no puede dejar las zapatillas en medio del pasillo, me dice ya voy. Luego vuelve a encerrarse en su habitación. Por debajo de su puerta se refleja una franja de luz tenue. Es un buen resumen: en ese resplandor mortecino se ha convertido.

—¿Qué tal está hoy? —Celia me hace la pregunta de rigor.

—Pues como siempre, ya sabes —le contesto.

No siempre fue así Inés.

Si tuviera que decir cómo era todavía Inés en aquella foto de Pirineos en que posa con su trenca verde, levantando los brazos con su hermano tumbado en el suelo, diría que era la hermana mayor, pero parecía la pequeña: buena, ingenua, tímida.

Por entonces, hacía las tareas que le encomendabas sin un solo reparo y se esforzaba para agradarnos. No era la mejor con un balón en las manos, pero era todo voluntad. Jugaba, reía, nos buscaba siempre, contaba sus cosas, era una niña más.

Sin embargo, siempre alimentaba un velo de misterio.

De repente, cuando menos lo esperabas, se quedaba ensimismada durante unos segundos, igual que si hubiese recordado algo, atascada en otro lugar y en otra era, a cinco años luz. En ese trance, ella te contestaba con un «Eh» previo y defensivo, su manera de darse tiempo a responder las preguntas. Entonces la íbamos trayendo de vuelta poco a poco, igual que cuando se recogen las redes de pesca, Celia tirando y tirando (siempre Celia como el capitán Ahab), recogiendo cuerda una y otra vez, una y otra vez, hasta tenerla de vuelta.

Eran unos mutismos llamativos, como de alguien que estuviera allí delante nada más que en cuerpo, pero no en alma. Como si un remolino invisible tirara de ella hacia abajo en medio de un pantano oscuro, hacia lo profundo, asida de los tobillos por una bestia abisal. Y nosotros permaneciéramos allí arriba, en la superficie, tratando de mantenerla a flote.

—¿Prefieres ir al parque o a la avenida?

Y ella: Eh, al parque.

—¿Te hago otro filete, Inés?

Y ella: Eh, vale.

—¿Quieres que Roberto nos lea en voz alta?

Y ella: Eh, bueno.

Roberto sigue exactamente igual. Esa sonrisa de foto publicitaria que preside el salón. Esa obsesión suya por el orden que se refleja en su habitación intacta. Su popularidad.

Pero yo estaba hablando de Inés. De la mayor. Hoy en día nos preocupa Inés, no Roberto.

Fue a la vuelta de aquel viaje por sus buenas notas cuando todos cambiamos para siempre, pero creo que Inés más. Primero fue la forma de ser, menos cándida, más inabordable. Luego fue el aspecto, la dejadez, el descuido del pelo, la ropa ancha. Al cabo de los meses fue el cuerpo, su cuerpo de adolescente morena que pedía paso, un cuerpo que ensanchaba de aquí o de allá, que erupcionaba con un géiser de granos o con una poblada cordillera de pelusa en los brazos.

Hoy charlas con los otros padres y la mayoría te cuenta historias parecidas a esa edad.

No hablo de los casos más extremos que conocemos: Valentín y Elena están muy preocupados porque Iván no quiere estudiar y creen que pasa costo; coincidiendo con la separación, la hija de Cristina empezó con una depresión; José y Paloma ya no saben qué hacer con el mellizo, me cuenta Celia: «El otro día Álvaro le apretó el brazo a su madre y ella todavía sigue con manga larga, a ver, para que no se le vea la marca».

Y luego añade: «No nos podemos quejar».

No hablo de los casos más extremos que conocemos, sino de lo normal. De que Inés no está sola ahí fuera. De que llegan a casa y no te cuentan nada, de que se encierran horas y horas en su cuarto, de que se les olvidan cosas que antes no. De que hacen gestos que antes tampoco.

Mi hija la mayor ya no dice Eh para contestar. Dice No. O Ya voy. O Quépesadoeres.

Hablo de que podrían tirarse un fin de semana entero yendo del móvil a Netflix, de Netflix al Instagram, del Instagram a YouTube. Saltando de rama en rama como aquella ardilla que cruzaba España sin tocar el suelo desde Gibraltar a Pirineos.

Pirineos, he escrito Pirineos.

Los cuatro en Pirineos. Siempre terminamos allí. En esa foto.

* * *

El otro viernes, nada más aterrizar de otro viaje dos meses después, cuando fui a la nevera a por una cerveza y ella se disponía a salir, Inés me preguntó: Papá, ¿tú cuándo te emborrachaste por primera vez? Celia me miró porque conoce la historia: fue a los catorce, con orujo, coma etílico. Pero le mentí, claro.

Y luego le di un largo trago a la cerveza.

Porque los hijos crecen y tú les sigues mintiendo. La única novedad es que cambias el tipo de mentiras. Si antes era que había un ratoncito llamado Pérez o que los Reyes Magos entraban por la ventana, ahora la gran mentira es que tú te esforzabas mucho estudiando a su edad, que tú no andabas a por uvas con sus años, que si te lo curras mucho en el instituto tendrás una recompensa en la vida, que a los dieciséis no te habías emborrachado.

—Mentiroso —me soltó Inés cuando le dije que yo creía que nunca me había emborrachado—. Me lo ha contado todo tía Clara. Ya te vale. A los catorce. Coma etílico.

Traté de bromear.

—Mentiroso —repitió, me sonrió con los ojos.

Y esa sonrisa mínima me recordó a los tiempos no rotos, al olor a tierra mojada en verano, a cosas que te gustan y ya casi olvidaste.

No creo que el hecho de crecer, de llegar a la adolescencia, sirva para justificar que Inés deje de sonreír como lo hacía antes. Pero sí tengo claro que cumplir años tiene que ver con hacerlo de otro modo, con administrar la sonrisa, con prodigarla menos. Como un pájaro desengañado que hubiese escogido estar preso en la jaula en vez de salir.

De niña, siempre llevaba colgada una media sonrisa en la cara, desde que se levantaba hasta que se acostaba, pasara lo que pasara. De adolescente, se la fue quitando.

Bueno, eso y todo lo demás.

Dejó de darnos no ya la mano, sino un beso.

Dejó de leer porque supongo que le recordaba a lo ocurrido.

Dejó de confiar en los adultos, creo.

Dejó de querer viajar.

Dejó todo. Poco a poco. Todo menos las dudas, que se anudaron unas con otras, viscosa y calladamente, bajo las aguas turbias, con vocación de manglar.

* * *

Llevo dos semanas releyendo y haciendo anotaciones sobre (lo que queremos que sea) la nueva revelación de la novela negra. Es la historia de una chica llamada Clarence que decide matar a su padrastro porque abusó de ella cuando era muy pequeña. Nuestra protagonista es taciturna y solitaria, no ha superado la desaparición de su padre ni de su hermano. Después de mucha terapia, Clarence logra recordar aquello a pesar de la edad temprana. Lo sabe porque hay una imagen que no logra olvidar: la de mono y saquito de risa. Cada vez que su padrastro iba a la habitación a hacer aquello, ella se quedaba fijamente mirando a los dos peluches. A mono. A saquito de risa. Se concentraba en los muñecos y era como abandonar el cuerpo, como si no fuera suyo, como si no hubiese nada más. Y no regresaba a la realidad hasta que su padrastro se levantaba e iba al baño. Debió de ocurrir en varias ocasiones. Es muy difícil acordarse: el cerebro tiende a eliminar lo que le hace daño. Tiene muy grabada la oscuridad de la noche, eso sí, cómo entraba a su cuarto, lo que le hacía, las marcas que le han quedado en su cuerpo adolescente, pero no recuerda sus manos, ni su voz, ni su cara. La chica tarda muchísimo en contárselo a alguien. Se autolesiona mientras va creciendo. En la adolescencia se deja arrastrar por relaciones tormentosas. Consume alcohol de un modo desmedido. Sufre trastornos de todo tipo. Pero sigue en su mutismo. Hasta que un día, después de pensárselo mucho, después de hablar con la única amiga que tiene en el instituto, decide contárselo todo a su madre.

Ese es el argumento central de (lo que queremos que sea) la nueva revelación de la novela negra española. Una historia que habla del horror, pero también de la culpa, me aclaró la autora cuando hablamos por Zoom, los dos en pijama, por cierto.

Lo bueno del teletrabajo es que estás más con tu familia.

Lo malo del teletrabajo es que estás más con tu familia.

Releo la novela (tiene algunos fallos, pero ninguno importante), mientras caliento el puré y pongo un par de cucharadas de aceite sobre la plancha para hacer los filetes. El texto me ha removido el estómago, siento una ligera arcada haciendo la comida, me noto tenso y meditabundo. No es de extrañar. A las tres en punto sonará el telefonillo y será Inés.

Su madre está fuera. Roberto no va a venir hoy. Mañana tampoco.

—¿Sabes que dentro de dos semanas sale la nueva temporada de *Stranger Things*? —le pregunto a Inés por preguntar, por sacar un tema que me la acerque. Muchas veces solo va más allá del monosílabo si le hablo de series, de una noticia muy escabrosa, de comprarle algo.

—Vale.

—Vale qué.

—Que vale, que me parece bien. Que la vemos. Si queréis.

—¿Te apetece que salgamos a comer mañana?

—Me da igual. —Se encoge de hombros—. Como queráis.

—¿Algún sitio en concreto?

—Me da igual.

—¿La Tagliatella?

—Ya te he dicho que me da igual, hijo.

Y ahí se termina la conversación y se abre su sima. Y mi hija no me lanza ninguna pelota bien lejos para que corra a cogerla y así juguemos juntos. Y el perro pointer en que me he convertido se marcha sin recibir su hueso.

Sí, con el paso de los años, la vida es menos de fiar: por cada certeza que tengo, me asaltan cuatro dudas.

¿Por qué a veces Inés se comporta conmigo como un personaje literario que hace todo lo posible por caer mal, uno que casi no tiene diálogo, uno con el que te entran ganas de cerrar el libro?

Recoge la mesa y se va a su cuarto.

Sigo con la novela.

* * *

No fue una elección sencilla, no.

Hasta que Celia no encontró el chalé que buscaba en la web de Idealista no paró. Fueron unos meses febriles y obsesivos los suyos. Se metía a todas horas a navegar con el iPad. A mí me recordaba a un pescador lanzando la caña a un río de aguas rápidas y someras. Recogiendo con el carrete a cada poco. Y persiguiéndome después al igual que si hubiese pescado una trucha: Qué te parece este, ¿eh?;

¿Cómo ves esta fachada?, dime; ¿Cuál de estos tres te gusta más? Pero no te fijes en el precio.

Y vuelta al agua.

Idealista, ya tiene guasa el nombre.

Cuando yo era joven, llamábamos idealista a un tío que se iba a hacer el Interrail durante un mes, a una que iba a una playa nudista, a uno que escribía poemas como mi hermano Paco. Ahora es una marca. Inmobiliaria, para más inri.

Celia era muy idealista. Yo apagaba la lámpara a eso de la una y ella seguía buscando. A diario. Los fines de semana. Como si nos fueran a quitar las casas en Boadilla del Monte: de hecho, nos quitaron una. Fue cuando ella redobló la búsqueda.

La cosa llegó a tal extremo que le pedí que dejara de agobiarme, le dije que lo que ella eligiera me parecía correcto, que por mí hacíamos una obra en la casa de Carabanchel Alto y arreando. Entonces, cuando todavía las cosas estaban bien, empezó a irle con su *idealismo* a Inés.

Se sentaban ellas dos en el sofá como si fueran a ver una película, con palomitas y todo. Dejaban que Roberto revoloteara por allí en pañales y hasta balbuceara una especie de opinión: ¿Te gusta esta, hijo? Y madre e hija descartaban propiedades como el que juega al Monopoly, mientras yo me encerraba en aquel tiempo con los escritores japoneses.

Parecía una lista de Reyes infantil. Una habitación para cada uno. Y un jardín, aunque fuera pequeño. Y una chimenea. Y una buhardilla. Y tres baños mejor que dos. Fue como si mis suegros se hubiesen muerto adrede justo un año antes y todo el dinero quedase para aquella hija que nunca tuvo hermanos.

El chalé de trescientos metros sería la cosa más grande que Celia les daría a Roberto y a Inés. Pero no la única.

La gran lista de la compra de la clase media.

El profesor que les daba clases de inglés online, la suscripción a una plataforma de contenidos para ver series y deportes, el fútbol del niño y el balonmano de la niña, la paga semanal, el móvil que dice que perdió, pero que yo sé que arrojó contra una pared, el telescopio de largo alcance para ver planetas que nos pidió una de las pocas veces que la volvimos a ver entusiasmada con algo, el curso de equitación que nos recomendó la psicóloga y que empezó con mucha ilusión, pero que terminó abandonando, un viaje a Lisboa con el instituto, dinero extra para cenar por ahí, la gran lista de la compra de la clase media.

De la clase media que siente que podría hacer más por su hija, que se siente responsable, que no sabe qué silbato soplar ya.

A veces pienso cuál sería el precio de un abrazo, hija, qué tendríamos que hacer para que levantaras la cabeza y miraras a tu madre.

A veces me doy asco y pena y vergüenza no solo por lo que hice, sino por lo que seguramente no he sabido hacer.

A veces pienso que estábamos mejor en Carabanchel.

* * *

Ahora sé que vivir consiste sobre todo en adaptarse, en aferrarse a la vida a pesar de que nunca caiga una sola gota de agua en tu erial o a pesar del iglú de la costumbre. Lo saben bien los animales de los documentales y lo sabemos en esta familia.

Lo sabe Inés en mayor medida que su hermano. Lo sabe Celia. Lo sé yo. Todos nos adaptamos. Los padres nos adaptamos a los hijos. Los hijos se adaptan a nosotros. Nos adaptamos a Carabanchel sin vistas y a Boadilla con ellas. A los besos y a la falta de los mismos. A lo que dicen a la cara los otros y a lo que escuchamos por su boca a la espalda. A lo que el destino nos pone sobre la mesa y a lo que nos oculta. A los cambios que todo lo perpetúan y a las rutinas que ponen la existencia patas arriba.

Todos nos tuvimos que adaptar en esta familia, varias veces.

Pero la que mejor se adaptó siempre fue Celia, la madre, ese camaleón ecuménico, esa navaja multiusos, esa persona para todo que levanta primero la mano ofreciéndose voluntaria cuando hay que tirarse en paracaídas, taponar una arteria o adentrarse en las líneas enemigas.

Si no fuera porque casi nunca lleva camisa de manga larga, yo podría decir que Celia es una mujer que siempre se remanga. Si no fuera porque no lleva anillos, yo podría escribir que no se le caen. Si no fuera porque está muy atenta a lo que tiene enfrente, yo podría asegurar que no se le pone nada por delante.

Pero Celia no lleva mangas de camisa. Ni gusta de lucir anillos. Dice que le molestan cuando opera, que le parece una obscenidad ver algo hermoso y de oro cuando palpas el pulmón necrosado y oscuro de un recién muerto.

Yo creo que se adapta mejor que los demás por las cosas que ve en la UCI del hospital. Porque una cosa es tratar de arreglar vidas de mentira en una novela como hago yo y otra muy distinta es intentar remediar vidas de verdad, enfermos que funcionan como un espejo, biografías sanguinolentas que no están sobre el papel, sino que se pueden leer en los alveolos, en el estado de la tráquea, en lo que te dice la pleura arrasada.

Se llamaba Luci. Era muy amiga suya desde el instituto. Una noche durmieron juntas en un campamento, otra vez se enamoraron de un mismo chico, otra vez fueron a un concierto de jazz. Luci había nacido un día antes que Celia. Por eso le recordaba que, a su lado, ella era una cría y que tenía que obedecerla. Reía y no paraba de hablar. Crecieron y estuvieron mucho tiempo sin apenas verse. Pero Luci siempre le enviaba una postal por Navidad, que era correspondida en el mismo día por Celia. Hasta que un mes de enero, hace cinco años, sintió aquel dolor en el pecho y fue a verla al hospital. Desde entonces, se habían vuelto a querer como a los dieciséis. Iban de compras juntas. Cenaban sin las parejas. Un día quedaron con las hijas, que se acabaron peleando por una muñeca, y no volvieron a intentarlo. Luci empeoraba y mandaba callar a Celia cada vez que la neumóloga le regañaba por los excesos del tabaco, por los olvidos a la hora de tomar la medicación. Y entonces, sonriendo, le decía que era mayor que ella y que hiciera el favor de darle fuego.

—Dame fuego, anda, guapa, Celia.

Y ahora Luci tumbada en una mesa de zinc, con su patología severa de pulmón, callada como una muerta, que es lo que es (una muerta) desde las 15.04 (alguien aporta ese dato que a nadie le incumbe).

Celia me contó que la hija de Luci no le dijo nada más que gracias, en la sala de espera del quirófano, cuando le comunicó la muerte mientras el padre vomitaba en el baño.

Que le dijo gracias, en cualquier caso, y que luego le preguntó por Inés, otro espejo.

Llegar a casa después de que se te haya muerto una buena amiga y mala paciente, una que tiene tu edad y una familia que también podría ser la tuya. Llegar a casa y aparcar el coche y preguntarte qué más podría haber hecho yo para salvarla. Llegar, cerrar los ojos en el ascensor y recordar la expresión de la cara de la niña en el pasillo que hay junto al quirófano del hospital, una niña que tiene la misma edad de Inés, el mismo color de pelo, el mismo color de piel, el mismo recorrido, como quien dice. Llegar y tomar aire justo antes de meter la llave en la cerradura, para no romperte, y que al entrar comiences a discutir con tu hija por algo que, en el fondo, te importa una mierda.

—Luego me dices que por qué fumo —me dijo aquel día llorando, a los cinco minutos, remangándose.

* * *

Una vez perdí a Inés.

Fueron solo cinco minutos, pero recuerdo cómo iba creciendo el pánico, la falta de aire en los pulmones, el corazón bombeando sangre y más sangre y amartillando la carótida como si hubiera un incendio, como si me fueran a estallar las tuberías del cuerpo.

Cinco minutos sin hija, nada más que cinco. Trescientos segundos eternos: uno, dos, tres, cincuenta, cien, así hasta trescientos segundos más o menos. El corazón igual que un bombero que no diera abasto. Trescientos segundos en los que no existe nada más que una ausencia obscena, pensando que ya no tienes hija, que te has quedado para siempre sin ella, que ha sido secuestrada por alguien o ha muerto por ahí o ha desaparecido devorada en la casa del terror o bajo el monstruo mecánico de la montaña rusa.

Estábamos en el parque de atracciones. Inés celebraba su cumpleaños con tres amigas. Acabábamos de comer. Celia había ido con Roberto a ver un espectáculo para el que tenían hora y yo me quedé a cargo de las chicas. Recuerdo que hacía mucho calor y que las cuatro llevaban puesta una gorra. Mientras subían y bajaban entre risas y mareos, yo les guardaba el turno en las colas. Buscando la sombra cuando se podía. Sesteando a causa de la temperatura y de los vapores de la cerveza. Creo que cerré los ojos un instante y me dejé llevar, igual que cuando en una piscina tomas el sol sobre una toalla y escuchas de lejos los gritos infantiles, el sonido del agua, las bromas, y todo te va meciendo como si en el mundo nunca pudiera ocurrir nada malo. No sé si me quedé traspuesto un instante.

Cuando abrí los ojos, sus tres amigas me preguntaban por Inés dando saltitos a medio metro de mí, mirando a derecha e izquierda, todavía con la sonrisa en la boca, como si Inés les estuviera gastando una broma a las tres y yo estuviera al tanto de la misma.

Entonces les dije que cómo que dónde estaba Inés, que si no estaba con ellas, que dónde la habían dejado, abriéndome paso entre las tres y dejándolas atrás, arrancando a andar de aquí para allá como si cada paso fuera el último, llamándola a gritos, Inés, Inés, Inééés, al principio no demasiado fuerte y a los diez segundos ya sí, Inéééés, Inéééés, Innnnéééééééssss, gritando su nombre como si pidiera socorro o algo peor, gritándolo aunque la gente me mirase con cara de extrañeza o de fastidio o de preocupación, el corazón golpeando la caja torácica como si estuviese a punto de reventarla.

Sentía fiebre, tenía la boca seca, quería llorar, la garganta se me cerraba como pinzada por una tenaza, Innnééééésssss. Me imaginaba a mi hija engullida por un agujero oscuro, o hecha trizas bajo la estructura de cualquier atracción, o amordazada y sedada ya en el capó de un coche aparcado en las afueras del parque.

Iba, venía, corría, regresaba, confundía a algunas niñas con mi hija, las giraba con brusquedad, me parecía verla en aquella que iba de la mano con un hombre a lo lejos o en aquella otra que se montaba en un vagón con un adulto y se perdía por un túnel lleno de peligros.

Del mismo modo que cuando estás a punto de morir tu vida entera desfila en un segundo por tu cerebro, yo me imaginaba a Celia y a Roberto recibiendo la noticia de mis labios: «He perdido a la niña».

Y pasaban cinco minutos y diez y una hora y tres días e Inés no volvía, y su madre, su hermano y yo seguíamos buscándola. Con carteles puestos en las marquesinas del autobús al cabo de unos días, con campañas en la prensa y en la redes al cabo de otros, volviendo al parque de atracciones una tarde y otra. Inéééés. Más fuerte: Innnéééééééés. Más todavía: Innnnnnéééééééés.

Pero estaba solo en el parque de atracciones. Había decenas de personas a la vista, madres y padres que trataban de ayudarme, las tres amigas de Inés llamándola igual que yo, un vigilante de seguridad que me hablaba y al que ni escuchaba. Todos esos se encontraban allí conmigo. Y, sin embargo, estaba solo. Porque en el espanto más insondable siempre estamos solos. Perdidos igual o más que al que buscamos.

Entonces apareció. Me giré empapado en sudor y estaba allí junto a mí. Con los ojos muy abiertos y la gorra en la mano, abanicándose.

—He ido a hacer pis, papá. Me hacía pis.

Habían sido nada más que cinco minutos. Trescientos segundos en los que envejeces, te ves morir, no le ves sentido a nada.

Perdí a Inés aquella vez.

Nunca piensas que va a ocurrir, hasta que un día sucede y pasan trescientos segundos lo mismo que a lo peor pasan trescientos minutos o trescientas horas.

Y entonces ya está. Ya se acabó todo. Ya da igual que los llames, porque no van a regresar jamás.

Los hijos perdidos. No sería mal título para una novela.

* * *

Cómo sería la novelita nuestra si alguien se atreviera a escribirla. Por dónde empezaría y quién la firmaría de los cuatro.

Si la escribiera Inés, sería una novela indescifrable. Donde no pasaría nada en la superficie, pero bajo tierra habría un temblor antiguo.

Si la escribiera Roberto, sería un texto hermoso y breve. Una novela sin terminar.

Si la escribiera Celia, sería una novela en la que la protagonista tendría un momento de dificultad al principio del libro, pero que terminaría solucionando. La historia de una madre exhausta que piensa que ha fracasado con su hija. Una mujer como Sísifo: levantándose cada mañana y volviendo a intentarlo y volviendo a intentarlo y volviendo a intentarlo.

Si la escribiera yo, sería una novela agridulce. Hablaría de lo que nos cuesta nombrar, de lo que no tienes huevos a decir ni a desvelar. De un padre que a veces se agobia como un adolescente y necesita poner en un papel lo que no se atreve a contar.

Porque es a mí al que esta tarde le ha pedido un texto Diana, la psicóloga.

Hace ya cuatro años de aquella foto que me pesa como un yunque.

Hay cosas que Celia y yo no nos atrevimos a hablar en su día y por eso solicitamos ayuda. Más que sus palabras, que siempre son precisas, me duelen sus silencios, que yo tomo como reproches inconmovibles. Sus miradas. Su forma de tomar el control a veces. Como quien te dice: quita de ahí y déjame a mí.

Celia y yo acabamos de salir de la terapia de grupo junto a los demás padres. Justo mientras Inés ha estado con la suya. La esperamos. Subimos al coche. Durante la vuelta le preguntamos a nuestra hija qué tal y ella contesta con monosílabos sin levantar la cabeza del móvil.

—¿Tienes planes el fin de semana? —le pregunto.

—No sé.

—¿Tienes mucho que estudiar?

—No.

—¿Qué tal la sesión?

—Bueno.

—Diana me ha pedido que escriba un texto para leérselo a los padres —le digo mirando por el retrovisor.

—Menuda chorrada —responde Inés.

—¿Menuda chorrada? —pregunta su madre.

Celia pone música, niega levemente con la cabeza, suspira, cambia de conversación: conduce ella, aunque sea yo quien esté al volante.

Llegamos a casa, me ducho, cenamos, dejo que todos se acuesten, su madre y yo nos despedimos de Roberto, como todas las noches.

Me dirijo al salón y abro el ordenador. Es la una y no se me ocurre nada. Son las dos y tampoco. Ya sé que esta noche no voy a dormir.

Qué escribir.

Me gustaría escribir que hay una edad en la vida en que sabes que ya no crecerás más y en la que todo lo mides por los centímetros del otro. Por la altura que va tomando. Por su forma de mirar. Por lo que apunta el adulto que asoma en el hijo y no por lo que ya emborronaste tú.

Que da igual que uno no tenga remedio, que lo crucial es que lo tengan ellos.

Me gustaría poner que, después de todo, de eso van el verdadero éxito y el verdadero fracaso. De nada más. El trabajo en la editorial o en el hospital. El lugar de residencia: Boadilla o Carabanchel. La reputación. Todo importa una mierda si logras poner a tu hija a salvo en uno de los botes del *Titanic*. Porque no hay peor sensación de fracaso que ver cómo se te ahoga una hija. Ese hundimiento contigo arriba, corriendo desesperado por la cubierta sin acertar con el salvavidas.

En la redacción que me ha pedido Diana explicaría que el fracaso es que tu hija esté delante, pero en otro sitio. Que apenas se deje ver y que, cuando lo hace, no se avenga a escuchar. Que tenga muchos libros en las estanterías de casa, pero ninguna novela dentro.

Me gustaría contarles a esos padres de la terapia que mañana también apagaré cansado el ordenador después de teletrabajar, que haré la cena, que la llamaré y estará en Marte, que nos sentaremos a medio metro de distancia pero que, en realidad, estará a veinte, que recogerá y se irá, que hace ya mucho tiempo que habla muy poco, que la nevera está llena, pero que todo está vacío, que tengo la calefacción encendida mientras escribo esto, pero que se me ha metido este frío.

Les diría a esa madre y a ese padre que estoy seguro de algo: que cambiarías todas tus cosas, tus tesoros, las medallas, los logros profesionales, por solventar ese probable fracaso. Que no es el de tu hija. O no solo el de ella. Sino sobre todo el tuyo.

El de una persona que sostiene un marco entre las manos, pongamos.

Uno en el que aparece una hija jugando en Pirineos. Muy contenta. A los trece años. A esa edad en que una niña todavía no sabe que un día dirá en voz alta que quiere a su padre muerto.

Eso es lo que me gustaría escribir. Porque escribir también es ficcionar.

Escribir que somos una familia normal, como cualquier otra. Una familia con dos sueldos normales. Con una hija aparentemente tan normal (he escrito aparentemente) como las de los demás. Con un día a día donde no hay violencia expresa, ni drogas, ni delincuencia, ni grandes noticias, ni brotes psicóticos, ni insultos, ni platos rotos, ni protagonistas excesivos, acaso silencio.

Un silencio que no supimos romper desde el principio, que deberíamos haber quebrado de un hachazo a tiempo, que nos dio miedo aventar después, mientras Inés crecía y crecía feliz y olvidadiza junto a su hermano, y que hoy devora la convivencia muy lentamente.

Vistas desde lejos, todas las familias parecemos normales.

Pero cruzas una puerta ajena, o abres un sobre escondido, o tienes la posibilidad de ser invisible y colarte en un salón que no es el tuyo, o bajas a un trastero. Y entonces descubres algo.

Descubres que todos tenemos una historia que no queremos contar. Una historia que haría que nos mirasen distinto. Una historia que siempre sucede de puertas adentro, una historia que a veces solo conoce un miembro del clan y que uno trata de mantener en secreto para que la familia siga siendo normal.

Esa historia que hace que mi familia no sea normal he decidido contarla aquí y ahora.

Cuando alguien la lea, a lo peor, ya no nos ve como una familia normal.

O, a lo peor, le recuerda a esa otra suya. A esa historia que calla para que los suyos no salten por los aires con el explosivo de los otros. Por culpa de una mecha que encienden los demás.

Eso es lo que escribiría, todo eso.

Y luego le daría la palabra a Inés.

2

INÉS

Cuando me ve así, sin hablar, metida en mi concha, mi tía Clara me dice medio en broma que soy una ascolescente.

Fue a la primera persona a la que le oí esa palabra. Cuando me la dijo en el salón de casa, mi madre leía una revista y yo estaba tumbada en el sofá con el móvil. No sé qué me estaba preguntando mi tía. Pero no debí de contestarle a la primera ni a la segunda ni a la tercera. Tía Clara soltó riendo: Madre mía del amor hermoso con la ascolescente.

Y mamá sonrió, así como hace ella, estirando mucho la boca, levantó la vista de la revista y dijo, mirándola por encima de las gafas: Qué bueno, cuñada, as-co-les-cen-te.

Y, desde entonces, mi tía Clara me llama Inesita, o mi sobrina favorita (no tiene otra), o lechuguina (como le decía a mi padre), o Inés del alma mía (por un libro que leyó hace mucho), o Inés a secas.

O también me llama ascolescente.

Me lo dice medio en broma, sí. Pero yo sé que el otro medio es que me lo dice en serio.

Mi tía Clara. Ella es la única persona mayor a la que me atrevo a hablarle como si fuera mi amiga Marina o alguna del equipo de balonmano. La única a la que no me da corte explicarle cosas de mi cuerpo o también de mi cabeza, lo que se me pasa por el tarro cuando me agobio, la única que solo con verme caminar ya sabe de qué voy. Lo que no me atrevo a decirle a mis padres o ni siquiera a Diana, se lo cuento a ella.

Ojalá mi madre fuera como ella.

Ojalá lo fuera yo.

Ojalá. Vaya mierda de palabra ojalá.

Porque ojalá siempre se refiere a algo que no te pasa o es casi imposible que te pase. Porque es una palabra que te pone de rodillas a rezar con las manos muy juntas, no sé, para que llueva, o para que te toque la lotería, o para que apruebes un examen. Ojalá esto y ojalá lo otro. Pero luego nada de nada. Si en tu vida hay muchos ojalás, chungo. Porque yo no me imagino a alguien muy poderoso diciendo todo el día ojalá como yo.

Ojalá mi tía Clara no cambie nunca.

Recuerdo una vez en que dejó a un novio plantado porque no le gustó lo que me dijo. Mis padres tenían un compromiso ese fin de semana y me llevaron a donde mi tía. Entonces ella andaba por los treinta y tantos y yo por los siete, creo. Cuando le plantearon hacerse cargo de mí, la tía dijo que no había problema, que con quién iba a estar mejor la niña que con su tía, y me pegó un abrazo y me levantó del suelo y yo me llevé una alegría tremenda.

—Nos vamos a poner guapas las dos, ya verás —me anunció.

Y ella se puso una minifalda con medias de rejilla y a mí me hizo unas trenzas que ahora llaman de boxeadora y me compró un peto superbonito con un girasol estampado.

El día fue estupendo. Paseamos por la Casa de Campo los tres. Yo en el medio, cogiéndoles de las manos. La de mi tía apretaba. La de su novio no. Parecía un pez. No digo el novio, sino su mano: fría y húmeda como un pez; blanda como una trucha muerta; sin vida comparada con la de tía Clara; una de esas manos que te daban ganas de limpiarte nada más tocarla.

Me la limpié restregándola contra el peto nada más soltársela.

Se me quedó mirando.

Tía Clara me sonrió.

Fue la única vez que monté en un teleférico y la primera vez que iba a Callao, que era la zona favorita de mi tía porque decía que le recordaba a las películas americanas. Desde el principio estaba claro que al novio de mi tía no le hacía ninguna gracia que me hubiese acoplado aquel sábado. Y se quejaba de esto y de lo otro. Pero mi tía a cada poco le metía el mismo corte: «¿Y tú qué?, con esa cara de pánfilo, a ver si te crees el centro del mundo, rico».

Así que cuando llegamos a la cafetería de Callao, aquel hombre estaba bastante serio y mi tía y yo jugábamos al ahorcado en una servilleta con unos bolis que le pidió al camarero.

Creo que todo terminó de fastidiarse cuando tiré sin querer el batido. Mi tía dijo: No te preocupes, Inés del alma mía, y pidió que me pusieran otro. Su novio, que a esas alturas llevaba un rato mirando el móvil, añadió sin despegar la vista de la pantalla: Está un poco consentida la niña.

Uy. Mi tía le contestó tú cállate, le largó un montón de borderías, ya ni me acuerdo.

Cuando el camarero vino con el batido, me trajo uno equivocado de fresa. Yo estuve por callarme para no liarla, porque ya se estaba liando. Pero me acordé de lo que siempre me advertía mi madre (para ti las fresas son veneno) y dije que yo ese batido no lo quería: Soy alérgica y la última vez se me puso la cara como un globo.

Entonces el novio de mi tía estalló: Y encima maleducada, la niña. Lo dijo gritando un poco. Hasta los huevos estaba el hombre.

Para qué queríamos más. Mi tía Clara sacó la mala leche.

—¿Pero tú eres tonnnnnto o qué? —le dijo, marcando mucho la letra ene como se hacía en el barrio—. Vámonos —continuó—. Que les den a los tíos, Inesita —soltó en voz alta para que lo oyera su novio, mientras se levantaba y cogía el bolso—. Nos vamos las chicas a comer un helado, ahí te quedas.

Y allí se quedó. Que yo sepa, hasta ahora, no ha vuelto a tener novio, como mucho ha tenido rollos, y eso que tiene un cuerpazo que ojalá tuviera yo.

Eso hizo una vez por mí cuando era más pequeña.

Pero la verdad es que siempre ha estado ahí mientras he ido creciendo.

Algunas veces me ha dicho que me quede en su casa a dormir, porque me ve muy pedo o muy triste. O incluso las dos cosas.

Otra vez me llevó a una farmacia y me compró una píldora del día después.

Otras veces me ha invitado al cine, a ir de compras, a Segovia, a la montaña, las dos con un bocadillo y un par de Radler.

Me ha dejado ropa, dinero, bonos transporte, pendientes, mensajes de audio de dos minutos en los que me suelta el rollo.

Pero siempre me coge el teléfono mi tía. Aunque esté en la casquería, o durmiendo, o viendo una película, o con un nuevo amigo que quizás también dé la mano como una trucha muerta.

—Dime, lechuguina —suele empezar cuando ve que soy yo.

Y luego me escucha. Y me dice, anda, ven a casa y hablamos. Y nunca le va con el cuento a mis padres. Y escucho: No puedes ser así con ellos. Y sonriendo me llama ascolescente.

Yo no sé lo que habría hecho, ni cómo estaría, ni si estaría, si no fuera por la mejor tía del mundo, que es mi tía Clara.

* * *

Es por la tarde. Estoy tirada en la cama después de venir de la psicóloga, me quedo mirando a las paredes de mi dormitorio y recorro las fotos con la mirada. Cuento las imágenes en las que aparece mi tía. Una, dos, tres... Cuando llego a catorce, pierdo la cuenta y vuelvo a empezar.

El primer recuerdo claro que tengo de ella fue entrando en el dormitorio de Roberto, al poco de nacer mi hermano, hablando muy, muy bajito para no despertarlo.

En aquellos días, mi casa era lo más parecido a una casa feliz y normal.

Padres jóvenes.

Niños pequeños.

Problemas del mismo tamaño, dicen.

Rober acababa de nacer después de mucho tiempo en que mis padres pensaron que ya no vendría y allí estaba también yo. Rara. Flipando a mis cinco años. Como recién llegada a lo que fuera que supondría mi hermano. Observando lo bonito que habían reformado su cuarto y lo frágil que era él.

Mis padres me dejaron que les ayudara en el baño, a cambiarle de ropa y a darle el biberón a Roberto. Cómo disfrutaba esos ratos. Mamá se desvivía para que me sintiera bien y papá me leía antes de irnos a la cama.

Y yo me los comía a besos.

Todo era nuevo. Todo era extraño. No podía creer que de repente fuéramos cuatro.

El bebé no hablaba. Ni podía hacer el pino. Ni cantaba como yo con aquel karaoke de la marca Chicco que me había comprado mi tía. Solo dormía y cagaba. Así que el pobre no hacía mucha gracia a las visitas. Y todos esos que supuestamente aparecían para ver a mi hermano, después de comprobar que no hacía nada de nada, acababan siempre en el salón conmigo.

A pesar de todo, recuerdo los celos. Los que sentía como una de esas calenturas horribles que te salen en los labios. Celos, celos y más celos. Celos sobre todo de aquella foto.

Porque yo no tenía un retrato de bebé como el de Roberto, ese que a los tres días pusieron en tamaño gigante en el pasillo. Yo no tenía un retrato mío en el que apareciera en blanco y negro como él, desnudita, boca abajo, sobre el pecho de mi padre, dormida como un koala. Esa foto de mi hermano yo no la tenía ni la iba a tener jamás.

Creo que tía Clara fue la primera que se dio cuenta de mis celos.

Aquel día en que entró en el dormitorio de Rober al poco de nacer mi hermano, lo hizo conmigo de la mano, me cogió en volandas, me asomó a la cuna como si me fuera a tirar a un foso donde hubiera un cocodrilo. Cuenta que me preguntó qué hacemos con tu hermano y que yo contesté entre risas: «Devolverlo».

A él le había comprado un peluche blanco.

A mí me trajo un balón de reglamento del Celta de Vigo.

Todos se acuerdan de que, cuando mi padre le preguntó que cómo había elegido el del Celta de Vigo si ni siquiera éramos gallegos, mi tía le contestó muy seria que porque era el más barato de la tienda.

Total, qué más le da a la niña que sea el balón del Celta o el del Masterchef United. Si no tiene ni idea de fútbol, ¿a que no, cariño?

Mi padre se descojonaba. Cuentan que yo también.

—Así que Masterchef United, Clarita —se moría de risa mi padre.

—Sí, anormal —le dijo.

Desde entonces soy del Celta de Vigo.

* * *

De todo eso hace ya más de diez años.

A veces me gustaría decirles lo que siento.

A veces me gustaría decirles que lo siento.

Pero solo de pensarlo me pongo mala. Supongo que no me costaría demasiado ser algo más cariñosa, como me pide Diana, esforzarme por hablar, mostrar los sentimientos, controlar la rabia, preguntarle a mi madre por cómo le ha ido el día en el hospital o a mi padre por sus cosas, dejar el móvil un rato, que ya me vale.

Hago el esfuerzo, lo juro. Los días en que salgo de la psicóloga y no me he rayado, cuando vengo de estar con tía Clara o me lo he pasado bien con Marina por ahí, llego a casa y, mientras entro en el portal, me digo a mí misma: Venga, Inés, no seas así, ahora entras y saludas de buen rollo, y les das un beso, y les dices que te cuenten qué han hecho hoy y luego les cuentas lo que has hecho tú, y recoges la mesa sin que nadie te lo diga, y veis una peli juntos, venga, que tú puedes, Inés.

Pero luego entro y los veo allí a los dos y me da pereza todo.

Mi padre viendo el fútbol con una cerveza.

Mamá inclinada delante del móvil igual que me reprocha que me inclino yo. Esa forma de mirarme por encima de las gafas. Su forma de dirigirse a mí: Aquí llega tu hija. Otra vez diez minutos tarde.

Tu hija.

Mi culpa.

* * *

Lo malo es que soy un círculo.

Eso les dijeron a mis padres y un día oí cómo mi madre se lo comentaba por teléfono a una amiga.

—A ver, Cris, la psicóloga nos ha dicho que es una cuestión de personalidad —comentaba por el móvil, y mientras lo hacía dibujaba en un papel lo que quería explicar—. Imagina una familia de cuatro miembros, ¿vale? Cada forma de ser es una figura geométrica distinta: Javi, Rober y yo somos los cuadrados, encajamos, somos afectivos; la niña es la que no —continuaba—. No es nada afectiva. Hay que hacerse cargo de lo que lleva encima, que no es poco. Cada una es como es. Ella es un círculo. Y a lo que no podemos obligarla es a ser un cuadrado afectivo como nosotros si ella no lo es, a ser un Teletubbie como nosotros tres, todo el día abrazándonos. Tenemos que trabajar la afectividad y la asertividad, eso nos han dicho.

Cuando terminó de decir gilipolleces y colgó, yo me hice la tonta buscando el papel en sucio en el que había dibujado mi madre. Allí estaba.

Y me vi allí, en la esquina inferior izquierda.

Redonda.

Sola.

Diferente.

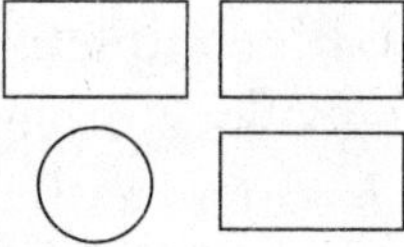

Los días malos es como si tuviera delante aquel dibujo.

Pienso que el cuadrado de Roberto por entonces encajaba con los de mis padres como una de esas construcciones del Lego, y que mi círculo no, que mi círculo era una pieza equivocada que se les había colado en la caja y que no aparecía en el plano de las instrucciones de montaje.

Pienso en mis curvas. En por qué unos nacen cuadrados y otros nacemos círculos.

Pienso que si Dios no es más que un profesor de geometría, entonces tendría que ser un poco menos despistado el tío cuando coge la varita y se pone a formar las familias.

Es como en el juego aquel.

A pesar de que ya no soy una niña, tanto tiempo después de Pirineos, mi padre a veces se empeña en sacar algún juego de mesa de los que tenía de pequeño y echar una partida conmigo. Sé que lo hace sin ganas, pero con la intención de que tengamos una relación mejor. Sin ganas le digo yo que vale, que venga. Solo por lo mismo. Porque en el fondo a veces me dan pena.

Pero cuando saca su vieja baraja de familias de siete países, no puedo evitar pensar en lo de siempre.

Hay siete familias de razas distintas. Negros, esquimales, chicanos, indios americanos, tiroleses, yo qué sé. Se reparten seis cartas. Gana el que antes consiga formar una familia de seis miembros toda completa con su papá, su mamá, su abuelo, su abuela, su hermano y su hermana de la misma raza.

Así que, cada vez que tengo las seis cartas en la mano y estoy a falta de una para completar la familia, cada vez que (imaginemos) tengo cinco tiroleses y un indio americano que me estorba, me digo: «Mira, Inés, tú eres esa carta, la rara, la que no encaja, la que estorba, el círculo».

Cuando les digo que no me apetece mucho jugar (que es la mayoría de las veces), veo que él se encoge de hombros resignado.

Es muy fácil hacerles daño.

Sé cómo hacerlo: no hablar apenas, mirarlos muy seria, mostrar desinterés en algo que te han preparado y que a ellos les ilusiona mucho, soltar una burrada como la del otro día («ojalá se hubiese estrellado tu avión») y de la que luego me arrepiento, tratar de evitar los espacios comunes, estar casi siempre en la habitación o por ahí, decirles que no me apetece jugar a familias de siete países.

Procuro no hacerles daño, pero creo que me he acostumbrado a ser como soy. Les quiero, claro, pero me da palo hablar de algunas cosas. No soy una sádica. Lo que me pasa es que no sé muy bien qué soy.

Cuentan que de pequeña era supercariñosa y muy alegre. Que estaba enamoradita de mi padre y que iba siempre pegada a mi madre. Que me tiraba una hora suplicando para dormir con ellos y que ellos finalmente me dejaban. Que no paraba de hablar y de preguntar cosas. Que me expresaba muy bien. Que todavía lo hago. Que soy una niña prodigio en eso, dijeron en el colegio cuando ya ganaba todos los concursos de redacción y debate y Rober solo era un mierdicas que aprendía a sumar.

También cuentan que, por mucho que haga, soy un círculo.

* * *

Odio los libros. Odio los putos libros.

Los de misterio. Los de aventuras. Los de viajes. Los de terror. Tooodos los putos libros.

Cuando mi madre se subía a Roberto a las rodillas para que leyera en voz alta en el salón, él pronunciaba tan bien y con tan buena entonación que yo sentía vergüenza de mí misma, una sensación de culpa pegajosa y tóxica. Roberto tenía tan solo cinco años y yo tenía ya diez. Pero estaba convencida de que él, por entonces, casi leía como yo.

Cómo sonreía mamá, con qué orgullo.

—Muy bien, Roberto. Qué forma de leer, cariño. Da gusto escucharte, hijo.

Y luego él, levantando repipi la cabeza: Inés también muy bien, eh. Y todos: Claro, claro, Inés también muy bien, claro que sí.

Con el paso del tiempo, me empezaron a fastidiar aquellas tardes de sábado en que mi padre decía venga, vamos a leer todos, y entonces nos teníamos que juntar por narices en torno a la chimenea de Boadilla. Esa foto de familia un poco cursi que solo se salvaba si venía tía Clara y se moría de risa con el cuadro: Pero, Javi, lechuguino mío, si parecéis sacados de una revista de los testigos de Jehová.

Nunca soporté que mamá se subiera a las rodillas al pobre Roberto para que nos leyera como un papagayo. Rápido, bien, pronunciando ha terminado y ha corrido y ha saltado y ha coloreado y ha unamierdapinchadaenunpalo, sin saltarse ni una letra.

No me gustaba que me regalasen libros en el cumpleaños. Porque a Roberto sí le gustaban y decía que iba a ser escritor.

Me fastidiaba mucho cuando mamá le decía a Roberto que me leyera lo que fuese que tuviera entre manos: Ahora léele a tu hermana un rato y así le enseñas, venga, que seguro que contigo lo aprende genial, anda. Mientras ella me guiñaba un ojo y papá se abría otra cerveza.

Tiene gracia que tu padre sea editor y no te gusten los libros. Supongo que solo me faltaría empezar a fumar para jorobar a la neumóloga que es mamá, que fuma, pero siempre dice que no lo hagamos los demás.

Me fastidiaba la pequeña biblioteca de mi hermano, su manía de no prestar los libros, su obsesión por olerlos: Rober esnifando las letras igual que hacía mi padre, lo mismito que él, parece mentira la genética. Aquel gesto de aspirar entre las páginas que tenían en común me recordaba que allí había una mano, fuera como una trucha muerta o como la de mi tía Clara. Una mano que se daban entre ellos dos, pero que a mí no. Una desventaja de partida. Una prueba evidente de quién era cada uno, de quién se había ganado el derecho de sentarse en las rodillas de mi madre y quién no.

—Este ha salido a ti —le dijo un día mamá a papá.

Por eso creo que se me empezaron a atragantar. Y mucho más con todo lo que pasó después.

Hablo de los libros. No de mis padres.

* * *

No creo que te hagas mayor un día, de repente, al levantarte. Ni que eso vaya a pasar el día en que tenga dieciocho, como dice Marina cuando sueña con irse de casa.

Pero sí pienso que hay un montón de cosas que hacen que crezcas de a poquitos y más rápido, como cuando le echas abono a una planta, cosas que hacen que se te quite antes la tontería, que dejes de pensar en ti como en una ridícula princesa de cuento.

Yo me hice algo más mayor el día en que vi llorar a mi madre por primera vez. Cuando ves llorar a tu madre por primera vez te cagas pata abajo de miedo. Porque es como si vieras a una doctora reconocer entre lágrimas que no sabe operar o a un bombero gimiendo, frente a una casa que arde, porque hubiese olvidado la manguera.

Solo que mi madre sí sabe operar, y muy bien.

Aunque ese día, al entrar en casa, se comportase como un bombero que no sabe ni cómo apagar un incendio.

Venía del hospital más tarde de lo habitual con los ojos muy rojos. Ya habíamos cenado. Cuando la vi llorando así, me asusté.

—¿Te acuerdas de Luci? —me dijo al cabo de un rato.

Yo le mentí y le dije que sí, pero me acordaba muy poco de Luci. Ella se largó a hablar, me contó lo unidas que estuvieron de crías, la amistad que habían recuperado, los últimos días de la enfermedad. Y me sacó el tema de su hija.

—¿Te acuerdas de Rosaura, su hija?

De esa niña sí que me acordaba. Aquella tarde en que quedamos las cuatro hacía mucho tiempo, mamá me dijo que me quería presentar a una amiga y que esa amiga tenía una hija que era justo de mi edad, y que era así *como yo* de guapa, y que seguro que nos hacíamos amiguitas. De esa niña sí que me acordaba porque esa niña era yo.

Las dos morenas. Las dos tímidas. Las dos torpes. Las dos de la misma estatura. Creo que mamá y Luci se juntaron aquella tarde como si aquel encuentro fuese un certamen canino y la otra chica y yo fuésemos sus dos perritas. Con siete u ocho años. Vestiditas con lazos, los de ella verdes y los míos amarillos. Recién peinadas las largas melenas negrísimas. Haciéndonos fotos a las dos casi como si fuéramos las niñas esas que salen en la película que pusieron el otro día en la tele, *El resplandor*. Hasta que nos peleamos, acabamos tirándonos del pelo y aquella cita canina se disolvió.

Nunca más supe de la tal Rosaura y muy poco de Luci.

Pero ahora que sé que se ha muerto, pienso en qué será de esa niña intercambiable.

A papá se le nota que viene de Carabanchel y a mamá se le nota que no. Por eso ella me vestía así de pequeña.

A papá se le nota que trabaja poniendo problemas con los adjetivos y a mamá se le nota que trabaja buscando soluciones con la medicina. Por eso mi madre es menos cobarde. Por eso me cagué por la pata abajo y me hice un poco más mayor ese primer día en que la vi llorar.

* * *

Cuando eras pequeña, lo mejor de los sábados era que mi hermano y yo madrugábamos más que si hubiera colegio sin necesidad de poner el despertador. Como si fuésemos a inaugurar el mundo, como si no existiese mayor felicidad planetaria que tener dos días enteros por delante con papá y mamá. Como si no hubiera que perder ni un solo minuto permaneciendo en la cama en vez de jugar, dibujar, saltar, estar arrebujados él y yo en el sofá viendo Disney Channel, abrir cajones, sacar plastilinas, hacer puzles, ayudar a cocinar un bollo, pintarnos, disfrazarnos, vestir muñecas, desvestirlas, volverlas a vestir, cortarles el pelo para ver si les crecía.

Nos levantábamos los dos entre risitas antes de que amaneciera y el pobre de mi padre aparecía por el pasillo dando tumbos en esquijama.

—Son las siete, chicos. Vais a despertar a los del bajo, volved a la cama, anda.

Pero a la cama no volvía ni Perry.

Tampoco él, que se quedaba por allí bostezando y con los ojos hinchados. Sonriendo. Despeinado. Pero satisfecho y contento como creo que ya no lo ha vuelto a estar. Al menos conmigo.

A las ocho y media de la mañana de un sábado ya habíamos visto uno o dos capítulos de *Bob Esponja*: Roberto se pedía Arenita y yo me pedía Calamardo. Ya habíamos volcado la caja de las construcciones entera sobre la alfombra del salón. Ya le había tirado del pelo a Roberto por lo menos una vez.

Por la mañana era el desparrame madre y por la tarde eran los juegos de mesa que por entonces eran el mejor plan del mundo. Yo no sé cómo mamá y papá no nos mandaban a la mierda, vaya coñazo de niños.

En aquella época, Rober tendría cuatro o cinco años y yo, nueve o diez. Mamá le ayudaba si no entendía bien alguna regla y mi padre siempre iba conmigo si esa tarde elegíamos el Pictionary. A mí me molaba mucho jugar a lo que fuera y estaba deseando que llegaran los sábados para escuchar el sonido de un cubilete o coger una carta sorpresa. Hasta que la tía Clara nos regaló un juego en el que había que contestar cosas de la familia.

—Para que os conozcáis mejor —dijo—, que me da a mí que en esta casa con tanto libro no se habla, leñe. Venga, que me apunto. A ver quién gana.

Tirabas el dado y había que contestar preguntas al azar. La comida favorita de uno. El miembro de la casa que es más torpe con las manos. La película que más veces ha visto Roberto, pongamos. La manía más grande de mi tía Clara, por ejemplo. Lo que menos te gusta de Inés.

Ahí supe algo que no sabía de mí, mi principal defecto para los otros: yo siempre soy muy lenta, yo siempre llego tarde.

Mi padre todavía me regaña (así como regaña él: bajito y sin enfadarse mucho, como cuando caminaba bostezando por el pasillo en esquijama) porque dice que siempre llego tarde. De pequeña llegábamos tarde a los partidos del equipo, a los cumpleaños, me retrasaba en las clases que había después del recreo, en las colecciones de cromos. Ahora llego tarde al instituto, a las quedadas con las amigas, entro al cine cuando ya ha empezado la película, aparezco en el McDonald's cuando ya están pedidas las hamburguesas.

En mi casa, llegar tarde a donde fuera siempre fue una especie de pecado. La puntualidad sigue siendo una de las mayores obsesiones de papá.

Creo que esa manía suya de no retrasarse le viene porque a él, muchas veces, le entregan tarde las cosas. Todo dios entrega tarde los borradores de la novela, es un clásico en su negocio. Pero es algo que el pobre lleva fatal.

—Hacer esperar a alguien es de muy mala educación —me dijo hace poco—. Si vas a llegar tarde, chica, mejor es no llegar.

Me quedé pensando en esa frase que hablaba tantísimo de mí.

* * *

Si de niña creces cuando ves llorar a una madre, supongo que siendo un adulto te haces un poco más viejo cada vez que ves llorar a tu hija. Las canas y las arrugas que les salen, la tensión que se les dispara, las noches que se tiran sin dormir. Todo eso les acerca a la muerte. Eso decía mi abuela Aurora cuando hablaba de mi tío Paco. Todo disgusto que se llevan por culpa nuestra les da un empujoncito.

Por eso yo no les cuento casi nada. Por eso les ahorro mierdas varias. Porque no quiero que se hagan más mayores de lo que ya me parecen.

Es como si no pudiera olvidarlo. Como si tuviera una libretita invisible donde mi cerebro hubiese apuntado los desprecios que yo querría olvidar, pero no puedo.

Lo primero que recuerdo es un cumpleaños al aire libre en un parque infantil. Sonaba la música de *Cantajuegos*. Seríamos una decena de niñas del colegio. Había una guirnalda colgada entre dos pinos. Había gusanitos, y sándwiches, y nubes de gominola. Había una tarta de moras y queso con una imagen de Minnie. La niña rubísima del cumpleaños estaba sentada frente a la tarta y su madre la cortaba en porciones. Al llegar mi turno, acerqué muy contenta el platito de plástico blanco.

—Ella no —dijo la niña rubísima—. Esa envidiosa no.

Y su madre sonrió apurada. Y le riñó. Y me puso un pedazo de tarta más grande que al resto, un pedazo que ya no quise comerme. Y pedí que llamaran a mi madre para que viniera a recogerme con la excusa de que me dolía la tripa y no diciendo la verdad. Porque casi nunca decimos la verdad, porque yo he aprendido que la verdad no suele ser bonita.

Luego lloré aquella tarde en la parte de atrás del coche y a mi madre le dije que era porque sentía unos pinchazos aquí dentro, tocándome el pecho. Y eso sí que era verdad, pero mejor que no me entendiera.

Lo último que recuerdo, lo último que mi cerebro ha anotado en la libretita invisible de los dolores de aquí dentro, ha sido en una fiesta de disfraces.

Si mi padre y mi madre supieran lo que hace alguien de dieciséis años; mejor, si supieran lo que hago yo (porque no todas son como yo, no todas son así, no todas son círculo: casi todas son cuadrado); si supieran lo que hace hoy esta hija que de niña hacía pompas de jabón y caracoles de plastilina y le tenía miedo a la oscuridad y le dibujaba un corazón rosa al padre en la muñeca; si supieran que hay noches que me las he pasado enteras sin dormir, mirando el móvil hasta las tres o así, llorando después por cualquier paranoia de las que me entran; si supieran que alguna vez he estado en sitios en los que me trago lo primero que me dan, una pastilla que me acerca el anfitrión, lo que sea, sin preguntar qué es: Tú cómetela y luego me dices (escucho entre el ruido de la música a tope), y al cabo de media hora le digo que tenía razón, que no paro de reír, que me lo estoy pasando de puta madre; si supieran que también me gustaría que estuviesen orgullosos de mí, que siento cómo a veces envidian a otros padres y no les culpo por ello; si supieran que no estoy bien, no, que no sé qué me pasa, que hace meses que hago cosas que antes no hacía, que siento que me falta el aire, que el otro día tenía un nudo en la garganta y luego en el estómago y al final tiré el bocadillo del recreo a la basura; si supieran que a los dieciséis ya le he jodido la vida a alguien y que ese alguien es mi hermano; si supieran que, después de todo lo dicho, mamá, me doy asco en el espejo cada vez que me asomo a él; si mi madre y mi padre supieran todo eso, quería decir, quizás tendrían mucho miedo y de golpe se harían un poco más viejos.

Yo vivo con miedo.

Miedo al futuro, a si podré vivir como ellos. Miedo a lo que piensan de mí en la calle. Miedo a que no me quieran, a no tener casa, a tener hijos y a dejarlos, a que alguien cercano y querido me haga daño. Miedo a ser mala persona. No sé, miedo a secas.

Hace dos semanas pasé miedo.

Un miedo nuevo.

Fue un viernes por la noche, cuando me quedaba muy poco para cumplir diecisiete. Justo al día siguiente de que mi padre me dijera que, si llegaba tarde a un sitio, era mejor no llegar. Me acuerdo porque me obsesioné con ser especialmente puntual.

El padre de Marina nos llevó a las dos desde Boadilla hasta el intercambiador de autobuses. Habíamos quedado para ir a una fiesta de disfraces de un chico muy guapo llamado Julio que había empezado Derecho y al que Marina había conocido por Instagram hacía un mes. La invitación inicial era para ella sola, que decidió vestirse de Vampirella. Pero insistió en que fuera yo también, así como se pone Marina de pesada: Tía, si no vienes tú, yo paso; tía, vente, que me da un poco de yuyu; tía, no me dejes sola, porfa; tía, ven, que le he hablado mogollón de ti y de tus movidas, sabe tu vida entera y tenéis mucho en común.

Que sabía mi vida entera, me había dicho Marina de aquel chico. Como si la supiera yo.

Nunca supe decirle que no. Así que, como no era obligatorio ir disfrazada, me animé.

Acabábamos de terminar los exámenes y a nuestros padres les pareció bien la idea. Las dos habíamos quedado en ir a dormir después a casa de tía Clara, que conoce a Marina desde que nos mudamos y que me dijo tres cosas.

La primera fue: A ver cómo vienes, lechuguina, que tú no tienes medida.

La segunda fue: Una duerme en el sofá y la otra en el mueble-cama; si tenéis hambre, hay embutido y pan de molde, y ojito con hacer ruido o lleno un orinal de una sentada y os lo tiro por la cabeza.

La tercera, entre risas, sonó como una orden: Y ya sabes, Inés del alma mía —y se puso a cantar—, dale a tu cuerpo alegría, Macarena.

Rumbo a la fiesta en el autobús, vimos a más disfrazados. Al menos que yo observara, un Frankenstein y una mariquita. Nos dejó justo a la entrada del polígono. No fue muy difícil dar con la antigua nave industrial del padre de Julio porque era el único edificio del que salían luz y música.

Frankenstein, Mariquita, Vampirella-Marina y yo caminamos durante diez minutos. Al llegar y abrir el portón metálico, sonaba muy alto *Mala mujer*, de C. Tangana. Vampirella entró dando saltitos con los brazos arriba. Frankenstein, Mariquita y yo, mirando a todos lados.

O Julio se lo había currado muchísimo o en su casa tenían mucha pasta. O, probablemente, las dos cosas.

La nave de dos alturas tendría el tamaño de un campo de balonmano y estaba decorada con globos. A simple vista, se veía que la maquinaria llevaba mucho tiempo sin ser utilizada. Varios centenares de personas disfrazadas y no disfrazadas se movían aquí y allá, se amontonaban para ponerse una copa, hablaban muy alto en círculo, bailaban sin más como ridículos.

En la parte de abajo, sobre una hilera de tableros, había decenas de botellas de ron, de whisky, de ginebra; refrescos a granel; pilas de vasos de plástico tamaño cubata y mini, boca abajo; cubos con hielos. Al lado, encima de unos palés que hacían las veces de mesas, varios bolsones gigantes de patatas fritas y de frutos secos revueltos, abiertos en canal como si fuera pienso para todo tipo de ganado.

Vacas, ovejas, yeguas, toros, cabras. Creo que eso éramos. Sobre todo, las tías.

Al voladizo que rodeaba la nave se llegaba por una escalera de caracol metálica y poco segura. Una especie de reservado, pensé. Desde abajo, en la parte de arriba se veían varios butacones viejos como los del Rastro, sillas en círculo, cajas de cartón dadas la vuelta haciendo de mesas, colchones donde la gente charlaba sentada, alguna ya morreando, peña fumando porros.

No era la primera fiesta que hacía el tal Julio, no. Y qué fiesta.

—Ahí está, ahí está, es ese —dijo Marina.

Y, agitando la mano en lo alto, logró llamar su atención. Julio sonrió hacia donde estábamos y se fue abriendo paso entre la gente. Cuando llegó y nos dio dos besos a cada una, teníamos delante a un gladiador romano.

—¿Qué se celebra? —pregunté.

—Cumplo veintidós —respondió—. Pero, venga, ¿qué queréis? Es autoservicio. Venid conmigo.

Así cayó la primera copa.

Al principio, estábamos los tres juntos. Para charlar había que gritar un poco. No me acuerdo de la conversación. Ni ganas.

Sí me acuerdo de que, poco a poco, Gladiador Romano-Julio y Vampirella-Marina fueron hablándose más de cerca y al oído. Pasada una hora, ni Julio llevaba ya el casco ni Marina conservaba el carmín rojo sangre. Se daban el lote como si no hubiera un mañana. El anfitrión me presentó a varios amigos suyos.

Uno no iba disfrazado. De eso sí que me acuerdo.

El otro iba de vaquero.

El tercero, vestido como un Supermán muy, muy cutre.

Fumamos, seguimos bebiendo. Se acabó el ron y continué con el whisky, creo. ¿O fue ginebra? Lo mismo da. Vaquero me ponía la mano en la cintura al hablar. Me acuerdo porque yo se la quitaba y él entonces sacaba rápido el revólver de plástico y decía descojonándose bang, bang, bang.

Menudo gilipollas.

Fue Julio el que, pasado un tiempo, propuso irnos todos al reservado de arriba a sentarnos un rato. Antes fui al baño con Marina. No recuerdo la conversación, pero sí que estaba supercontenta y que me dijo que estaba buenísimo y que era supermajo y que qué tal yo.

—Yo bien.

Entonces nos pillamos cuatro minis de cubata y subimos los seis.

Julio.

Marina.

Sin Disfraz.

Vaquero.

Supermán.

Yo.

En la parte superior, nos íbamos abriendo paso entre la gente que charlaba medio despatarrada por ahí igual que si tuvieran escocidas las ingles. Sentados en el suelo algunos. Otros, en unos palés. Otros, medio dormidos como Frankenstein. Julio saludaba aquí y allá. Conocía a todo dios. Le tapó los ojos por detrás a Mariquita y le enseñó algo en el móvil, rieron, se dieron un pico. Tiramos alguna copa sin querer.

—No pasa nada, chicos, se baja a por otra, abajo hay más.

Te sonreían. Les sonreía él. Esas sonrisas de madrugada que parecen de manicomio.

Después de un buen rato parándonos con unos y con otros, al fin llegamos.

—Aquí es —dijo Julio—. Aquí vamos a estar más tranquilos.

Abrió con llave lo que debió de ser el despacho de su padre, que estaba en un rincón. Era un espacio amplio, acristalado, con persianas de esas que se cierran con solo tirar de un cordel en las películas de detectives. Pero allí no había ni un solo mueble de oficina. En su lugar había dos sofás grandes, un cenicero de pie lleno de colillas, una alfombra vieja, un radiador que ya estaba encendido, dos o tres cajas cerradas. La puerta se quedó abierta.

Recuerdo que hablamos del bachillerato y de la serie *Peaky Blinders*, de las bandas latinas en Moncloa y de chorradas varias. Todo iba bien. Recuerdo que Vaquero me dijo que tenía el pelo muy bonito y que Sin Disfraz sonreía al mirarme. Recuerdo que Julio y Marina estaban hechos un ovillo en un extremo del sofá, con la capa de Vampirella cubriéndolos, dándose un homenaje los dos.

Y también recuerdo que, cuando Marina paró un rato, yo me quité la sudadera porque hacía calor. Me quedé nada más que con una camiseta de tiras morada donde se leía «*The End of the Fucking World*». Supermán señaló la frase y le preguntó a Marina: «Y tu amiga de qué hostias va disfrazada, ¿eh? ¿No serás lesbiana?».

Todos se rieron menos yo. Le habría abierto la cabeza con el cenicero a Supermán, sentí una rabia inmensa, me puse roja, me habría querido ir en ese instante. Pero sonreí. A ver. Me ha dicho la psicóloga que tengo que controlar la ira.

—No soy lesbiana —les dije, y al instante me arrepentí.

Pasó un buen rato. Supermán se pegaba ya a mi lado. Vaquero me había echado el brazo por encima del hombro y, de cuando en cuando, me acercaba el mini. Sin Disfraz se fue un momento con Julio al baño. Vino y nos ofreció unas pastillas azules. No quisimos. Marina bizqueaba un poco, que es su forma de anunciar que ya ha descarrilado y que está a una copa de distancia de echar la pota.

—Bueno —dijo Julio al regresar, como si hubiese llegado la hora de algo. El centurión se golpeó con las manos en las rodillas que tenía a la vista.

—Me dicen mis colegas que si nos lo hacemos juntos. Una morena y una rubia.

A mí me entró la risa nerviosa como si me hubiesen contado un chiste de los buenos.

—Que si hacemos juntos el qué —pregunté, achinando los ojos. No sé por qué se me vino la imagen de la tía Clara con el pánfilo aquel de Callao.

—Chica, pues qué va a ser. Pasárnoslo bien los seis. Follar un poco. Disfrutar de la vida. Suave todo, eh. Sin cosas raras. ¿Cómo lo veis?

—Ni de coña —contesté sin dejar de reír con una risa que ya no era la mía. Marina negó con la cabeza muy seria y miraba extrañada a Julio.

Insistieron media hora con todo tipo de argumentos. Aluciné bastante. Yo ya pensaba que todo era una broma, porque me imaginaba que estas cosas no se plantean así, como el que propone echar un parchís. Pero lo decían de verdad, los cabrones hablaban en serio: es justo lo que estaban haciendo los cuatro, proponerlo en serio. Marina estaba algo pálida. Más Vampirella que nunca, vaya.

—¿Entonces nada? —volvió a hacer un último intento Vaquero.

—Que no, que no, que no, que no —hablé yo por las dos.

Se miraron entre ellos cuatro. Julio enarcó las cejas. Supermán asintió. Vaquero se levantó y apuró el mini. Sin Disfraz dijo:

—Bueno, pero unos besos de despedida sí nos daréis…

Y se los dimos. No sé muy bien la razón. Al cabo de un rato. Unos besos raros y fríos. Como de reptil.

Y Marina le dio un morreo triste y largo a Julio.

Y al terminar, su gladiador hizo el último gesto de resignación y se ofreció muy amable:

—Venga, os acercamos a donde sale el búho, que es supertarde y a saber si os cogen unos violadores o algo peor.

No sé por qué nos subimos a la furgoneta Mercedes que le había dejado su padre. El caso es que Marina estaba alelada con el tío ese y yo ya iba bastante mal. Al tomar asiento, pedí por favor que bajaran las ventanillas para que el aire me diera en la cara.

Lo hicieron.

Luego todo fue muy rápido y muy extraño.

Julio pisó el acelerador a tope, pero en dirección contraria a la parada del bus. Haciendo eses a propósito por la calle principal del polígono vacío. Todos reían y le animaban: «Písale más».

Al llegar al final de las construcciones, Julio dio un frenazo. Tenía los ojos muy abiertos y el flequillo revuelto por el viento. Más que un centurión, parecía un gladiador, uno que levanta la lanza.

Elevó el tono de voz. Miró hacia donde estábamos sentadas Marina y yo, juntas ya. Aquello era el plan B, supongo: el divertido.

—Halaaaa, ¿no queréis mamármela? —Se le hinchó la vena del cuello al hablarnos—. ¡¡Pues a mamarla!! ¡¡Abajo las dos!!

Y, abriendo la puerta corredera, nos empujaron hacia fuera a mi amiga y a mí. A golpes, a patadas, a escupitajos, con un tirón de pelos, largándose después entre carcajadas quemando rueda.

Lo escuché cuando el coche se alejaba tocando el claxon. Alguien aulló: «¡¡Y a tu hermano que le jodan!!».

Entonces caí en aquello que hace unas horas me había dicho Marina de aquel chico: que le había contado mi vida entera.

Serían en torno a las cinco de la madrugada. Primero vomitó Marina. Después vomité yo. El frío me espabiló. Nos sentamos en un bordillo. Parecíamos dos prostis de polígono.

Mi amiga se puso a hablar de lo hijos de puta que eran todos los tíos. Tenía la cara llena de churretes. Temblaba. Yo me puse a hablar de mi hermano. Lloramos y nos abrazamos.

Luego caminamos en silencio. Tardamos más de quince minutos en llegar a la parada del búho, que estaba desierta.

Una parada de búho desierta está llena de fantasmas que no esperan nada.

Marina hizo pis. Se sentó en el suelo. Yo me fui a mirar hacia abajo desde el puente. Le pregunté: ¿Tú crees que visto mal?

Y me agarré con las dos manos a la barandilla. Y asomé medio cuerpo. Y miré abajo durante un buen rato. Y no escuchaba a mi amiga. Y me imaginé cayendo y cayendo.

Y sentí alivio imaginando que caía, mamá. Y justo un segundo después también sentí mucho miedo. Mucho más que con Vaquero o Supermán.

3

JAVIER

En los ochenta, mi hermano Paco tenía veintipocos años y yo rondaba los diez. En aquel hogar al que le faltaban metros y le sobraba penumbra, me gustaba sentarme junto a él. Era apasionado, tenía unas melenas oscuras y rizadas y siempre llevaba unas gafas de pasta enormes como las de Buddy Holly. Mi hermano mayor me ponía discos de Leonard Cohen, de Los Pekenikes, de Elvis, de Coz, de Sinatra, del propio Buddy. Una tarde, mientras escuchaba música, empezaba leyéndome poemas de Lorca y terminaba mostrándome los que escribía él con una caligrafía desmadrada. Otra tarde me acercaba un tebeo y me dejaba hacer fotos con su cámara Nikon sin ponerle un carrete. A veces me enseñaba un atlas con el que viajábamos a la antigua Persia o a la Antártida. Casi siempre me llevaba al quiosco a comprar cromos y fascículos de animales.

Y luego, al regresar a casa de su mano igual que si me hubiese tocado el panel entero de *El precio justo*, me animaba a sentarme a su lado, mientras él se ponía a subrayar compulsivamente todas y cada una de las líneas que iba leyendo, sin saltarse ni una, de arriba abajo, de izquierda a derecha. Apretando mucho con el bolígrafo rojo (tiene que ser rojo, me decía). Como si todo fuera importante y solo se diera cuenta él.

En aquella periferia gris y quinqui, pasé muchas tardes con mi hermano mayor. Casi siempre llevaba puesto el pijama desleído y unas babuchas de cuadros marrones. Muchas veces te recibía con un fogonazo de entusiasmo y otras lo encontrabas en el sofá, abatido como una persiana medio bajada, la cabeza apoyada en la mano entre las sombras.

Le imitaba en casi todo. Yo estaba muy orgulloso de mi hermano Paco porque los hermanos mayores de los otros niños no escribían poemas ni sabían dónde caía Persia ni conocían a Sinatra, sino que como mucho te podían hablar de Torremolinos o de Massiel.

Creo que, si me gusta leer, es por él. Creo que, si acabé montando una pequeña editorial, es por él. Creo que, si al principio de lo que pasó también tuve miedo, es por él.

Mi hermano Paco era esquizofrénico.

Cuando nuestro hijo Roberto murió de aquel modo tan terrible con tan solo ocho años, pensé que Celia o Inés o yo mismo también acabaríamos locos.

* * *

Quiero poner por escrito algo que me cuesta decirte en voz alta, hija.

Ya ves tú. Algo natural y bonito y bueno y necesario, pero que no sé verbalizar.

Hasta me cuesta ponerlo aquí.

Allá voy. Venga, va: coge carrerilla, Javier, que tú puedes (eso me diría tu madre).

Que te queremos. Eso. Nada más.

Eso quería ponerte. Eso quería que supieras. Que te queremos, aunque no te lo digamos todo el rato, aunque no siempre tengamos palabras amables.

¿Y tú?

Imagino que te cuesta hablar de las cosas que sientes, también me pasa a mí; no te culpo, da bastante asquito ir por ahí diciendo te quiero. O te necesito, como en las películas. O no me dejéis sola, por favor. O incluso: papá, esta comida te ha quedado genial. Lo sé. A mí también me molesta la gente que todo el día se está sobando, hija, esos que te dicen ay cariño, o mi vida, o corazón mío, como si las palabras lo aguantaran todo.

Pero, a veces, cuando veo a tu madre romper a llorar una vez que te has metido en la ducha o te has ido dando un portazo o al fin te has quedado dormida, entonces, digo, me entran ganas de ir a despertarte. Cogerte de los hombros y zarandearte. Sacarte de los pelos y llevarte hasta ella. Y que la veas un rato.

Llora porque no te entiende. Porque no sabe qué hacer ya. Porque cree que ha fracasado. Porque no se resigna como yo. Porque se arrancaría un brazo entero para que no te limpiases la cara al menos una vez, una sola vez, en que te diéramos un beso.

El otro día, tu madre, como sin venir a cuento, mientras hacía una bechamel, ya ves tú, me dijo que no recuerda cuándo fue el último gesto de cariño tuyo. No te digo un abrazo ni nada parecido. Me refiero a unas palabras amables, a una sonrisa franca, a preocuparte por el otro en una conversación relajada, a compartir algo.

Yo le quité importancia, le dije que eso no era así, que cada uno tiene su forma de ser, que era una exagerada, que ya estaba con lo de siempre. Pero a los diez minutos llegaste a casa, no saludaste hasta que no lo hicimos nosotros, preguntaste qué había de cena, te lo dijimos, te quejaste, te metiste en tu habitación.

—Qué te dije —soltó tu madre—. A esta lo que le hace falta es una hostia bien dada.

—No empecemos —contesté.

—No nos merecemos esto —repitió varias veces. Y se quitó el delantal y se fue a la ducha.

Y luego salió diciendo que no sabía cómo podía haber dicho eso de la hostia bien dada, que una madre normal nunca diría eso, que la perdonara. Y en ese momento tu madre parecía una niña más pequeña que tú, ya ves, en casa había una niña asustada y triste y esa niña asustada y triste era tu madre.

Porque siempre se acuerda de cuando no estuvo, de cuando no te pudo proteger, de cuando tenías menos de cinco años.

Sé qué hemos hecho mal y en qué momento perdimos la brújula. Pero estaría bien hablar más como hacen los otros padres, verte reír como antes o como cuando estás con tus amigas en el balonmano o como cuando charlas con tu tía Clara. Dinos qué tenemos que hacer ya y lo haremos. Perdónanos nuestros silencios, pero dinos que vas a cambiar. Dinos que, dentro de unos años, pongamos, todo será distinto porque habrás madurado y nos habrás entendido. Porque la adolescencia se pasa, dicen. Dinos que la tuya, rabiosa y oscura, también se va a pasar.

A veces, cuando te veo gritar; cuando te avergüenzas de nosotros dos; cuando la llave que metes en la cerradura suena como el pistoletazo de salida de una prueba a diario que los demás tenemos que superar, pero que tú no; cuando estallas solo porque te preguntamos con el mejor de los tonos por algo banal; cuando dices amenazante prefiero no hablar, así, de ese modo (y se nos caen encima la culpa y el remordimiento y la imposibilidad de volver atrás en el tiempo para cambiar ciertas cosas); entonces, te reconozco, pienso, aunque sea medio minuto, lo que habría sido mi vida sin ti, Inés. Lo pienso mientras el corazón me late muy deprisa y me entran ganas de darle un puñetazo a la pared.

Pienso, aunque sea medio minuto, en lo que habría sido nuestra vida sin ti y noto un alivio inmenso, hija. Créeme, lo digo sintiéndome como una basura, dentro de la ducha ya, también yo, como tu madre, con los ojos cerrados, el agua dulce mezclándose con las lágrimas saladas.

* * *

Pero no me volví loco, hija. Ni esquizofrénico. Se nos murió Roberto y lo acabamos superando.

No sé a vosotras dos, pero a mí la imagen de su cuerpo inerte se me aparece cada vez que veo su foto contigo en los Pirineos y la cabeza del muñeco de nieve en el suelo. Creo que es algo con lo que tendré que vivir siempre.

La imagen de Roberto sin vida. Como el dolor de la hernia. Como mi odio a esos autores que se quejan de que sus libros se venden poco porque están mal colocados, dicen. Como mis dudas. Como aquel dilema terrible que a veces —cuando bebo un poco en fin de semana— me planteo: si hubieses podido elegir, Javier, quién de los dos hijos habrías preferido que muriese, Inés o Roberto, ¿eh?, contesta, sé sincero, Javier, venga, atrévete.

Los días de después fueron tremendos, Inés. Todos sin un rasguño y Roberto muerto. Esa grosería. No habría estado mal algún traumatismo craneoencefálico de alguno de nosotros, algún órgano dañado, no sé, algo que nos uniera al hijo muerto. Algo que expiara un poco nuestras culpas, las de aquel momento o las que vendrían después. Ese modo de autocastigarse.

Pero ni ese consuelo tuve.

Donamos todos los órganos: fue el último momento de lucidez de tu madre (y también de la doctora que es) en mucho tiempo. Ella quiso esparcir las cenizas en el lugar donde se le fue el hijo, pero tardaríamos más de un año en atrevernos a volver al lugar. Los dos solos. Porque tú ya callabas.

A la semana siguiente de su muerte, estabas entrenando al balonmano (y menos mal). Yo volví a correr por el parque para no pensar demasiado: corría como quien huye de un perro horroroso que no se cansara jamás. Tu madre también estaba intacta, aunque en su caso se tiró tres meses en el sofá. Un sofá verde que arrastró junto a la puerta de la entrada, por si regresaba Roberto, decía, medio drogada por los medicamentos.

Si la casa ya era grande de por sí, entonces lo fue más. No me refiero al dormitorio que dejó libre tu hermano, sino a otro tipo de vacío. Lo entenderás mejor cuando seas mayor: los espacios de una casa no los ocupan los muebles ni las camas ni las cosas; los espacios los ocupan los ruidos.

Una casa de setenta metros puede ser demasiado grande si no hay ruidos.

Una casa de trescientos metros puede llegar a parecer pequeña si los hay en exceso. Ruidos, risas, discusiones entre hermanos, el volumen de la tele al veinte, la música en la ducha sonando, jarrones que se caen y estallan contra el suelo por culpa de una pelota…

Entonces se murió Roberto, el hogar quedó envuelto en una niebla densa de silencio y todo se nos hizo enorme ya, interminable, inacabable. Estábamos a solo unos metros de distancia de ti, pero ni nos veíamos. Subir hasta su habitación intacta me parecía viajar hasta otro planeta, acercarme hasta la tuya me terminó pareciendo como ir a Siberia. Tan fría. Tan inhóspita. Tan salvaje. Como tú.

Así que me quedaba con mis auriculares, con mis series, con mis libros, con algo parecido a una culpa. Con la nueva promesa de la novela negra.

No es solo no poder verlo a él ya nunca más, su ausencia física y monstruosa.

Es imaginarte cómo sería ahora mismo si estuviera vivo. Si tendría ya pelusa en el bigote o no, si le habría cambiado la cara como a sus amigos del colegio, las frases que me habría dicho y que ya no me dirá.

A veces te duele más el vacío del futuro que el del pasado, como si el hijo probable se te estuviese muriendo cada hora, cada final de la Champions, cada festival de Eurovisión, sin él al lado con su bol de palomitas.

Así me imagino a tu hermano muerto con diez años, hija. Y con trece. Y con diecisiete. Y cada lunes y en cada foto y en cada celebración familiar. Él muriendo en cada segundo como un modo de estar.

Todo te lo cuento así, de este modo, en unos folios, porque forma parte de la terapia que me ha puesto Diana, ya sabes: una chorrada, me dijiste.

Un día me vio tan impotente que me lo puso como un deber.

—Si no puedes hablar con ella, escríbelo —me pidió—. Al fin y al cabo, te gusta escribir, ¿no? Dices que no podrias vivir sin los libros, ¿no? Pues escribe, Javier. Tienes que sacarlo de dentro, poner de un modo sincero todo lo que le dirías a tu hija. Como si la tuvieras delante. Sin guardarte nada. Es importante que no te guardes nada.

Y aquí me tienes. Sin guardarme nada. O casi nada. Harto de que me hieras y sin miedo a herirte, hija.

Todos podemos llegar a parecer un monstruo si nos leyeran la mente. Y la mía aquí la tienes, Inés.

Una cabeza partida en dos. Como si le hubiesen dado un hachazo al medio. Con los dos hemisferios cerebrales a la vista. Para que te sirvas lo que quieras como en un bufé, uno de esos bufés que te encantaban. En este banquete donde tú, ahora, a tus dieciséis, cada vez más, nos dices que no tienes ganas, que no quieres salir o no quieres ver la película con nosotros o no quieres contarnos o no quieres esto o lo otro, que no te agobiemos.

* * *

Cuando yo tenía dieciséis, mi padre trabajaba como vendedor ambulante de productos agrícolas sin licencia por el sur de Madrid. Carabanchel, Vallecas, Villaverde, Pan Bendito, Aluche.

Cada mañana se subía a su desvencijada furgoneta gris llena de abolladuras, conducía hasta una venta de Toledo escuchando a Antonio Molina (no había otra cosa en el mundo que Antonio Molina), cargaba el vehículo hasta arriba de patatas, melones, tomates, repollos, embutidos, leche de pueblo, lo que fuera, y luego se tiraba los días siguientes repartiendo a domicilio aquí y allá, subiendo hasta un quinto sin ascensor si era necesario, aguantando el dolor de las rodillas, haciendo malabarismos con los pedidos para (después de descontar la gasolina) ganarle cuatro duros, como quien dice, a una cesta donde había de todo.

Portales con jeringuillas que tenían restos de sangre y heroína. Buzones reventados. Gentes que miraban con desconfianza por la mirilla hasta que veían que el que llamaba era él.

Era su manera de alimentar a una familia de seis miembros.

Estaba mi padre, Ambrosio, que se había metido en la venta ambulante una vez que, con la reconversión industrial, le echaron de la fábrica de mármol donde se malogró las piernas y la alegría.

Estaba mi madre, Aurora, que se ocupaba del teléfono y se encargaba de apuntar los pedidos y las direcciones, que bregaba como una mula con las tareas de la casa, los tres hijos que tuvo y el recuerdo innombrable del que abortó.

Estaba mi hermano mayor y enfermo, Paco, que era el ojo derecho de mi madre. Y el izquierdo. Y el resto de los ojos, si es que tuviéramos más de dos. Madre se habría sacado los suyos por él.

Estaba mi hermana, Clara, que tenía una personalidad arrolladora y una lengua rápida: cuando no me llamaba cagón, me llamaba lechuguino. Clara, que jugaba a matarse a cosquillas con Paco, y a peinarle de diez maneras distintas, y al Stop, porque mi hermano siempre se dejaba ganar para verla contenta. Clara, que le llamaba Pacojones, muy bajito, para que madre no le oyera, mientras mi hermano mayor, entre risas, le decía Clara de Huevo.

Estaba mi abuelo Pedro, el padre de mi madre, que, a pesar de que era lavado y perfumado por su hija todos los días, empezaba a oler a pis en cuanto se nos metía el calor en el piso.

Estaba yo.

Como la casa solo tenía dos habitaciones, mis hermanos terminaron compartiendo espacio con el abuelo y yo acabé en un mueble-cama que había en el cuarto de estar.

—Una niña no duerme sola —anunció mi hermana al poco de llegar el abuelo a casa, cuando madre sugirió en un principio que en la habitación nos tendríamos que apañar los varones. Y se subió a la parte de arriba de la litera que antes ocupaba Paco, porque Clara era una especie de mono y siempre le gustó trepar.

Desde allí, tumbado en un mueble-cama idéntico al que le pusieron a mi hermano en el dormitorio compartido, yo veía los concursos nocturnos y el último telediario, las películas y *La clave* de Balbín. Hasta que se iba a la cama, mi padre fumaba y fumaba. Más que el propio Balbín, más que todos sus invitados juntos. En torno al tercer cigarro, me quedaba dormido. Todavía no sé cómo cabíamos seis en un cuarto de estar de quince metros.

A veces me da por pensar lo que habría sido de la Inés adolescente de hoy en aquella casa de entonces.

Con un padre que no tenía reparo alguno de darte un bofetón solo por una mala mirada.

Con una madre que no tenía tiempo para hacerte caso, pero a la que siempre buscabas.

Con un abuelo durmiendo debajo de ti (como le pasaba a Clara), los olores de meado subiendo, ese modo de despertar para ir a clase.

Con la locura de Paco y no la tragedia de Roberto.

A veces me da por pensar eso, pero de repente caigo en que no estoy siendo justo con Inés. En que solo estoy pensando en lo bueno que hoy tiene su vida y no en todo lo terrible que tuvo que pasar.

Mi padre, decía.

No fue un hombre con mucha suerte mi padre. Otros con menos familia que él, sin suegro a su cargo, sin un hijo esquizofrénico, no perdieron el empleo en la fábrica de mármol.

Empezó a odiarlos a todos. A envidiarlos. Por eso vivió amargado.

Cuando los yonquis no le quitaban el dinero que había ganado repartiendo melones o morcillas, le tenía que regalar unas cajas de tomates a la policía. Los agentes le paraban pidiéndole la licencia que no tenía. Le reprendían. Se hacían los insobornables. Le comunicaban que se veían obligados a ponerle una multa.

—Pero hombre, Ambrosio, ¿otra vez?

Mi padre les volvía a contar lo del abuelo. Lo de la fábrica. Lo de los tres hijos y hasta lo de las piernas: alguna vez, desde la ventana, le vi levantándose las perneras del pantalón para que los policías le vieran las marcas del accidente. Y después, lo arreglaba con unas cajas de tomates. Frescos. De la huerta del pueblo. No como los de Madrid. Verán ustedes qué sabor.

—¿Hace un cigarro? —ofrecía después.

—Hace. —Y le cogían dos Celtas con boquilla.

Cuando los yonquis no le quitaban el dinero ni la policía se cobraba con unas cuantas docenas de lo que fuera, a veces, todo lo que había ganado en el día se lo quitaba el bingo.

La primera señal de alarma siempre era la cara de mi madre. Si llegaba la hora de la cena y mi padre no había venido, ella comenzaba a inquietarse y a asomarse por el balcón cada cinco minutos. El plato se le solía quedar frío. Todos cenábamos menos él. El abuelo se acababa yendo a la cama. Paco el primero, empastillado. Clara también. Pero yo no tenía más remedio que ser testigo de su llegada, porque mi cama estaba en el pequeño cuarto de estar por el que papá y mamá tenían que pasar para ir hasta su habitación de matrimonio.

Cuando el reloj de pared daba la una o así, mi padre aparecía más o menos desaliñado. Como si en vez de repartir leche o repollos hubiese estado repartiendo botones de la camisa. Era un reloj de pared que les regalaron en su boda, con un cuco que daba los cuartos, barato, feo. Como todo lo que había en mi casa.

Alguna rarísima vez mi padre regresaba radiante, le pegaba un beso de cine en la mejilla a mi madre y luego, oliendo un poco a tabaco y a ginebra, me preguntaba que si queríamos ir con él al Rastro el domingo, que nos iba a comprar un bocadillo de calamares, y unas vitolas para mi colección, y unas monedas de la plaza Mayor para Clara, y una cubertería nueva para madre, y un pollito coloreado también, hijo, claro, lo que quieras.

Pero, la inmensa mayoría de las veces, mi padre venía tristísimo y pálido, los ojos enrojecidos. Nos miraba como si acabara de matar a alguien, apenas hablaba, le pedía perdón a mi madre, preguntaba por Paco, se encorvaba en la silla que solo usaba él y se tapaba la cara con las manos.

Y a la mañana siguiente hacía borrón y cuenta nueva y volvía a su furgoneta llena de abolladuras y a su venta de Toledo y a su quinto sin ascensor haciendo malabares y a sus probables yonquis y a sus insobornables policías, y todos nosotros retornábamos a nuestra felicidad. Y lo del bingo no se repetía hasta semanas después. Justo cuando mi padre se cruzaba con algunos de la fábrica y entonces se hartaba de aquella vida de mierda y de la mala suerte y salía a jugársela a un bingo de Carabanchel para intentar darnos algo mejor.

Si algo le he agradecido siempre a mi padre, han sido sus arrestos.

Si algo aprendí de mi madre por aquel entonces, es que la austeridad que hoy tiene tan mala prensa es una palabra hermosa y, viendo lo visto con Inés, quién sabe si hasta necesaria. La educación en la austeridad entendida como una suerte de generosidad, esa madre que te enseñaba que se podía ser feliz con menos, que adiestra a sus polluelos con ese entrenamiento feroz: saber apañarte con poco.

Todavía me acuerdo de que en aquel bloque de la periferia los niños se hacían muy mayores a base de pedir muy pocos regalos de Reyes, de que mi madre solo sacaba embutido y refrescos cuando había visitas, y de que aquello no era para los niños, no, sino para los adultos. Así que, cuando los tíos y los primos enfilaban la puerta para irse, mis hermanos y yo nos abalanzábamos a la mesa como tres depredadores de un documental de La 2, los carrillos llenos, el mejor festín que nos hemos pegado en nuestra vida. Paco soltando perdigonazos al hablar.

Nuestra vida.

La de antes.

Hoy, Celia y yo hemos quedado a cenar fuera con una pareja de amigos a los que hace mucho que no vemos. Él es diseñador y ella es abogada. Viven en Aravaca. A la segunda copa de vino, Fito nos ha hecho la pregunta que yo esperaba antes de la primera.

—Bueno, ¿y seguís viviendo en Carabanchel?

—Ya no, hombre, ya no —contesto amargamente, porque me acuerdo de los ojos enrojecidos de mi padre y de mi hermano Paco y de Roberto y también de Inés—. Ya vivimos en Boadilla.

* * *

Vuelvo a escribirte.

Me quise morir, hija. Reventar como una sandía arrojada desde lo alto. Dejarme caer. Estrellarme como es debido. Desaparecer. Terminar hecho pedazos.

Pero estabas tú.

Se murió tu hermano y yo (sobre todo yo) vivía tapándome los oídos, la boca, los ojos. Como esas figurillas de mono japonesas que prefieren no escuchar, que se han quedado mudas, que no quieren mirar. Tampoco a ti.

Pero me era imposible no asomarme al mirador del salón los martes y los jueves, cuando iba a bajar el toldo o a cerrar la ventana, y no escuchar los ruidos infantiles del campo de fútbol, y no ver a los compañeros de tu hermano entrenando, y no imaginarme a Roberto saludándome sonriente a lo lejos. O pidiéndome que le tirara unas espinilleras o una botella de agua, papá, que me muero de sed.

Un hijo muerto, un hijo ausente, un hijo pequeño que es aire, está mucho más presente que cuando está vivo. Es mucho más sólido. Más tangible. Se hace más ruidoso y corpóreo. Como si el vacío se pudiera atravesar con un cuchillo, abarcar con un abrazo, acariciar, tirar de una oreja en un cumpleaños, chocar esos cinco.

Tu madre estaba irreconocible. La mujer que siempre había podido con todo, la del brillante expediente académico, la neumóloga arrolladora que se enfrentó a su jefe, la nuera perfecta que de novia ayudaba a Clara y a mi madre a lavar a mi abuelo, la chica bien de carácter imbatible, la que no dejaba que nada se le pusiera por delante y la que no tenía reparos en remangarse, esa mujer, decía, se convirtió en un pingajo.

No quería comer. No quería beber. No quería salir a la calle. No quería asearse. No quería ponerse al teléfono. No quería que levantáramos la persiana. No quería verme.

Los ruidos de una madre cuando se le ha muerto un hijo. Nada suena igual que eso.

Apenas seguía viva porque se agarraba a ti, porque solo rompía su mutismo animal para decirme: No puede ser, no puede ser. O dile a Inés que coma fruta, por favor. O por qué tarda tanto Inés. O dile que me venga a dar un beso, te lo suplico. O no la regañes tú.

Tú. Como quien te pone en tu sitio.

Tú debías de andar por ahí, pero no te veíamos. Nadie te preguntaba. Nos daban miedo tus posibles preguntas. Así que te las debiste de apañar sola, supongo. Y crecer injustamente de golpe.

En ese tiempo pavoroso, vimos de qué estaba hecho cada cual. Porque tu madre se levantó un día después de aquellos meses y cogió el sofá y lo devolvió a su sitio y dijo: Se acabó. Esto se acabó. Tenemos otra hija. Como quien acaba de despertar de un coma profundo. Y a continuación se limpió la cara y se pintó un poco y te dijo: ¿Te apetecen palomitas, cariño?

Ella se levantó, se sacudió el polvo de las rodillas y las hombreras, se atusó la ropa, trató de aparentar que todo podía volver a ser como antes.

Pero yo me quedé allí como los monos japoneses.

Si ella siempre ocupó más espacio que yo, si siempre fue más fuerte y tuvo más carácter, en aquel tiempo en que murió Roberto y nada más abandonar el sofá, nuestra distancia se hizo sideral. Ella se endureció más, se hizo más fuerte. Tu padre se hizo más chiquitito, hija.

A veces me miraba tu madre, creo que con una mezcla de reproche y de pena y de rabia y de asco. Aunque luego me dijera: No le des más vueltas.

Por eso me callo. Por eso dejo que se ocupe tu madre.

Porque pienso que soy como un Rey Midas solo que al revés.

Un Rey Midas de mierda, uno que todo lo que toque, todo lo que trate de arreglar, lo voy a terminar jodiendo.

Incluida a ti.

* * *

Son las doce del mediodía del sábado e Inés todavía no ha bajado de su habitación. Cuando lo haga serán las tantas, comerá sin apenas hablar, se encerrará un rato en el baño, volverá a su dormitorio con el móvil, se marchará más o menos a las seis, nos pedirá dinero antes de irse, dirá adiós en un susurro. Ayer estuvo en una fiesta de disfraces y ni sé a qué hora llegó.

Cuando estaba Roberto, lo normal en fin de semana era que los dos abrieran el ojo a eso de las siete o las ocho y, con una linterna en la mano, se lanzaran como delfines a nuestra cama.

—Hazme el pato, papá.

—Hazme el perro, anda.

—Luego me tienes que hacer el conejo.

—Y a mí la paloma.

Porque el mundo no empezaba hasta que su padre hubiese creado todos los animales del Génesis en la pared.

Hasta que tienen cierta edad, para ellos eres dios. Y luego no digo que seas el diablo, pero sí un padre mortal más, uno que acumula defectos y traiciones, que también miente y hace cómplices a los hijos de sus mentiras, vaya, que dice cosas indebidas, un padre que cruza un semáforo en rojo si no vienen coches, uno que gritando les pide que no griten, que le pregunta a Inés que si ha estado de botellón cuando él se lo ha montado en casa.

Hay algo de esa escena en que Adán y Eva han pecado y entonces, un día, descubren que están desnudos: una mañana te ven desvestido como siempre porque acabas de salir de la ducha o vas a entrar en ella y tu hija te dice poniendo cara de asco: Vístete, por favor, que das grima.

Lo hacía con estas manos. Las sombras chinescas, digo.

Las mismas manos que pueden proyectar la sombra de un perro abriendo la mandíbula o mecer la cuna de un bebé pueden estrangularlo.

En mi caso no hicieron algo tan horroroso, pero sí hicieron que Inés, siendo muy pequeña, sangrara por la nariz. Un bofetón a mano vuelta. Sin que lo esperara.

Y no lo olvido.

El viaje fue a Huelva. Roberto leía un libro y a veces lo cerraba un instante para preguntarnos lo que no entendía. Inés iba mirando por la ventana y nos contaba lo bien que le había quedado el trabajo en clase de primaria. Era un trabajo en el que le habíamos ayudado mucho y en el que puso un cariño especial: un mural con motivo del Día Internacional de la Paz. Fotos de Gandhi y de Mandela y de Luther King y de Teresa de Calcuta. Frases sobre la no violencia escritas con todos los rotuladores imaginables. Un alegato contra las guerras muy bien escrito. Hasta le quemó las esquinas a la cartulina rosa, para que tuviera aspecto antiguo. Todo coronado con un lazo rojo enrollando el trabajo. La paz.

Después de unos pequeños y lógicos problemas de adaptación en su nuevo colegio de Boadilla, celebramos su nota como si fuera un sobresaliente en matemáticas y le hicimos ver nuestra satisfacción. Me acuerdo de cómo le brillaron los ojos. Estaba muy orgullosa de su nueve. Y más aún de que nosotros lo estuviéramos de ella. Se quiso llevar el mural a Huelva y todo.

De ruta hacia aquel apartamento, Celia empezó ocupándose de la música y yo de la conducción. Luego invertimos los papeles. Pasado un tiempo, para entretenernos por el camino, su madre propuso jugar al veo-veo o a las palabras encadenadas. Al veo-veo durábamos poco porque decía Roberto que era un rollo. Así que nos podíamos tirar un buen rato jugando a las palabras encadenadas: si su madre y yo no errábamos a propósito, y a pesar de que ella era mayor que su hermano, siempre perdía Inés.

Tardaba mucho. Porque ella no pensaba cualquier palabra, no. Sino una palabra hermosa, sonora, distinta, difícil, que nos deslumbrara. La Chica de las Redacciones Sobresalientes quería elegir una palabra que deslumbrara a su padre el editor de libros. Y cuando iba a decirla, ya era tarde.

Entonces Roberto empezaba a embromarla; que si menuda lenta; que si él, siendo mucho más pequeño, lo hacía mejor; ¿a que sí, mamá?; y mamá que no, que no había que compararse, que dejase de ponerse tan chulito.

Roberto reía. Adoraba a su hermana, siempre la seguía allá donde fuera, la imitaba en todo, pero le encantaba que rabiase.

Hasta que ella dijo basta.

Debió de cogerle por sorpresa. Inés le mordió en el brazo. Roberto estalló con un llanto y mi reacción fue instantánea: un bofetón en la cara de Inés soltando la mano derecha hacia atrás.

Se hizo un silencio nuevo. Era la primera vez que me veían así. Insultando. Bramando. Perdiendo los papeles. Miré por el retrovisor y mi hija sangraba por un orificio de la nariz.

—Así no se hace la paz —me dijo Inés muy triste, pero sin soltar ni una lágrima—. Así no se hace la paz... —Cada vez más bajito y agachando la cabeza, negando—. Así no se hace la paz, papá...

A Inés se le había pasado la pena al cabo de un rato, me preguntó si había piscina en el apartamento, bromeaba con su hermano y le decía que había que echar un campeonato de aguadillas con papá. Al llegar a Huelva, Celia me dijo que dejara de torturarme, que el bofetón se lo tenía merecido la niña, que no me creyese ahora un maltratador, que mi intención no era hacerla sangrar, que en nuestra época nuestros padres nos pegaban si nos tenían que pegar y que no había tanta pamplina.

Pero aquella noche no dormí. Y siempre que veía a Inés sonreír y ser tan feliz aquel verano, yo bendecía las segundas oportunidades que te da la infancia.

A ellos. A nosotros.

Ahora subo a la habitación de mi hija. Ha hecho la cama a su manera. La arreglo un poco.

Hay unas bragas en el suelo dentro de unos vaqueros. Las recojo.

Los libros de texto y los apuntes están desparramados por la mesa. Lo ordeno todo por encima.

Luego repaso las imágenes que tiene clavadas con chinchetas en la pared abigarrada de recuerdos.

Hay un par de fotos del equipo de balonmano: ella está posando agachada; desde que vio que era la más bajita, siempre posa agachada en las fotos. Tiene varios selfis: me quedo mirando el de un primerísimo plano en el que muestra la lengua para que se le vea el *piercing*. Hay fotos con amigas del instituto en una excursión con mochilas. De fiesta, muy oscuras y movidas. Corriendo con su madre contra el cáncer de mama, con su madre tirándose a bomba las dos, con su madre echando un pulso en la mesa de la cocina, con su madre dándose un beso en la boca. Una sola de Roberto con ella: están frente a una tarta con siete velas y su hermana le pone los cuernos por detrás. Hay muchas fotos con su tía Clara, vestidas de brujas las dos en Halloween, tomando algo, con la cara embobada mirándola en torno a una mesa, haciendo pareja con ella al mus, partiéndose de risa mientras su tía bromea agarrándole las tetas por detrás.

Al fin la encuentro.

Todavía no ha quitado una foto en la que salimos los dos solos. Una en la que ella está radiante de felicidad en la playa de Huelva con un gorro de Bob Esponja y me pasa el brazo derecho por encima del hombro. Sonrío.

Así no se hace la paz, Javier.

El sonido de la llave en la puerta me coge negando con la cabeza.

Celia acaba de venir de hablar con la tutora, que extrañamente la ha citado en fin de semana. Bajo las escaleras y digo qué tal. Mi mujer ha vuelto a salir al jardín. Está fumando. Envenenarse de nicotina es su modo de tomar aire, de arrancar a pensar, de tomar perspectiva: esas plantas las sembraron los tres juntos. Las teníamos en unas macetas en el piso de Carabanchel Alto.

Me mira desde el otro lado del ventanal. Reconozco esa mirada.

Algo no va bien.

* * *

Quiero anotar esto.

Lo acabo de recordar.

Te cuento, hija.

Yo hacía las fotos y mamá se ocupaba de los álbumes. Se podía tirar días seleccionando las mejores fotos y nada más que las mejores para después colocarlas por un orden que se inventaba ella.

Escribía cosas debajo igual que cuando calzas una mesa: para afianzar lo que estaba a la vista. Pies de Página de los Momentos Polaroid, lo llamaba yo. Me daba a leer lo escrito. Le hacía sugerencias. Recordábamos juntos. Cuando no tenía nada que hacer, cuando tenía un mala semana en el hospital y llegaba a casa un viernes, le gustaba acercarse a la librería y coger un álbum a voleo, abrirlo como si fuera respiración asistida, meterse un chute bien adentro.

Al poco, respiraba mejor, se le iba pasando el nubarrón que traía del trabajo, me decía si tomábamos un vino y veíamos las fotos los dos, con los niños recién acostados.

Por eso se asustó ese viernes en que cogió un álbum y vio que habían desaparecido todas las fotos en las que estaba Roberto. Y en el resto habías recortado su cuerpo, la cabeza, su vacío allí, para volverlas a colocar en su sitio, solo que con el hueco de su ausencia a la vista.

En diez segundos, tu madre también hizo lo de los monos japoneses.

Tendrías nueve años, creo que te acuerdas. Mamá te sorprendió al día siguiente en la habitación con la puerta cerrada y las tijeras en la mano, pedazos de fotografías por la alfombra, trozos de hermano. Amputado. Incompleto. En un siniestro puzle.

Entró seria. Calmada. Conciliadora. Yo iba detrás.

Y sin que le dieras tiempo a abrir la boca, tú le preguntaste: Mamá, ¿juegas a los recortables?, mostrándole la figura de una cebra silueteada.

Habías recortado animales de las revistas de National Geographic, *árboles, personas, casas, un cráneo de un neandertal, el rostro de un explorador, qué sé yo. Y también habías recortado decenas de fotos de tu hermano, que estaba tumbado en el suelo ayudándote a pegarlo todo en un cuaderno.*

Me llevé a tu hermano al parque como me pidió tu madre. No sé lo que hablasteis. No sé lo que te dijo. Solo me acuerdo de que, al llegar a casa, seguías con la cara llena de churretes y con un hipo que no había forma de contener.

—¿Tú también estás enfadado, pa? —Porque a veces me llamabas pa.

Y te dije que no. Y luego te pusiste a llorar otra vez. Y Roberto preguntaba si ya no se podía jugar a los recortables con Inés, sin entender nada. Y a los diez minutos fuiste corriendo hacia tu madre para que te abrazara diciéndole que dónde estaba tu álbum. Que no querías que nadie se enfadara. Que estabas jugando, nada más que jugando. Pero que querías un álbum. Uno tuyo.

Faltaban cuatro años para que Roberto muriese.

* * *

Sigo releyendo y haciendo anotaciones sobre (lo que queremos que sea) la nueva revelación de la novela negra. A medida que me meto en el texto, siento un viejo escalofrío, igual que cuando en *Apocalipsis Now* el veterano de operaciones especiales (Martin Sheen) se adentra en el río Nung rumbo al horror. Me agito, noto que el pulso se acelera, tengo que parar, avanzo. Se acordarán. Es la historia de una chica taciturna y solitaria llamada Clarence que decide matar a su padrastro porque abusó de ella cuando era muy pequeña. La niña se lo va a contar, por fin, a su madre. Lo hace mientras están las dos en una terraza. Se arma de valor, toma aire, está a punto de contárselo, decimos, suda como nunca, siente una presión en el pecho, pero se anima. Mamá, tengo que contarte una cosa. Y la hija va narrando, tirando del hilo no sin dificultad, no sin vergüenza, no sin culpa, con muchas lagunas, cosas que recuerda y otras que intuye. Su madre palidece, se queda absorta, igual que si fuese un robot al que hubiesen quitado la pila. Al principio trata de convencerla de que quizás esté equivocada, que a lo mejor es algo que soñó, pero al ver la reacción de la hija, se da cuenta de que aquello ocurrió. Lloran juntas. Maldicen juntas. También juntas toman una decisión. Los días que vienen son atroces. Con el paso de las semanas, la casa se va convirtiendo en un espacio intransitable. Por los silencios. Por las elucubraciones. Por el odio que crece y crece como una tempestad incontrolable. Así que un día, la madre, que se llama Sophie y trabaja en un hospital, convence a la hija de que el hombre que le hizo aquello a su preciosa hija merece morir. Merece sufrir en el trance, le dice, y el aliento le huele mucho a alcohol. Merece retorcerse en el lecho de muerte mientras Clarence (se imagina ella) le mire a los ojos y le explique no solo lo que le está ocurriendo. Sino por qué. Matarlo. Lo piensa la madre. Lo piensa la hija. Lo piensa el lector, esa es la idea que nos imanta: hay que matar a ese hijo de puta. Por eso pasamos páginas y más páginas, para ver si al menos en la ficción se hace justicia. Lo va a pagar. Muérete, cabrón. Sí. Lo harán juntas. Con arsénico, escoge la madre, ese polvo accesible e insípido. En cuanto lo tengan, se hará. Solo hay una cosa que le pide a su madre: ser ella misma la que le administre el veneno a diario. Clarence acaba de cumplir diecisiete y sale a celebrarlo. Quedan cincuenta páginas para que termine la novela.

* * *

A veces tiene días buenos. Lo malo es que pueden quebrarse como la escarcha, apenas te acerques tú con tu calor corporal, con una conversación que no le guste.

Es martes. Acaba de venir de entrenar. La tengo delante. Bastaría con que ahora mismo le dijera algo sobre una mala nota o le recriminara su proverbial desorden o le informara de que esta noche ha de fregar ella, para que a lo peor la perdiera por unas horas. Para que a lo peor desenchufara Inés. Así que me callo.

Las notas no son lo único importante: ya fregaré yo; ya recogerá su madre.

Antes, todo el mundo nos decía que éramos como la familia ideal. Hoy no nos dicen nada, pero yo sé lo que piensan. Que no lo estamos haciendo bien con Inés. Que se nos ve desbordados. Que a veces perdemos los nervios. Que la hemos consentido mucho y que ahora es más complicado domar ese carácter. Eso que decía mi padre cuando venía de vender con la furgoneta, cenábamos los seis juntos y mi madre le daba cuenta de la nueva fechoría del hijo de la vecina.

—Desde pequeñito se endereza el arbolito —zanjaba mi padre. Y luego me revolvía el pelo.

Pero esos que dicen que no lo estamos haciendo bien no tienen una hija como Inés, no saben la verdad de Inés. Sus dificultades añadidas y nuestra torpeza. Sobre todo, nuestra torpeza.

No saben tampoco que, tratando de restañar los errores, hemos probado todo lo que te aconsejan los especialistas y el sentido común; no saben que hemos probado a ser duros y a castigarla y que también hemos probado con el refuerzo positivo, con dar cariño, con hablar lo que podíamos, sobre todo Celia. Pero cómo hablar con el otro si el otro (acaso con razón) ahora no quiere porque ya es tarde. Cómo darle cariño al otro si el otro lo desprecia, si el otro tira tu cariño por el retrete como una sopa que se quedó fría.

Ellos no tienen una hija como Inés. Ellos no saben nada. Todo eso me da por pensar de cuando en cuando. Y también otra cosa, claro: lo que habría sido de ella si hubiese tenido otros padres.

A veces creo que solo cuento cosas malas de Inés. No es justo.

Cuando, al principio, Diana nos pidió en terapia de familia que los tres escribiéramos seis cosas buenas de los otros dos, pensé en las seis cosas que escribiría de Roberto si me hubiese tocado hacerlo y me salieron de carrerilla. Alegre. Cariñoso. Excelente en clase. Ordenadísimo. Etcétera.

Me costó anotar no digo ya seis cosas buenas de Inés. Sino anotar tres. No me salía poner cariñosa. Ni buena en clase. Ni ordenada a secas. Ni alegre. A Celia le pasaba un poco lo mismo.

Después de mucho pensar, puse: nada engreída, noble, ha sufrido, ama a su tía Clara, buena persona, escribe genial, yo se que siente.

* * *

Aquí vuelvo delante del ordenador, hija. Siempre lo hago del mismo modo: aprovecho que no estás, subo a tu dormitorio, cojo la foto de Huelva en la que me echas el brazo por encima del hombro, la coloco a la vista, la miro, escribo un rato.

Ayer me telefoneó tu tía Clara para decirme que no estás bien. Yo le dije que eso ya lo sabía y ella, por este orden, primero me llamó lechuguino mío, luego suspiró y, al final, me contestó aquello de que mi problema era que no sabía ni de la misa la media.

Entonces me dijo que si me pasaba por el mercado o venía ella a Boadilla a tomar un café, pero que era mejor que habláramos en persona. Así lo hicimos. Cogí el coche y fui yo a última hora de la tarde. La tía acababa de cerrar la casquería y me esperaba en el bar de al lado.

Tu tía Clara.

A tu tía Clara le cuentas cosas, con tu tía Clara te ríes, qué llave tendrá ella que nosotros no acabamos de encontrar, cuál será la combinación secreta que hace que te abras, hija. La envidia que me da tu tía Clara. Cómo le resbala todo. Qué forma de despacharnos siempre a unos padres y a otros a mano vuelta, plas, plas, con qué desparpajo no teniendo ella hijos, con qué autoridad habla del tema, como si fuera una eficacísima guardia de tráfico. Y, sobre todo, cómo te hace reír, cómo te entiende.

Cuando llegué, tu tía miraba el móvil sentada. Llevaba un delantal blanco con restos de sangre. El pelo recogido con una goma. Le dijo algo al de la pescadería sobre si ponía ojos de besugo cuando le miraba el culo. El de la pescadería rio. Mi hermana exclamó: Hombreee.

Me dio un beso. Pidió dos cañas. Empezó.

—El problema de los padres de ahora es que tenéis todos mucha tontería dentro y sois muy intensitos, lechuguino mío —comenzó diciendo—. Cuando estáis embarazados os creéis que vo-

sotros vais a ser unos padres diferentes a los otros, como más guais, pero no. Qué coño. Sois la misma cutrez de padres que todos. Decís que no vais a pisar nunca un centro comercial y, en cuanto caen cuatro gotas, todos allí con el carrito al centro comercial. Decís que no vais a atiborrarlos a regalos en sus cumpleaños porque es vergonzoso eso, y luego hay que veros en el parque de bolas, que solo faltan los camellos y los pajes, joder, Javi, que hasta le ponéis una corona a la criatura. Decís que si los hijos no van a hacer que dejéis de seguir viendo a los amigos y luego, una mierda pinchada en un palo. En fin. Me callo. Y luego todo el día con que si la culpa, qué cansinismo. Que si habremos hecho bien o habremos hecho mal. Igualito que la gata Flora, que si se la meten, grita y si se la sacan, llora. Si la niña sale mucho, que si a dónde irá. Si el niño no sale nada, que a ver si es que no tiene amigos y es un asocial. Si tiene el móvil, porque está todo el día embobado. Si no tiene el móvil, que a ver si le van a marginar. El inglés, el voluntariado, el kumon ese, pero qué inglés hacíamos nosotros, Javi, alma de cántaro, qué kumon. Y no hemos salido gilipollas, ¿no? Me gustaría ver a madre aquí a ver qué te decía. Demasiado bien os salen los chavales, eh. Y acuérdate tú de la torrija que tenías en la cabeza con dieciséis.

Así empezó a contarme tu tía Clara. Como la conozco, aguanté el desahogo. Le dije que ella no tenía hijos y que era muy fácil hablar. Pasó el pescadero y le guiñó un ojo. Ella le soltó: Tú, subnormal.

Se bebió media caña de un trago. Me dijo: Bebe.

—La niña —comenzó (tu tía todavía te llama niña)—, la niña dice que se quiere morir.

* * *

Te escribo para preguntarte un montón de cosas.

Por qué te quieres morir, dinos.

Por qué se lo dices a ella y a nosotros no, hija. Por qué sospecho que no se lo dices ni a Diana.

Por qué le dices a tu tía Clara que te ves mal, que te cuesta levantarte cada mañana, que estás tristísima.

Por qué no te gustas, por qué no te quieres más.

Por qué has perdido el sueño y el apetito.

Por qué le has dicho a tu tía que te ves gorda y con un pelo horroroso. Demasiado morena, dices. Si tú no eres gorda, y aunque lo fueras. Si tienes un pelo negro y liso maravilloso, hija.

Por qué no lo sueltas. No digo el pelo. Por qué no sueltas aquello que a todos nos cuesta tanto nombrar.

Por qué le dices que odias los libros y no que me odias a mí.

Por qué.

Ayer tu tía Clara terminó contándome que hay cosas que no me va a explicar porque te lo ha prometido. Pero la tutora nos ha confesado que te han pillado vomitando en el baño, al menos una vez, al menos un poco, al menos como arrepentida. Que tenías mal cuerpo, alegaste. Que te habría sentado mal el desayuno y ya está, añadiste. Desde entonces, te vigilamos sin que lo sepas.

Tu madre parecía comerse los cigarrillos, en vez de fumárselos, mientras me contaba todo, atenazada, culpable, te juro que más sola que nunca. Aterrada porque ha hablado con compañeras del hospital y se pone en lo peor. Las madres.

La mía nos hacía rezar por las noches, hija. Tu abuela Aurora, con la mejor de las intenciones, se ponía al lado de la cama y nos hacía repetir aquello de por mi culpa, por mi culpa, por mi gran culpa, mientras nos teníamos que dar un golpecito en el pecho, imitándola. Tu tío Paco ya era mayorcito y pasaba. A tu tía le entraba un poco la risa. Pero yo me metía en la cama encogido, re-

pasando las cosas que había hecho o dejado de hacer, de qué había podido ser culpable si tan solo tenía seis o siete años. Convencido de que la gran culpa aquella abultaba más que yo.

Así crecimos muchos. Con la culpa por ahí, igual que esa borrasca de la Pantera Rosa que lleva siempre encima amenazando con descargar a pesar de que haga un día espléndido.

La culpa es algo viscoso. Como el chapapote que inundó Galicia. Como la pez. Te puedes duchar una hora y restregarte. Que siempre la sientes en alguna parte de tu cuerpo.

Tú no tienes culpa, recuerda. Tú no tienes culpa, tú no.

Yo no quiero que tengas culpa de nada. Yo sí, tú no.

O que me cuentes cómo es la tuya igual que se lo cuentas todo a tu tía, si es que alguna vez te da por ello.

Y aquí estoy, viendo tu foto, esa foto de la playa de Huelva que siempre pongo al lado del ordenador.

Ya la dejo, tranquila. Ya la subo a tu cuarto. Ya la pongo en su sitio con la chincheta. Ya la miro una vez más. Ya sonrío así, de medio lado, como el que sabe que no tiene derecho. Ya siento que la garganta se me cierra como un cepo antiguo.

No te vas a ahogar en tu pasado. Esto va a acabar bien, Inés. Yo te voy a salvar. El Rey Midas de mierda.

Cuánto daría para que me echaras la mano al hombro de nuevo, hija. Como hacías con tu madre. Una vez, al menos una sola vez. Y me mirases radiante de felicidad como en esa foto en la que llevas una gorra de Bob Esponja y miras al Atlántico.

4

INÉS

Roberto tenía el pelo de color castaño claro y los ojos verdes, era muy simpático y sociable, gran lector como papá y delicado como mamá.

Por abreviar: yo soy todo lo contrario.

Mi piel es otra cosa, mis ojos miopes son marrones, me puede la timidez. A los diecisiete años recién cumplidos tengo unas caderas enormes. Las caderas, qué asco me dan.

Cuando íbamos por Carabanchel y alguien nos paraba, mis padres siempre levantaban la manta del cochecito en el que dormía Roberto, para que lo vieran, y después decían: Y esta es su hermanita Inés.

Algunas veces lo hacían tocándome la cabeza. Otras veces, pellizcándome flojito en la mejilla. Siempre muy orgullosos.

Pero saluda, hija, saluda.

Y yo me quedaba mirando muy contenta por encima de las gafas de pasta y emitía un hola bajito, bajito que más bien parecía una petición de perdón.

Hablaban poco de mí, como si no supieran muy bien qué decir. Al final, todo terminaba con alguien diciendo que Rober se parecía mucho, pero que mucho, a papá o a mamá. Ese niño gota de agua que todos celebraban nunca era yo.

Pero aquellas tardes en que agitábamos el cubilete, cloc, cloc, cloc, o tenía que dibujar una cebra, o adivinar cuál era la bebida favorita de mi hermano, aquellos días de lluvia en que no había espejos, lo juro sin cruzar los dedos, yo me veía igual que Roberto.

Qué pasada no crecer, pienso a veces. Quedarnos los cuatro en torno a aquel tablero de los sábados con un bol de palomitas.

—Te toca tirar a ti.

A los ocho años quieres no salir de allí. A los doce o así tu propio cuerpo te derrama al mundo igual que el caramelo líquido. A los trece te salen granos en la nariz o en la frente, tienes un pelo que no te gusta: las que lo tienen rizado lo quieren liso, las que lo tenemos liso lo queremos rizado. Estás alelada todo el día con el móvil a los catorce. Las caderas se empiezan a expandir como si te metieras cosas en los bolsillos. No tienes tetas o tienes demasiadas. Mis amigas se hacían fotos poniendo morritos en el baño, pero qué morritos iba a poner yo. A reíros de vuestra madre, chicas.

Creo que fue con la mudanza cuando empecé a darme cuenta de que, en aquella casa, yo ocupaba menos que el resto.

Que en mi pasado faltaban cajas.

A pesar de todo, todavía eran días felices. Mamá brillaba como algo que está poco gastado y papá aún no tenía ni una sola cana. Hablábamos durante las comidas y las cenas. Sacábamos un juego de mesa y echábamos la tarde. Si Rober y yo nos peleábamos, hacíamos las paces enseguida.

Así éramos más o menos cuando hicimos la mudanza. Una familia de cuatro con un tablero en el medio. Unas fichas del parchís para cada uno.

Papá las rojas. Mamá las verdes. Roberto las amarillas. Yo las azules.

Papá levantando una barrera. Mamá contándose veinte. Roberto sacando un seis y volviendo a tirar. Yo siendo comida por todos, enferma cada vez que ocurría, volviendo a la casilla de salida.

Nos fuimos nada más acabar el curso. Hicimos una fiesta infantil en casa el día antes de dejarla. En la pared, mi hermano y yo pintarrajeamos todo lo que quisimos porque eran tabiques que se iban a tirar. Bajamos a la calle para ver cómo los de la mudanza metían las cosas para llevárselas. Los operarios sudaban y yo sentía frío.

Los muebles, la nevera y todas esas cosas, las cajas llenas de libros, los cuadros, la vajilla con los dibujos de topitos, todo lo de la mudanza fue en un camión verde y marrón.

Las cosas de mi hermano y mías fueron en una furgoneta negra.

Siendo mucho más pequeño que yo, creo que las cosas de Roberto contaban más historias y más bonitas que las mías.

* * *

La primera temporada que me llevaron a la psicóloga fue por lo de los recortables.

La segunda, cuando regresé, había una niña que tenía una brecha en la frente porque le había dado un cabezazo a un espejo. Yo no había dado ningún cabezazo, ni tenía problema alguno con los espejos. Pero me seguía haciendo pis con diez años.

Mis padres me recordaban cada noche con voz suave que hiciera pis antes de acostarme. Me controlaban el agua y la leche en las cenas. Justo después de leerme un cuento, mi madre me hacía ir al baño una última vez y me decía que era una campeona. Me compraron un orinal con gotas de lluvia que dejaban junto a la cama. Pusieron un punto de luz tenue para que pudiera ver si me despertaba en mitad de la noche. Me daban unas pastillas para no mearme. Me llevaron a la psicóloga igual que a la chica que tenía una brecha en la frente.

Pero yo me hacía pis igual.

Por el miedo a hacerme pis, decidí dejar de hacer ciertas cosas. Me perdí excursiones escolares en las que había que quedarse a sobar, campamentos de verano, quedadas con amigas en casa, un torneo infantil de balonmano en Valladolid.

Me acostaba y juntaba mucho las piernas, apretaba las rodillas y encogía mis partes hacia dentro. Empezaba a decir para mí: Hoy no te haces pis, Inés, hoy no te haces pis, porfa, hoy no te haces pis, hoy no te haces pis. Hasta que poco a poco me iba quedando dormida y solo despertaba cuando sentía un líquido caliente empapándolo todo. Entonces llamaba a mamá, porque se enfadaba menos. Porque el pobre de mi padre a veces perdía los nervios y me regañaba medio dormido y a oscuras. Yo pedía perdón muy bajito para no despertar a mi hermano. Mi madre me limpiaba con unas toallitas húmedas perfumadas del Mercadona o con una esponja y luego me decía que no me preocupara, que era una campeona igualmente. Apagaba la luz. Y no había pasado ni un minuto cuando papá venía a decirme que no pasaba nada. Lo repetía por lo menos tres o cuatro veces, alargando mucho la primera a de nada.

Lo que peor llevaba de hacerme pis era que Roberto ya hacía mucho que no se lo hacía. Mis padres no me decían nada de eso. Pero, cuando se enteró mi hermano, lo contó en el colegio un día en que nos habíamos peleado como bestias durante el desayuno.

Llegué llorando a casa, dije que nunca más volvería a salir a la calle, me quería morir como una perra atropellada. Mi padre se puso malo y se llevó a Roberto a su habitación, agarrándolo de un brazo, levantándolo un palmo del suelo, por lo menos. Estuvo hablando con él media hora. Le castigaron un mes. Fue la primera vez que sentí el peso de la justicia. Me alegré como pocas veces en mi vida.

Pero aquel mes pasó y yo seguía haciéndome pis encima. La meona. La fuente de los tres caños. El grifo abierto. Hasta que mi tía Clara intervino en el asunto.

Sí, después del balón del Celta de Vigo, creo que fue su segunda intervención estelar, que es eso que se dice en las galas de Nochevieja (una intervención estelar) cuando sale un cantante muy, muy conocido, yo qué sé. Es lo que le faltaba a tía Clara: un micrófono.

Aquel sábado mi padre me preguntó si me apetecía ir a dormir a casa de tía Clara y yo le contesté que no, que ni de broma, y le miré con el ceño arrugado, como si acaso tuviera que explicarle la razón: me daba miedo mancharle el colchón, buf, me aterraba la posibilidad de que la persona a la que más quería del mundo después de mis padres y de mi hermano supiera mi secreto.

—Ya lo sabe —me dijo mi padre.

—¿Cómo? —pregunté.

—Que ya lo sabe —repitió—. A tu tía le cuento todo, hija.

—Joooooo. —Y me fui corriendo a mi cuarto.

Aquel sábado no fui, claro, mi tía llamó por teléfono un par de veces, insistió solo un poco, le dije que no, lo aceptó. Pero el fin de semana siguiente fue a verme jugar el partido y, nada más salir de la cancha, se me acercó sonriente.

—Hala, día de chicas con tu tía, he dejado a Tomi en la casquería solo, ahora te vienes a casa, te duchas allí, pedimos unas *pizzas*, nos vamos al cine, cenamos guarrerías. ¿Qué me dices?

Yo miré a mi padre con los ojos muy abiertos y luego a mi tía.

Repetí el gesto. Me encogí de hombros. Asentí.

Así que el plan de chicas fue justo como me había contado mi tía: me fui a su casa, me duché, pedimos unas *pizzas*, nos fuimos al cine, cenamos guarrerías.

Después de ver un concurso donde salía Carlos Sobera porque mi tía dijo que era monísimo y tenía un empujón, justo después de que le preguntara muy seria y como una pava: ¿Por qué le quieres empujar, tía?; ella empezó a partirse de risa y, al terminar el ataque, me dijo que ya era hora de irse a dormir.

Yo pensaba que iba a dormir sola en el mueble-cama, pero tía Clara me dijo que fuera a su habitación. Al principio me negué, estuve a punto de ponerme a llorar y pedirle que por favor llamara a mi madre, que nos lo habíamos pasado muy bien, pero que quería volver.

Insistió: Confía en mí, te voy a contar algo.

Me peinó antes de acostarnos. Hicimos pis las dos. Me dio la pastilla. Puso música muy bajita en la radio de la mesilla. Me habló de su infancia y de mi abuelo Ambrosio. De su hermano Paco, el que no estaba bien de la cabeza. De su abuelo Pedro, el que vivió con ellos y olía a meados y eso que tenía por los menos ochenta y tantos. De cómo mi padre dormía todas las noches en un mueble-cama parecido al que había comprado ella. Me leyó cuentos hasta que se me descolgaban los párpados.

Yo estaba como en una nube, flotando, a salvo de todo.

Hasta que, un poco antes de apagar la luz, me confesó que mi padre se había cagado hasta los diez años...

Aquella noticia hizo que se me fuera el sueño de golpe. Nos reímos de mi padre un buen rato. Hablamos mucho de Javier el Cagón. Ella me contó que quería mucho a sus hermanos, incluido el pobre Zurraspas, dijo. Le contesté algo que nunca había soltado: que yo también quería mucho al mío.

Nunca olvidaré aquella primera y única noche en que dormí con mi tía en su cama. Ella me hizo la cucharita abrazándome por detrás y me apretaba contra su cuerpo. Antes de apagar la luz, me soltó sonriendo y abriendo mucho los ojos: Y tú méate encima de tu tía Clara, Inés del alma mía, que te reviento.

Luego me dio un beso en la coronilla. Creo que dormí con una sonrisa en la boca. Y ya nunca más me hice pis en la cama.

Así terminó la segunda temporada en que me llevaron a la psicóloga, sí.

La tercera comenzó cuando se murió mi hermano.

* * *

Fue como si muriesen también mis padres.

Los veías respirar, deambular por casa, emitir sonidos de vez en cuando en forma de palabras dichas en voz baja, levantar una persiana o bajarla, meter unos platos en el lavavajillas o poner una lavadora. Pero estaban tan muertos como Roberto.

Yo pensaba en un cementerio de Boadilla con muertos vivientes, muertos que dábamos más lástima que miedo. Y también pensaba que yo era la responsable de aquel apocalipsis zombi.

Pasaron cosas muy raras. O sea, muy normales si un sábado tienes a alguien de diez años contigo y al día siguiente ya no. Si ese mismo domingo has visto su sangre derramada. Si, por mucho que lo zarandees, no responde.

Por ejemplo. A papá lo sorprendí una vez con el cepillo de Rober. Entré al baño. Estaba sentado en el retrete y con el cepillo de leones de Rober en la boca, sin moverlo ni nada, como cuando en las películas americanas se ponen un termómetro sobre la lengua en vez de debajo del sobaco. Agarraba el cepillo de leones con las dos manos, echando lágrimas por los agujeros de la nariz, cerrando muy fuerte los ojos empapados. Cuando los abrió, me miró como si le hubiese pillado haciendo algo malo. Yo le puse la mano en el hombro. Me dijo afónico: Hija, ya no recuerdo su sabor.

Por ejemplo. Mamá pasó a ser una versión escurrida y espachurrada de sí misma. Tumbada en el sofá, no paraba de repetir: Mi niño, mañana por la mañana viene mi niño. Para luego, después de estar unos minutos callada, contestarse a sí misma: Mi niño no va a volver, mi niño no va a volver mañana ni nunca.

No me extrañaba tanto lo de mi padre, que siempre fue un poco de plastilina, sino lo de mamá, que hasta ese momento a mí siempre me había parecido de mármol. Un mármol duro, irrompible, pero suave y bonito, con vetas rosas y agradable al tacto.

Pasó lo mismo que cuando en una casa saltan los plomos, clash, y todo lo que está enchufado en ese momento deja de funcionar. Si es invierno, se apagan los radiadores, las fuentes de calor. Si es verano, te quedas sin aire. Se hace de noche antes. Las bombillas no van. Te quedas a oscuras. Solo que en la realidad se arregla yendo al cuadro de luces y en el caso nuestro no había lugar al que ir para arreglar aquello, no había botones que pulsar ni servicio técnico que nos conectara a la corriente de ahí fuera, del mundo que antes nos íbamos a comer y que ahora se nos había zampado.

Yo no decía nada, pero sentía. Más que nunca sentía. Pero a quién le iba a contar cómo me abrasaba el pecho, cómo me remordía todo, cómo le extrañaba yo también, cómo apretaba los dientes y los hacía rechinar hasta que me dolía la cabeza.

Me acerqué a mi tía Clara como una manera de no pasar tanto frío. En ella me metí lo mismo que cuando en un campamento te metías en una tienda de campaña con tu mejor amiga y cerrabas la cremallera, con la linterna encendida dentro, para hablar en susurros y a solas. Pasaba horas con ella con el permiso de mis padres, mi tía trataba de hacerme sonreír a pesar de que nunca la vi tan triste.

—Alergia, es la alergia. —Me decía que la alergia la estaba matando, y luego se sonaba con un pañuelo.

Venía a casa y dejaba unos cuantos túper de lo que fuera, para que mis padres no tuvieran que ocuparse, se sentaba junto a mi madre en el sofá, le decía que tenía que animarse, se ponía un delantal y faenaba sin preguntar. Fue como si se supiera más importante que nunca. Quedábamos a comer y a mí no me entraba nada. Me mandaba muchos mensajes y emoticonos. Me invitaba a salir al cine o a tomar algo. Me llevaba de compras (venga, Inesita, que hoy quemamos la tarjeta, me decía) y nada me caía bien delante del espejo. Hasta llegó a sacar unos billetes para ir a Vigo. Un viaje que al final no hicimos porque se hizo un esguince tremendo.

—Puta alergia, tengo más mocos que un caracol —me insistía. Y después de sonarse, sonreía.

Esos meses después de la muerte de Rober, confirmé lo muchísimo que mis padres lo querían a él. Hasta muerto, tenía algo de celos. Y me daba asco a mí misma por sentirlos.

Tía Clara me miraba y creo que me adivinaba los pensamientos.

Yo solo pedía en silencio que me siguieran queriendo, a pesar de todo. Si no tanto como a él, parecido.

* * *

Más que la nueva casa en sí a la que llegamos cuando tenía unos nueve años, creo que lo que nos cambió poco a poco fue lo que había fuera de la nueva casa.

No eran los trescientos metros cuadrados.

O la buhardilla.

O que cada uno de los dos hermanos tuviéramos una habitación grande.

O el jardín pequeño.

O las tres alturas del chalé.

No.

Eran las personas con las que yo me cruzaba por la calle y que no tenían nada que ver con las que yo había visto en Carabanchel Alto. Ni de cachondeo. Cuando era pequeña, no me daba cuenta. Pero sí al ir cambiando mi cuerpo. Porque crecer no tiene que ver con mirar más lejos y desde más arriba, sino con hacerlo con más desconfianza.

Chicas con otro tipo de ropa a la que llevaba yo. Con otras hechuras. Creo que hasta con la piel más fina y perfumada. El pelo más sedoso. Niñas que tenían otra manera de sentarse, y de pronunciar, y de mirarte, y que iban a misa más que mis amigas de antes. Gente mayor como mis padres con coches también mayores. Conversaciones diferentes a las del patio del colegio de Carabanchel: sobre vacaciones en el extranjero, sobre motos grandes y caras que estaban aparcadas en la puerta del instituto, sobre la empresa de papá o de mamá, sobre lo que engordaba y lo que no. Edificios más bajos y separados, sin ropas tendidas en la ventana al lado del aparato del aire acondicionado. Calles más anchas y con menos cosas tiradas por el suelo. Starbucks y Benetton. Escaparates con zapatos de más de cien euros. Casi ninguna tienda de chinos con porreros en la puerta. Y también McDonald's que parecían más bonitos. Mujeres con pendientes de perla y botas altas y menos gordas y que aparentan menos años de los que tienen y que van al gimnasio y a la sauna. Sudamericanas solo para servir en los bares y para planchar en las casas. Ningún pitbull ni staffordshire ni rottweiler. Todo el mundo recogiendo la mierda de su perro del suelo. Y no como en mi zona de Carabanchel.

Para mis padres debió de ser como subir de nivel en la pantalla y para Roberto y para mí fue como cambiar de juego.

Yo ya veía demasiado canijo a mi hermano (vivísimo entonces) como para perder el tiempo con él. Así que me busqué la vida.

No fui de muchas amigas, pero sí de tres o cuatro. Estaba Loreto, que era la pequeña de siete hermanos, muy buena, y sacaba todo notazas. Estaba Jimena, que tenía pensado ir a estudiar el bachillerato a Estados Unidos para perfeccionar el inglés y decía que, en cuanto tuviera dieciocho años, su madre le había prometido pagarle unas tetas de silicona. Estaba Mencía, siempre tan perfeccionista, que por entonces era rellenita y no como ahora: un pajarito, muy seria, muy delgada, muy nerviosa. Y luego, muy por encima de las demás, también estaba Marina, que era normal como yo. Bueno, o normal a secas.

Digo que era normal porque Marina también había venido de Carabanchel y ella me entendía cuando le decía lo de los chinos, lo de los pitbull, lo de los edificios sin la ropa tendida o lo de las sudamericanas.

Siempre recordaré aquel primer día en quinto de primaria en que entré en la clase del colegio de pago y era la única nueva. Y qué nueva, imagino.

—¿Tú no rezas? —me preguntó mi compañera de pupitre al terminar la oración escolar, nada más persignarse.

—Es que en mi casa no somos de rezar —contesté, y sentí un rechazo antiguo a lo religioso sin saber por qué.

—No pasa nada, mi hermano el mayor tampoco reza y es un buenazo. Yo me llamo Loreto. ¿Y tú? —me preguntó sonriendo.

—Yo me llamo Inés. Pero me puedes llamar Inés del alma mía.

—¿Cómo dices?

—Nada, nada —sonreí—. Es una broma que tenemos mi tía y yo.

—¿Amigas?

—Amigas.

En el cambio de clase ya me presentó a las demás.

En aquel primer recreo, Marina, Mencía, Loreto, Jimena y yo jugamos a algo que no recuerdo, pero a lo que perdí. Reímos con ganas. Jimena era la única que tenía móvil y que decía que estaba enamorada de un chico de sexto. Loreto se tocaba mucho la medallita de la Virgen que llevaba por fuera de la camisa y me preguntaba a cada rato que si estaba contenta. Mencía se colgaba del larguero de la portería mientras escuchaba. Cuando el grupo se fue relajando, Marina (que hasta el momento era la más callada) se me acercó cordial.

—¿De dónde eres, que no me suena tu cara de nada? Cuéntame cosas.

—Venimos de Carabanchel.

—Ah.

—¿Conoces Carabanchel?

—Claro, yo también vivía en Carabanchel —aclaró Marina.

—¿De verdad?

—Claro. En la calle Muñoz Grandes, que creo que fue un entrenador de fútbol o algo así.

—Nosotros vivíamos en una casa que es cuatro veces más pequeña que la de aquí —le conté. Y me vine arriba—: Soy del Celta de Vigo, creo. A mi padre le pagan por leer. Mi madre es médico de los pulmones. Dicen que cuento superbién las historias. Y tengo un hermano.

—Yo no —me respondió con la boca llena, hizo una pelota con el papel plata del bocadillo, encestó en la basura—. Pero si quieres, podemos ser como hermanas.

Desde entonces, hubo una conexión especial. Nos juntábamos las cinco, pero solo Marina y yo nos atrevíamos a ir con el uniforme incompleto o con una coleta improvisada. Trataba de agradar en todo lo posible, me esforzaba en encajar, alguna vez probé a llevarme al recreo el juego de familias de siete países. Pero les aburrió un poco y no volví a coger la baraja.

Mi madre cambió más que mi padre, que seguía yendo a su antiguo barrio de vez en cuando y que, siempre que había algún contratiempo en la familia, empezaba con la cantinela de que si su padre Ambrosio o de que si su hermano Paco o de que si su abuelo Pedro, el que se meaba encima. Mamá le cortaba diciendo que los tiempos habían cambiado y al final acabábamos los cuatro en el centro comercial.

Yo crecía rápido. Poco a poco, mamá fue tirándome cierta ropa y renovando el armario con otra mejor. Probó a cortarme el pelo de varias maneras distintas. Me apuntó a un curso de equitación para estar con mis amigas, deseaba que aprendiésemos a esquiar, me preguntó si yo también querría ir a estudiar un curso al extranjero, como otras muchas. Contesté que no. Que al extranjero nunca. Me daba miedo que no pudiera volver, que me quedase allí, sola.

No olvido el día en que me compré el primer vestido entallado de mi vida. Tendría trece años. Empezaba a pintarme y a mirar a las demás como no las había mirado hasta entonces. Aquella tarde las cinco habíamos quedado con cuatro chicos en el chalé de Marina. Sus padres nos habían dejado la parte de abajo para nosotras. Estuve una hora en el baño, arreglándome como nunca porque había un chico que me gustaba. Me veía guapísima. Pero antes de salir de casa, mamá me miró de arriba abajo por encima de las gafas y por primera vez me dijo algo que repetiría más veces: Así no estás mona, Inés. A ti eso no te sienta bien, cariño. Ponte algo más ancho, anda, cielo.

Y me cambié.

Tras la muerte de Rober, ya todos fuimos al psicólogo y no solo yo. Cada uno tenía su razón. Supongo que yo tenía varias.

Y aquí seguimos cada semana.

Porque, sin el cuadrado de Roberto, somos una familia medio rota, una mierda de geometría, las piezas revueltas de uno de esos puzles en tres dimensiones que solo se pueden resolver si te dan un plano con la solución.

Pero ni con plano encajamos.

La niña que tenía una brecha en la frente porque le había dado un cabezazo al espejo donde se vio reflejada era de Boadilla y no de Carabanchel.

Casi todas las chicas y chicos que van a la clínica de Diana son de por aquí, niños con padres a los que no les va nada mal de pasta. Yo no creo que los de Boadilla anden peor del tarro, ni que necesiten más ayuda, ni que estén más tristes o deprimidos. Lo que sí creo es que en Carabanchel mucha gente no se puede pagar una sesión a setenta y cinco euros los cincuenta minutos. Y por eso no vienen donde Diana y se irán al parque o a donde puedan a soltar la chapa.

La niña que tenía una brecha en la frente nunca quiso contar su historia en la sala de la clínica donde comíamos palomitas mientras hablábamos en círculo igual que en un campamento nocturno.

Tuvo varias crisis. Dejaba de venir meses y luego volvía. Cada vez que regresaba, lo hacía en peor estado.

Un día no volvió jamás.

Vi a sus padres por el bulevar. Solos. Pálidos. Cogidos del brazo. Secos como escobas. Habían envejecido mil años por lo menos. Creo que se acabaron mudando.

* * *

A veces, Marina y yo quedamos con el resto por el grupo de WhatsApp que mantenemos juntas. Llego tarde como casi siempre, me riñen un poquito, comemos unas hamburguesas, tomamos algo, las que quedamos nos vamos a Moncloa a beber con más peña.

Jimena se fue a Estados Unidos este curso y nos ha mandado una foto con una camiseta ajustada donde se le ven más tetas.

Pero estamos las demás.

Marina ahora dice que quiere ser policía. Que yo recuerde, antes dijo que quería ser maestra, veterinaria, geóloga, instagramer y arquitecta. Bueno, pues ahora le ha dado por decir que quiere ser policía para meter en la cárcel a hijos de puta como Julio. A Loreto la vemos menos, porque entre los estudios, el voluntariado, el club de escalada y las clases de alemán y de piano no tiene demasiado tiempo. Pero sigue tan encantadora como siempre. Su novio es igual. Hacen una pareja estupenda. No se puede ser más guapa que Loreto. Mencía ha recuperado algo de peso. Pero, a poco que beba alcohol, se le sube a la cabeza. No me extraña.

La otra noche se sinceró después de bajarse ella sola un mini y me contó que lo que más le llamó la atención de los cuatro meses que estuvo ingresada el año pasado fue que había chicas que se metían monedas por la vagina para ganar unos gramos cuando tenían que ir a la báscula. La moneda que más pesa es la de dos euros (lo miró por internet), unos nueve gramos. Así que no supo decirme cuántas monedas se metían dentro aquellas chicas. A mi amiga le llamaba la atención eso y también que habían quitado todos los espejos de la unidad. Para que nadie se rayara con el peso. Que no había espejos ni en el lavabo. Ni en los pasillos. Ni en los ascensores. Ni en ningún sitio. Hasta los cristales de la planta eran mates para no verte reflejada en ellos. Todo fue más o menos bien hasta que un día fue a buscarla su padre. El hombre había ido antes a lavar el coche a fondo porque Mencía también es alérgica a los ácaros. Quería que brillara como si estuviera nuevo, que después de dos meses allí dentro su nueva vida empezara muy limpia. Mi amiga bajó con su madre del hospital, caminó hasta el coche que estaba al sol. Cuando se vio reflejada en la luna de atrás, cuando se vio deformada y el doble de ancha en el cristal abombado, Mencía tuvo una crisis y se puso a llorar. La ingresaron de nuevo.

A mis diecisiete años, yo también me veo gorda. Solo algunas veces me he metido los dedos para vomitar. La primera vez que lo hice fue cuando se murió mi hermano, después de ver a mi padre con el cepillo de dientes de los leones de Roberto. Creo que la tutora le ha contado algo a mamá porque me ha visto tirar un bocadillo en el recreo y hacer lo mismo varias veces en el comedor, y porque me ha pillado potando en el baño.

Cuando tía Clara se enteró, después de hablar con mi padre, me llevó a una terraza a comer un helado que ni probé, se levantó el jersey, me enseñó la tripa, se agarró los michelines bien agarrados, se estrujó los pechos como si fuera a exprimirlos y luego me preguntó: Quién es tu tía favorita, a ver, ya sé que no tienes otra, pero contesta, ¿estos colgajos de carne que tienen loco al de la pescadería o una mujer de puta madre que siempre se enrolla con su sobrina? Hazme caso, reina, en esto pasa como con la casquería: lo más rico de los pibones como nosotras es lo que tenemos dentro, ea.

Cuando terminó de hablar, el helado ya se había derretido. Pero entonces se pidió uno para ella y lo compartimos.

Creo que mi tía Clara me salva un poco de mí.

Creo que Carabanchel y la casquería de Federico Grases me salvan un poco de la tontería.

De aquel día conservo cuatro fotos del fotomatón haciendo las dos el tonto. Las tengo clavadas en la corchera de mi cuarto. De vez en cuando las miro y me acuerdo de esa tarde.

Creo que lo jodido es cuando los espejos no se pueden quitar. Cuando los espejos son los otros.

Loreto sonriendo junto a sus padres y moviendo ese pelo rubio que tiene y sacando otra matrícula.

Jimena riendo en Boston luciendo tipazo: en una foto hace surf, en otra foto se ve un enorme rascacielos detrás.

Tía Clara haciendo lo que le sale de ahí, diciendo lo que le da la gana, sin complejos, siendo más libre que nadie, salvando a una niña cada mes. Ojalá fuera yo así. Vaya mierda de palabra ojalá.

Chicas del instituto, del balonmano o de mi urbanización en grupos de Instagram donde tienen infinidad de seguidores. Espectaculares. Con muchísimos amigos por lo que se ve. Con paisajes preciosos detrás.

Roberto abriendo mucho la boca para soplar por un aro y hacer pompas de jabón. Roberto leyendo muy bien en voz alta.

Y luego con el pico cerrado, junto a un árbol oscuro.

* * *

No seré la mejor hija, lo sé, pero ellos tampoco son los mejores padres.

Papá es un buen hombre que vive con su remordimiento, en su burbuja de la escritura, en una burbuja de la escritura que ni siquiera es suya, sino de los otros. Parece mentira que sea hermano de la tía Clara, lo mismo que parece mentira que yo sea hermana de Roberto, supongo. Nos parecemos en que nos cuesta hablar de verdad, no de chorradas, en eso sí que somos clavados.

Mamá vive con ese bisturí que lleva también en casa y en la cocina y en el salón. Todo tiene que cortarse por aquí o coserse como ella diga. Mamá no es una mala mujer, pero a veces va de sobrada y se pasa tres pueblos. Debería estar prohibido decirle a una hija, aunque solo sea una vez, aunque solo sea una única vez en su vida: Cariño, no estás mona así, a ti eso no te sienta bien, cielo. Su bisturí de mierda.

El chico de barrio y la niña pija, y luego Roberto y yo.

Y, al final, solo yo.

Creo que empiezo a saber cómo arrancó esto que siento. No sé cuándo terminará.

Pero algo tengo claro: yo también, como mis padres, necesito que termine.

No hablo de grandes peleas, ni de insultos muy gordos, ni de que yo sea una porrera o una macarra, no lo soy, ellos saben que no lo soy. Conozco a porreros y a niñas pijas muy chungas con sus padres, y yo no lo soy. No hablo de que vayamos a salir en las páginas de sucesos. Quiero a mi padre. Quiero a mi madre. A veces me lo repito como cuando me mandaban hacer una copia cien veces: no le tiro del pelo a Roberto, no le tiro del pelo a Roberto, no le tiro del pelo a Roberto…

Hablo de cómo me siento.

A veces, en medio de un sueño, me veo a mí misma convertida en un paquete de dinamita con ojos debajo de la mesa del salón: desde lejos, alguien oscuro ha encendido la mecha hace mucho, es una mecha muy muy larga que baja por la escalera de casa hasta la calle y que se va consumiendo poco a poco, le pido a gritos a mis padres que la corten, que corran fuera de casa y hagan algo, pero ellos juegan con Rober en el salón, o ríen cenando con un montón de amigos, o pican algo viendo una película los tres, o en el sueño nos leen un libro a mi hermano (que es un cuadrado) y a mí (que soy un círculo). Y la mecha continúa quemándose, y la chispa avanza escaleras arriba, imparable, sin hacer ruido, como una de esas bengalitas que me compraba mi tía en Navidades en la plaza Mayor: cada vez está más cerca del paquete de dinamita con ojos que soy yo. Cuando esa chispa llegue a mí, cuando me toque, estallaré. Pero yo no quiero estallar, de ninguna de las maneras. Yo no quiero que les alcance a ellos la explosión. Grito en el sueño diciendo que desactiven el explosivo cuanto antes. Que dejen de servirle una copa de vino a los invitados y que hagan algo, por Dios. Grito que me echen agua encima, mamá, por favor, agua. Lo pido como si ya fuera una bola en llamas y ardiera, eso siento. Les pido que pisen la mecha encendida que ya está entrando por debajo de la puerta de casa y recorre la alfombra como si fuera una oruga. Mamá, apágala, apágala, mamá, grito mamá con todas mis fuerzas. Pero los paquetes de dinamita no pueden hablar. Y ellos siguen riendo y mi padre se pone otra cerveza y Rober lee disfrazado de Supermán. Y la mecha encendida ya está a un palmo de mí y estoy a punto de estallar. Y noto un calor que crece y crece. Y grito mamá muy fuerte. Y mamáááá. Y mamáááá más alto. Y entonces me despierto sudando. Y soy consciente de que, al final de la pesadilla, estoy llamando a gritos a mi madre. Entre lágrimas. Como supongo que la llamaría cuando solo tenía tres o cuatro años y sentía muchísimo miedo y ella no aparecía.

—¿Qué te pasa, reina? —me pone (ahora sí) su mano en mi cara—. Ya está aquí tu madre, ¿qué te pasa, cariño? ¿Qué soñabas? ¿Por qué lloras? Estás empapada en sudor. Anda ven, que te cambie el pijama. ¿Quieres que duerma contigo, amor mío? —me dice. Y en sus ojos gastados veo también el insomnio y el miedo.

No hablo de grandes peleas, ni de insultos muy gordos, ni de que yo sea una porrera o una macarra, no lo soy, ellos saben que no lo soy.

Hablo de que no es agradable sentirse como un explosivo. Hablo de que me gustaría que las cosas hubiesen sido distintas. Cosas que no puedo cambiar. Cosas que no me gustan, pero en las que pienso a menudo y que siempre empiezan por un «¿Y si...?».

¿Y si Roberto no hubiese nacido nunca?

¿Y si no hubiese sacado buenas notas y no hubiésemos ido a Pirineos?

¿Y si mis padres en el fondo no me quieren?

* * *

Ayer, mi madre, después de tener una gorda que empezó por una bobada, soltó: Iba a decir una cosa, pero mejor me callo.

Estas son las cosas que me fastidian de mi madre.

Y se calló.

Y se levantó.

Y se fue a dar un paseo durante dos horas, añadió, porque no aguantaba más.

Porque no *me* aguantaba más, imagino.

Me encerré en mi habitación. Subí la música. Abrí el cajón. Cogí el cúter. Lo probé varias veces en las tapas de un cuaderno. Comprobé su filo en el dedo gordo. Me entró miedo. Lo volví a meter en el cajón.

Cuando regresó mamá, el abuelo Ambrosio y la abuela Aurora estaban sentados en el salón. Siempre vienen sin avisar y a mamá no le gusta que sus suegros hagan eso. Yo me alegré de que vinieran precisamente por lo mismo.

—No avisamos para no molestar, hija, para que no preparéis nada —se justifica mi abuela Aurora cuando ve la cara que pone mamá. Ella les ofrece una infusión o una sin alcohol, les dice que se queden a comer o a cenar, que no tengan prisa, porque a Javier le va a hacer mucha ilusión cuando sepa que han venido.

El abuelo Ambrosio sigue conduciendo a pesar de tener más de ochenta años. Mi padre y mi tía Clara le han dicho que deje de hacerlo ya, que un día va a matar a alguien, a alguien como su nieta, le asustan al pobre hombre.

Pero el abu se encoge de hombros, mira a la abu, me mira a mí y contesta que qué quieren que haga, que les gusta ir al pueblo, que no se van a quedar encerrados en el piso esperando la muerte, que él se ha hecho más kilómetros que nadie como vendedor ambulante en Madrid, que sus tres hijos iban sin cinturón de seguridad cuando eran pequeños y que ahí los tienes, tan pitos, que ellos además son de ir a noventa y por el carril derecho.

Soy la única nieta viva que tiene mi abuelo.

Y esa exclusividad me hace sentir bien.

En su Peugeot gris lleva una foto mía y de mi hermano en un marquito metálico que pegó en el salpicadero. Fue cosa de la abuela. El marquito se les despegó varias veces, hasta que la abu le mandó atornillarlo. Siempre reza antes de salir de viaje, aunque sea un trayecto de diez minutos, y hace rezar al abuelo, que se hace el remolón y solo dice amén al final. Una vez que no lo hicieron, les dieron un pequeño golpe por detrás en la avenida de los Poblados. Una mínima abolladura. Pero, desde entonces, mi abuela siempre reza mirando al marquito donde estamos mi hermano y yo y también está la Virgen de la Almudena.

Lo sé porque he viajado con ellos y no digo ni amén. La abuela me dice que no me preocupe, que ella ya reza por mi hermano y por mí lo mismo que reza todas las noches por su hijo Paco, mi tío.

Si puedo, si tengo tiempo, si me apetece, después de haber estado alguna tarde con mi tía en Carabanchel, me paso un rato a visitarlos.

Visitarlos es como tomar aire. Ellos siempre me dicen que todo me sienta genial.

Veo con ellos lo que sea que estén viendo en la tele con el volumen bien alto. Un culebrón o un concurso, mi abuela. Algo que echen por Teledeporte, mi abuelo. Él me aprieta entre sus brazos al entrar como si llevase cinco años sin verme y no dos semanas. Hablamos de todo y de nada. El abu se pone como nervioso y mi abuela dice que parece un niño chico: se levanta a cada rato; me enseña algo que ha comprado en el Rastro y me suelta: Eh, ¿cuánto dices que pagó tu abuelo por esto? Di, di, a ver si aciertas; me ofrece un vaso de Nestea que solo compran por mí; me saca de comer de las cosas que me gustan y que me da mala conciencia probar; me suelta la propina que me tienen guardada; él me pregunta por la casa de ricachones de Boadilla y por mis padres, y ella, a veces, también me pregunta por cuándo voy a volver a ir al pueblo unos días en verano, aquel pueblo al que solo fuimos los cuatro una vez. Al final, los dos me dicen que estoy guapísima, aunque yo me vea fatal. El abuelo me habla de la adolescencia de mi padre y entonces me mira suspirando, como si lamentara lo poco que vio entonces a sus tres hijos, y luego mi abuela interviene: Cansino, que eres un cansino histórico.

* * *

Es como si vieras trampas en todas partes, como si la habitación se te hiciera cada vez más y más pequeña contigo dentro, igual que le pasaba a Alicia en el País de las Maravillas.

Solo que aquí no hay maravillas, sino cosas que no sabes cómo terminan, niebla, sospechas.

Una habitación que encoge y encoge o una niña que crece y crece (lo mismo me da) hasta no caber dentro, hasta acabar encajada como uno de esos gatos chinos en un tarro de cristal que rulan por internet.

La falta de aire.

La falta de movimiento.

La falta de voluntad.

La adolescencia puede ser un infierno. Basta con el cielo de los otros.

No hace falta que tu padre te maltrate (es un suponer), ni que te deje el novio (no tengo), ni que se rían de ti en el instituto porque seas gorda o ridícula (no es así), no hace falta nada de eso para que a veces te sientas en el infierno. Es suficiente con que te imagines a los otros mucho mejor que tú, con que te los imagines felices y guapos y durmiendo bien y bailando y sin el nudo que sientes dentro, la mar de contentos en su cielito lindo.

Círculos y cuadrados.

Me gustaría tener muchos más recuerdos con mi tía Clara y con mis padres, tener recuerdos de antes de esa primera vez en que ella llegó a casa con el balón del Celta de Vigo.

Recuerdos de nenita. En pañales. Fotos en un triciclo como el de Rober. Me gustaría tener fotos de más playas bailando con mi hermano. Me gustaría tener mi propia imagen de bebé, boca abajo, en la panza de mi padre.

Me gustaría tener un montón de recuerdos que sepultaran esos otros que no puedo olvidar, silenciar la cabeza. La mecha encendida que corre y corre.

No haberle oído decir a mi madre aquello que le susurró a mi padre. Eso que le dijo antes de ponerse a llorar después de una bronca conmigo: Javier, a veces me da por pensar que ojalá no la hubiésemos adoptado nunca, nunca, nunca.

5

JAVIER

Con el paso del tiempo, a sus veintitantos años, mi hermano Paco empezó a sufrir unas crisis nerviosas impresionantes. Unas crisis que, o bien empezaron porque dejó de tomarse la medicación para la esquizofrenia, o bien fueron la causa de que él decidiera abandonarse de aquel modo.

El resultado estaba a la vista, en cualquier caso. Y ante los ojos de un niño de doce años, lo que fuera que le estuviese ocurriendo me producía una mezcla de enfado y de compasión. Enfado porque yo no quería verlo así y no sabía qué hacer. Compasión porque, en aquel estado, le veía más niño que yo, más indefenso, más perdido.

Se excitaba muchísimo, subrayaba y subrayaba en rojo todo, no paraba de hablar, de salpicar mientras lo hacía. Fue por aquel entonces cuando se enamoró de la dependienta de una heladería, a la que trató de cortejar durante meses. Y aquello lo cambió todo.

Se compró media docena de trajes que combinaba con lo mejor que tenía: camisas planchadas, gemelos, un pañuelito en el bolsillo de la chaqueta. Me permitía lustrar sus zapatos con un cepillo, que yo trataba de dejar relucientes echándoles mi aliento infantil. Y, ya engalanado por completo, se miraba en el espejo del pasillo con una ilusión que no le volví a ver jamás.

—¿Voy guapo, Javi?

—Guapísimo, Paco.

—¿Huelo bien?

—Hueles genial.

—Es Heno de Pravia.

Y abría la puerta, decidido, desconocido, con un ramo de flores entre las manos.

—Son para Lolita —me decía antes de coger el ascensor—. Lolita va a ser mi novia. Yo también quiero ser normal. Y tener hijos.

Ya en la parada del 34, me asomaba por la ventana y él me saludaba desde la marquesina.

Pero sus viajes no eran los míos.

Yo aún era muy niño.

A esa edad en que los tesoros todavía no se buscan fuera de casa, sino dentro, me pasaba los días entre el colegio (donde algunos chavales empezaban a esnifar cola después de calentarla con un mechero) y el primero B en el que vivíamos. Me peleaba sobre todo con mi hermana porque nos llevábamos poco tiempo; hacíamos las paces; veía *Mazinger Z*, *Ulises 31*, *La conquista del Oeste*; jugaba al chinchón con el abuelo; si decía me aburro, mi madre me contestaba cómprate un burro, pero qué burro me iba a comprar yo si me daban una moneda de veinticinco pesetas y casi no cabíamos en casa los seis.

También sentía llegar a mi padre del bingo y me hacía el dormido.

Pero, por encima de todo, me pasaba horas y horas con rotuladores, y tijeras, y cromos de futbolistas que recortaba igual que luego haría Inés con las fotos de Roberto. Solo que en mi caso era para hacerme equipos con los que luego jugaba en el barrio. Unos hacían carreras ciclistas con las chapas. Otros jugaban a las canicas. Otros apostaban con cromos que llevaban en tacos atados con gomas. Mi mundo eran las chapas de fútbol.

Chapas de Lauki, de Cinzano, de El Águila, de Mirinda. Una chapa no muy doblada que luego frotabas contra el suelo igual que si fuese una lámpara mágica que concediera deseos. Chapas que yo recogía casi de rodillas en los bares, cuando mi padre me llevaba con él los fines de semana para darle un respiro a mi madre, chapas que hallaba tentando el suelo sembrado de serrín, de palillos, de servilletas, de huesos de aceituna, de colillas y de cabezas de gamba, y que luego soplaba, levantaba en el aire como un trofeo y enseñaba a mi padre.

—Mira, papá, una de Bitter Kas —le decía.

Y él me sonreía desde arriba y me revolvía el pelo y me contestaba, muy bien, hijo, y luego pedía otras cañas.

Hasta que conoció a Lolita, mi hermano Paco jugaba conmigo a las chapas y siempre se pedía el Rayo Vallecano, que por entonces había jugado las semifinales de copa.

Lolita. Ese fue su último partido, creo.

Una tarde, cierto tiempo después, lo vi venir derrotado de esa heladería a la que nunca me quiso llevar.

Ella lo había rechazado, deduje.

Y debió de hacerlo de un modo brusco.

Porque Paco no solo dejó de ir a la heladería vestido como si fuese a una boda con ramo y todo, sino que decidió que no saldría de casa. Se hundió más que nunca. Dejó de subrayar. Dejó de escuchar música. Dejó de escribir esos poemas que le dedicaba. Dejó de hacer fotos con la Nikon que luego me regalaría. Dejó al Rayo. Dejó de llevarme a Persia o a la Antártida. Ni tan siquiera al quiosco.

Embutido en su pijama deshilachado en los puños, me decía: Es que soy muy feo. Y, sentado en su butacón, cerraba los ojos como si le doliera la cabeza y se tapaba la cara con la palma de la mano derecha.

Paco podía tirarse en esa postura una hora o dos. En silencio. Con la persiana casi bajada del todo. Yo me quedaba allí con él, en la penumbra, mientras el viejo reloj de su mesilla hacía tictac, y veía cómo unas rayitas de luces horizontales le iban recorriendo el cuerpo muy despacio. Hasta que el sol se ponía y entonces ya me dejaba encender la lámpara.

—¿Jugamos a las chapas? —le pedía.

—¿Tú me ves muy feo? —me volvía a preguntar con una mirada herida.

—No, Paco, eres muy guapo.

—Soy muy feo, horroroso.

—¡¿Qué vas a ser feo?! —Y yo iba corriendo al baño, y le traía un espejo, y se lo ponía entre las manos, y me ponía detrás de él y le estiraba la comisura de los labios con los dedos, para que sonriera, para que no olvidara su sonrisa.

Empezó a hacer cosas más raras de las habituales.

No dormía. El galán que fue durante unas semanas se convirtió en un tipo hosco: no se afeitaba, no se arreglaba el pelo, descuidó su higiene. Compró decenas de cintas TDK y grababa las veinticuatro horas del día lo que fuera de la radio, moviendo el dial aleatoriamente. Cuando al fin volvió a salir, desapareció durante un tiempo y apareció al cabo de dos o tres días, desnudo en la Gran Vía, donde había estado repartiendo su ropa, su reloj, billetes de mil pesetas. O terminaba en la Casa de Campo, descalzo y con los pies hinchados y oscuros como una bota de vino.

Un día de aquellos, entré en la habitación compartida de mi hermano y me llevé para siempre al Rayo entero en su caja de zapatos al cuarto de estar, rabioso y triste, como si el Rayo fuera un animal que estuviera vivo y hubiera que salvarlo, como si en vez de chapas fueran unos gusanos de seda. Mi padre no sabía jugar, o no podía, o no tenía tiempo. Decía que mi hermano Paco iba a matar a disgustos a mi madre. Y aquella noche casi sucedió.

Lo recuerdo bien porque fue una Nochebuena y todos llevábamos un rato esperándolo para cenar. Los mayores empezaban a preocuparse cuando sonó el telefonillo. Alguien fue a abrir. Era mi hermano Paco, que ya subía. Mamá sintió alivio y fue a por la sopa para servirla. Allí estaba la mejor cubertería. El mantel de las grandes ocasiones. Dos velas encendidas. Mi padre presidiendo la mesa y mamá a punto de bendecir los alimentos.

—Si este hombre no duerme aquí, no duermo yo —se escuchó la voz de mi hermano—. Es Jesucristo.

Y entró en el salón con aquel hombre andrajoso, con la cara muy roja y curtida, un tipo que dormía en la calle, anunció mi tío.

No sé cómo mi madre, una mujer de fuertes convicciones religiosas, accedió. Pero Jesucristo terminó cenando en casa. Y aquella noche también durmió igual que lo hizo Paco. Porque mi hermano tenía razón. Al menos esa vez la tenía. Y yo me sentí orgulloso de él como cuando me llevaba a Persia.

Con el tiempo, mi madre siempre diría que por nada del mundo habría cambiado a sus hijos. Y a su hijo Paco menos que a ninguno.

Cuando, un año después, mi padre nos llevó a mi madre, a Clara y a mí a visitar a Paco a aquel psiquiátrico gris, yo entré sintiendo un poco de miedo, pero salí con una desazón inabarcable.

Había un enfermo joven y sonriente hablando solo por el pasillo. Otro que caminaba sin pisar las rayas de las baldosas. Otro más, octogenario, que se pasaba todo el día sentado junto a la ventana y decía que esa tarde venía su madre. Frente al televisor, varios cuerpos vegetaban hechos un ovillo.

Uno de ellos era nuestro hermano.

Mi hermano Paco era un volcán en calma que a veces estallaba. Era muy generoso. Tozudo como un mulo. Ingenuo como un niño. Destilaba amor en estado puro. Sus manos no hacían daño. Leía buena poesía y escribía una muy mala. Intentó cortejar a Lolita. Jugaba bien al dominó y al tute. A veces se ponía un poco pesado porque te repetía las cosas veinte veces, y hablaba muy alto porque estaba un poco sordo, y siempre estaba escuchando música del Dúo Dinámico o de Rod Stewart o de Los Pekenikes o de Elvis.

Mi hermano Paco era todo eso.

Y aquello que tenía allí delante aquel día con la boca abierta y el labio de abajo colgando no era mi hermano.

Pero aprendí una cosa. Que pasara lo que pasara, ocurriera lo que ocurriera, con la boca abierta o mudo, mi hermano Paco sí seguiría siendo el hijo de mi madre, que iba a verlo cada semana, y limpiándole las comisuras de los labios con un pañuelo le decía mi niño, mi niño.

Porque un hijo también es eso que a veces te mata o querrías matar, pero que te da la vida.

* * *

Ahora que tengo una hija adolescente a la que casi nunca comprendo, a veces me acuerdo de mis once años, de mis doce, de mis quince, de mis dieciséis, de aquel Madrid, de aquella época.

Vivíamos en un primero con poca luz.

Mis padres no pudieron estudiar, pero desde el principio comprendieron que el único modo de que sus hijos terminaran subiendo a un tercero o a un cuarto con ascensor eran los libros.

Por eso mi padre seguía, a pesar de los yonquis o de sus encuentros con los policías. Porque él vivía en un primero que parecía un bajo y conocía ese camino para subir: sabía que la vida se dividía entre los que se asoman por la mirilla y pueden elegir no abrirte y los que, como mi padre, no tenían más remedio que ser observados como un insecto y llamar a la puerta de una casa mejor que la suya.

Mi padre nunca me dijo te quiero (porque no le salía, quizás porque era obvio y no hacía falta decirlo); mi madre no tenía Google para teclear «depresión juvenil», ni tanto donde elegir; ni en el colegio había un psicólogo; mis padres jamás fueron a un especialista en salud mental, ni leían libros sobre la materia, que posiblemente ni se habían editado todavía; ni hablaban de los cambios de la vida adolescente en las pocas veces que quedaban con sus amigos, ni pensaban de un modo recurrente si lo estaban haciendo bien o mal, ni evitaban esa violencia de baja intensidad que entonces era admitida (un bofetón, una torta, el proverbial zapatillazo), ni nos podían pagar una formación en el extranjero, ni darnos todos los libros del mundo, ni todos los viajes, ni todos los sabores, ni asistieron a charlas ni a cursos, ni la sociedad les exigió una idoneidad; ni se hablaba del interés supremo del menor, sino del interés del mayor. Había parques con jeringuillas a mis catorce y a mis dieciséis, coches sin airbag, carreteras mal señalizadas, conductores que bebían, drogas que impactaron devastadoras como un meteorito en la periferia y de las que no había tanta información como ahora, menos respeto por la mujer que el de hoy, más intolerancia con el diferente, más alimentos sin control sanitario, todo eso había.

Pero cuando me pregunto quién lo tiene más difícil, si mi hija adolescente o el adolescente que entonces yo fui, sin ninguna duda, la respuesta es mi hija.

Porque hay más ruido ahí fuera que en mi época. Porque ese ruido de ahí fuera le exige pureza, perfección, que sea la hostia de guapa y de feliz, un pasado sin mancha. Porque todo conspira para que una chica se compare con las otras y salga perdiendo en la comparación.

Cuando me pregunto quién lo tiene más difícil, si mi hija adolescente o el adolescente que fui, lo tengo claro. Lo mismo que cuando me pregunto quién lo ha hecho peor, si mis padres o yo, no tardo demasiado en contestarme.

* * *

Cuando llegaste a nuestras vidas, hija, la obsesión de tu madre y mía fue hacer de ti una persona feliz. Una personita de una felicidad ancha, compacta, sin huecos en blanco, constante, una felicidad (ahora caigo en ello) que de algún modo funcionara como una lumbre que, a su vez, también nos calentara a nosotros dos. Porque, al fin y al cabo, ya sabes, habíamos puesto muchos huevos de nuestra felicidad en tu cesta.

Sí, algún día tú también lo sabrás si es que acaso decides tener hijos. Ser padre o madre también es hacer una apuesta en el tablero del otro, esa valentía o esa temeridad: ligar tu suerte y tu alegría y tu salud a la suerte y a la alegría y a la salud de tu hija o de tu hijo, arriesgar tu futura plenitud a la de ellos. Si tu hijo tiene una depresión con treinta años, tú tiras de ansiolíticos; si tu hijo pierde una pierna con veinte, a ti te tiemblan las tuyas; si tu hijo se te muere a los ocho, tú te entierras en vida.

Nunca olvidas a un hijo muerto, porque el hijo no te olvida a ti. Se te presenta en el desayuno cuando coges una taza mellada donde pone «Para el mejor papá». Se sienta en el sitio de la mesa que siempre ocupaba. Te saluda con la mano desde lejos en medio de la algarabía de otros críos. Se te mete en la cama justo antes de acostarse para hacerse el remolón y demorar irse a la suya. No te olvida, no se va, está más presente que nunca. Me odió mucho tiempo tu madre, me culpó con ferocidad al principio. Con lo que decía y con lo que no. Con sus miradas. Hasta que la cirujana también fue extirpando aquello.

Pero estaba escribiendo de ti y no de tu hermano, perdona, hija. Estaba escribiendo de lo que queríamos darte.

Cuando alguien te preguntaba qué querías ser de mayor y tú te encogías de hombros, cuando ese alguien después nos preguntaba a nosotros, ¿y la niña qué dice?, tu madre, de un modo un poco afectado pero sincero, decía: Nosotros queremos que sea feliz.

No ingeniera de telecomunicaciones. Ni abogada. Ni científica. Sino feliz. Eso decía.

Por eso, nuestra crianza, al menos entonces, se basó en un principio moral muy sencillo: mantener lejos todo lo que pudiera lastimarte o sumarte más dolor.

No hablo de no castigarte (te castigábamos), no hablo de decirte a todo que sí (te decíamos que no cuando era necesario), no hablo de crear un monstruo tiránico y autocomplaciente (no te dimos todo por tu bien). Hablo de quererte y de hacerte reír y de darte seguridad y de acompañarte y de esperar que hoy nos cuentes las cosas que piensas y que a lo peor te están lastimando o sumando más dolor. De hacer de tu familia y de tu vida un espigón seguro.

Y no sé si, con la mejor de las intenciones, hija, lo hicimos bien.

Sí que te hemos querido (eso nadie nos lo puede reprochar); sí que hemos tratado de hacerte reír hasta que hemos comprobado que ya no te hacemos demasiada gracia (qué le vamos a hacer); sí que hemos tenido paciencia; sí que seguimos intentándolo cada día, a pesar del desgaste y de la distancia, de los errores, de lo que no te hemos dicho.

Pero no sé si todo ha sido suficiente, si nos equivocamos sin querer, si con otra madre y con otro padre para ti habría sido distinto. Si Roberto tampoco se olvida de ti.

Me resulta fascinante cuando, frente al televisor, en una entrega de premios de lo que sea, el galardonado recoge su premio y luego llega ese momento ante el micrófono en que agradece en público. Al director, a la editorial, al jurado, a su pareja, a sus padres. Cuando cita a sus padres, hija, a mí me recorre un estremecimiento por todo el cuerpo. Sus padres. Todos tenemos unos, ¿verdad? Y se pone a explicar el motivo. Emocionado de verdad. Y verbaliza algo parecido a esto que sigue: Muchas gracias a mis padres, a los que les debo tantas y tantas cosas…

Y entonces dice todo eso que a mí me encantaría escucharte y que me emociona como si ese actor joven y con pajarita fuera mi hija, ¿entiendes? Cosas que ese hijo que tendrá tres o cuatro años más que tú o por ahí dice que le debe a sus padres y que a mí me dan una envidia triste y me hacen mirar a tu madre con el rabillo del ojo. O a ti, que tienes el mando a distancia y callas.

Muchas gracias a mis padres, a los que les debo tantas y tantas cosas. Gracias, mamá, porque sin tu mano no habría llegado hasta aquí, por confiar en mí siempre, por venir a mi cama todas esas noches en que tuve miedo a la oscuridad y tú eras mi luz. Gracias, papá, por tu tiempo, a pesar del cansancio.

Eso diría el actor más o menos.

¿Qué le habría dicho yo a mis padres si hubiese tenido huevos? ¿Les habría dado las gracias de verdad? ¿O les habría confesado que a veces me daba vergüenza que mi padre fuera vendedor ambulante o jugara al bingo, o que el abuelo oliera a meados? ¿Les habría pedido perdón por pensar eso?

¿Qué te habría dicho a ti? ¿Te habría dado las gracias o sobre todo te habría pedido perdón? Perdón por no haber sido sinceros contigo. Por haber sido cobardes. Por darte un hermano y luego quitártelo. Decir con el micrófono en mano: Quiero aprovechar la entrega de este premio para darle las gracias a mi hija porque ha llenado nuestras vidas, y también para pedirle perdón por las cosas que sabe y por las que un día conocerá.

¿Qué dirías tú llegado el caso, hija? Siempre me lo he preguntado: qué dirías que nos debes, si es que nos debes algo, claro. ¿O es que no te hemos enseñado nada, por insignificante que sea? No sé, al menos dos o tres cosas seguras (necesitamos escucharlas): sobrevivir a los muertos, saber perder, buscarle un buen final a tu libro. O peor: ¿o es que solo te hemos enseñado gilipolleces, inseguridades, mentiras que no valen para nada? Dinos lo

que piensas, hija. Baja el volumen de la tele mientras el actor da las gracias y háblanos del otro día en la fiesta de disfraces, y de que has conocido al novio de Marina, y de lo que le cuentas a tu tía, y de lo que nos han dicho en el colegio de la comida y de tus vómitos, y de que nos quieres hacer una pregunta importante, la que sea, y háblanos de Roberto si quieres también, porque nosotros también necesitamos hacerlo, también necesitamos tu ayuda. Cuéntanos qué es eso de que te quieres morir, venga, porque yo también dije que me quería morir incluso antes que tú, cuando lo de mi hermano Paco, y estuve hecho un lío y me daba vergüenza mi padre y no pasa nada, no pasa nada, ven que te abrace, ven, así, así, ¿ves?, buenas noches, hija, te quiero mucho.

—Y yo a ti, papá —me decías entonces, cuando eras pequeña.

Y luego no te dormías hasta que no te diéramos los dos el beso. Primero uno. Luego el otro. Tu hermano ni sabía besar, se cagaba, no hablaba, había que darle de comer, tú eras la reina. Y entonces, decía, después de nuestros besos encadenados, tratabas de alargar el momento y pedías que te contáramos otro cuento, o ir al baño otra vez, o que con las manos te hiciera el pato en la pared, o que te acercara a Peluchito o a Vaquita de lana, que los ibas a abrigar muy bien, uno a cada lado de tu cama como si fueran dos alabarderos reales.

La felicidad, ¿verdad?

Me encantaba hacerte cosquillas al final y verte reír como una salvaje hasta que gritabas para, para, para, para. Como si aquellas cosquillas nocturnas fueran el final de unos fuegos artificiales y después del último cohete (ya sí) aceptáramos la quietud de la noche. Y entonces (mientras decías entre carcajadas para, para, para) llegaba tu madre y nos decía a los dos que había que dormirse ya, que iba a alterar a la niña, que siempre con la misma historia. Pero ella se revolvía la melena, ponía las uñas en forma de garra, esas manos que operaban milagros, se acercaba muy despacio hacia ti como si fuera un monstruo, mostrando los dientes y gruñendo; y también se ponía a hacerte cosquillas. Y tú terminabas rendida y con la cara como de borrachita, despeinada en la cama revuelta, el olor del suavizante de tu pelo largo y oscuro.

—¿Me haces más cosquillas, mamá?

Por entonces no te molestaba que tu padre te tocara. Pero, poco a poco, a medida que pasaban los años, sí. No te hablo ya de un beso, sino de una caricia, una mano encima del hombro, no sé.

Diana me pide que escriba, que no deje de hacerlo. Lo mismo que Roberto no me deja que me olvide de él, de lo nuestro. Diana me pide que escriba como si te tuviera delante, ya te dije. Lo que me salga. Y aquí estoy. Escribiendo. No para pasar el rato. Sino porque se me pone un nudo en la garganta si no lo hago. Y escribiendo por lo menos me rompo.

Romperse de vez en cuando es la mejor manera de volverse a reconstruir.

Lo que daría por volver a tus cosquillas, a llorar de risa.

Tú escribías muy bien. Empezabas a inventarte un cuento y a colorearlo. Pero te cansabas rápido. Y sacábamos el juego de las calabazas para hacer algo distinto. O unos puzles de coches de Fórmula 1 que te regaló tu tía. O me tiraba al suelo contigo para intentar enseñarte a jugar a las chapas, ¿te acuerdas?

Yo me pedía el Rayo Vallecano, al que tú al principio llamabas el Rayo Vaticano porque esa palabra te sonaba más que la otra. Me pediste que te hiciera el Celta de Vigo. Tu hermano se llevaba las chapas a la boca. Y luego yo no me dejaba ganar porque eso era parte de tu educación. Porque hacer que encajaras la derrota de un tres a cero en la vida no tenía nada que ver con lastimarte o sumarte más dolor, sino con unos padres que te querían y que te quieren más que a nadie en el mundo.

A veces, siendo todavía una niña, en las mortecinas tardes de domingo o en un día de lluvia, tú nos decías que te aburrías.

Pero nosotros nunca te contestábamos que te comprases un burro. Jamás.

Sino que nos poníamos, con urgencia y algo de culpa, a jugar a lo que tú quisieras.

* * *

Desde que la conocí, Celia siempre fue igual: demasiado perfeccionista, casi implacable consigo misma, de esas personas que aparenta que duda poco.

Casi todo eso lo sigue siendo hoy. Pero se le ha agriado algo el carácter, habla menos, se crispa más, sí. Resuelve peor.

Si al principio podíamos estar un día entero hablando, ahora podemos estar un día entero sin decirnos nada, que es una forma muy común en las parejas de dejarlo todo claro con el paso de los años.

Pensar: Mejor me callo. Mejor no la lío. Mejor me muerdo la lengua. Mejor me voy a dar un paseo. Mejor me pongo a leer. Mejor hago como que no he oído nada. Antes éramos caballos desbocados y ahora somos avestruces.

Yo sé que lo que ocurre es que está cansada.

Y no hablo de un cansancio físico, ese cansancio que genera dopamina y endorfinas, ese que te agota, pero que luego te da la recompensa del oasis familiar, el placer del puerto refugio de los tuyos, esa sensación de estar a salvo nada más cruzar la puerta, la calma, la armonía. Hablo del cansancio improductivo.

Lo que ocurre es que debe de ser jodido levantarse cada mañana diciéndote a ti misma: Venga, Celia, vamos a empezar el día desde cero, como si ayer no hubiese pasado nada, buen rollo, positividad.

Y nada más entrar en la habitación de Inés después de no haber logrado salvar a un niño de la edad de tu hijo, notar su gélida distancia, lo mismo que se siente bajar la temperatura al entrar en una bodega.

O discutir un par de veces en el rato que va desde que suena el despertador hasta que la hija se va al instituto.

O regresar del hospital después de un día hermoso y preguntarle qué tal (Venga, Celia, vamos a empezar el día desde cero, como si ayer no hubiese pasado nada, buen rollo, positividad), y entonces obtener por toda respuesta una sola palabra. Mal. Bien. Normal. Sin levantar la cabeza del móvil o sin dejar de ver la serie del ordenador. Ese desdén normalizado que hace que su madre enarque las cejas y suspire y luego, a los cinco minutos, vuelva a insistir: Pero cuéntame algo, hija.

O intentar conversar durante la cena los tres, en vano.

No culpo a Inés. Nos culpo a nosotros.

Pero me callo. Mejor no la lío. Mejor me muerdo la lengua. Mejor me voy a dar un paseo. Mejor me pongo a leer. Mejor hago como que no he oído nada.

Inés siempre fue lenta comiendo, pero ahora la novedad es que le da vueltas y vueltas a lo que sea que tenga en el plato, como si buscara algo debajo, como si apartara cosas, hasta que su madre y yo terminamos el postre y nos retiramos.

Y así un día frío, y otro día más o menos anodino parecido al anterior, y otro día en que (algo es algo) al menos compartimos una película en el salón o una noticia del telediario, hasta que (muy de cuando en cuando, no sé muy bien por qué) todo se alinea y tenemos un momento maravilloso de deshielo. Un momento que me recuerda que es posible estar mejor, que no hemos derrumbado todos los puentes ni hemos cortado todos los circuitos.

Como cuando Inés nos vino muy emocionada hace unas semanas con unos folletos de un campamento en Escocia, y estuvo encantadora haciendo preguntas sobre Escocia, lo normal en otra casa, supongo, y esa misma noche cenamos hablando de pubs y de música celta, de lagos azules y de montañas muy verdes, de tíos con falda corta y con gaita enorme, bromeaba Celia, y ella se partía de risa: Gaita enorme, dice mamá, sabrás tú…

Como esa otra tarde en que se fueron las dos de compras y yo las vi entrar sonriendo por la puerta como si nada, como si mañana fuesen a estar igual y lo hubiesen estado el día anterior. Hablando, riendo, Celia diez años más joven de repente, más hermosa, revitalizada, durmiendo esa noche del tirón.

Si Inés no es lo que era desde hace años, Celia tampoco lo es, no. Lo mismo que no lo soy yo. Lo mismo que el pobre Roberto es el único que sigue igual, intacto, con la misma sonrisa de entonces, una sonrisa que a veces me imagino enterrada en bichos y entonces voy a la nevera y cojo una lata.

Yo no me levanto con positividad, yo me levanto a secas.

Asumo que este peaje tiene que ver con una biografía concreta, con una adolescencia algo más complicada por motivos obvios, y que algún día todo pasará lo mismo que vino. La cuestión es que este periodo de entreguerras no destruya demasiadas cosas, no abra simas profundas ni heridas incurables, no remueva cimientos.

Yo no digo, Venga, Javier, vamos a empezar el día desde cero, como si ayer no hubiese pasado nada, buen rollo, positividad. Yo me callo, pongo el desayuno, prefiero que no haya broncas, Celia me mira y sé lo que piensa.

Y la veo en el sofá tumbada al lado de la puerta, repitiendo la letanía del no puede ser, no puede ser, hasta que entra Roberto y le dice: Mamá, he estado perdido todo este tiempo, no me he muerto, sonreíd todos, hablad, por favor, dejad de echaros la culpa en silencio.

Somos una tubería obstruida. Nadie encuentra el desatascador.

Recuerdo cuando la conocí en aquella fiesta de un amigo común que se mudaba a Barcelona y lo que más me gustó de ella: ese aire de mujer obstinada que acaba consiguiendo lo que se propone. Y esa noche lo que ella se propuso fui yo, me acabó confesando al cabo de las semanas, cuando ya éramos novios.

Era castaña tirando a rubia y blanca de piel, estilizada y frágil, tenía ese carácter que imantaba a todos. A mí me recordaba a Lauren Bacall por la forma de echar el humo. Ya era neumóloga. El beso inicial me supo a cenicero.

Me hizo gracia porque era la primera vez que me enrollaba con una chica pija, una que no era de Carabanchel o de Campamento o de Aluche o de por ahí. Sino de la zona bien de Madrid.

Yo me fijaba en la cara de mis amigos de toda la vida cuando se la presentaba en un pub de Malasaña o cuando tomábamos algo en el barrio. Ya a solas, con unas cervezas delante, ellos apostaban a que nuestros hijos se llamarían Pelayo y Cayetana y a que irían vestidos con pololos y lazos. A que ella me regalaría un loden verde y a que la madre de Guille, que asentía sonriente, acabaría cogiéndose el 34 para ir a limpiar a nuestra futura casa, que por lo menos estaría por Cibeles o por Atocha.

Pero Celia se los ganó a todos. Por aquel entonces, si quería, podía ser menos remilgada que ellos, menos prejuiciosa, más libre.

La primera vez que la llevé a aquella pequeña casa donde vivíamos cinco, Clara y ella congeniaron muy bien, y eso que eran distintas.

Llegó con unas flores para mi madre.

Elogió su caldereta.

Estuvo maravillosa con el abuelo, que ya no se enteraba de nada.

Se empeñó en ayudar a bañarlo.

* * *

Como no tengo el valor de decírtelo a la cara, te lo escribo aquí. Igual que cuando mi padre llegaba del bingo después de gastarse el dinero de la venta ambulante y yo no tenía cojones a decirle que estaba haciendo llorar a mamá y prefería hacerme el dormido.

No hemos sido justos ni valientes contigo, hija. No nos hemos atrevido. No te hemos contado. Nuestra cobardía nos ha hecho ser injustos, eso es. A veces, tratando de proteger a alguien, le terminas haciendo más daño.

A veces se me viene a la cabeza que educar es como un viaje interminable en el que el padre y la madre vamos conduciendo, cambiándonos al volante, dándole el relevo al otro cuando lo ves cansado o perjudicado, no sé si me entiendes. Un viaje en el que nosotros vamos decidiendo la ruta y las paradas y en el que los hijos os limitáis a ir por donde os vamos llevando. Un viaje en el que unas personas llamadas Celia o Javier marcan el destino al que quieren llegar y el paisaje que atravesarán, pero en el que cada hijo —tú ahí atrás otra vez, Inés— elige para dónde mira, si busca la luz o su contrario.

Podías elegir disfrutar de las montañas, hija, mirar las estrellas, ponerte buena música, o bien mirarte los zapatos sin más, taparte los oídos.

Podías elegir.

Quizás la ruta elegida era buena. Pero a lo peor debimos abrirte los ojos. Apartarte las manos de los oídos a la fuerza y hablarte. O hacerlo mañana mismo, antes de que sea tarde.

Pero no nos hemos atrevido.

Me acuerdo de cuando sí nos atrevíamos. Tu madre y yo. A empezar a salir. A desnudarnos el uno al otro. A casarnos. A cambiar de casa. A tener a Roberto. A traerte a ti.

Te atreves con todos los viajes hasta que, con tanta velocidad, reparas en que dejaste algo atrás por culpa de las prisas. Algo no resuelto y enterrado. Pero con espoleta.

Y sigues haciendo kilómetros y más kilómetros a toda pastilla, igual que si todo fuera normal, tratando de no mirar por el retrovisor, sobre todo eso: tratando de no mirar por el retrovisor, haciendo como si aquello de atrás no hubiera sucedido nunca. Algo que ocurrió y que no tendrías que haber dejado tirado en la cuneta, silenciado. Sino que tendrías que haber resuelto.

Te lo explicamos lo mejor que pudimos con unos cuentos que encargué yo con todo el amor del mundo, ¿te acuerdas? Te repetíamos una y otra vez que eras una niña muy deseada, que eras nuestra hija querida, adaptamos nuestras respuestas a tu nivel de madurez, tú ya sabías porque tenías cinco años, pero te costó un mundo hablar de ellos con naturalidad. Es normal.

Cuando lo hiciste, una tarde, nos llamó mucho la atención lo que dijiste. Tanto que entramos en pánico con aquella frase tuya. Celia se quedó blanca, me acuerdo perfectamente de su cara. Yo empecé a sudar.

Dijiste: Mi tía aquí es buena. Mi tía allí era mala.

Y ese «allí» fue la primera y única bengala que encendiste.

No volviste jamás a hablar de aquello. Jamás. Como si, al decirlo, hubieses soltado un globo y ese globo hubiese ido subiendo y subiendo hasta perderse para siempre. Adiós. Todo borrado. Disco duro vacío.

Luego ya solo vinieron los «aquí», los «ahora», los «mañana», los «papá» y los «mamá» y los «hermanito». Luego ya todo fue normal. Una familia de cuatro miembros con sus problemas normales, con sus rabietas infantiles normales, con sus peleas entre hermanos normales. Nuestros miedos se fueron diluyendo. Pero fueron viniendo otros.

Yo ahora, por ejemplo, hija, le tengo un miedo creciente a tus silencios.

Me daba miedo mi hermano Paco cuando hablaba mucho soltando perdigones por la boca al dejar la medicación y me das miedo tú cuando te tiras días casi sin hacerlo.

Pero siempre hay un modo de buscar tus huellas, unas piedras de Pulgarcito que se pueden seguir, ya sabes.

¿Te acuerdas de Pulgarcito, hija? ¿Te acuerdas de las láminas de colores de aquel libro y de que lo guardabas como si fuera un tesoro?

Yo sí. Título: Los cuentos de Charles Perrault. *Editorial Edhasa. Año 2003.*

Creo que fue de los primeros cuentos que te regalamos. Contenía Caperucita, El gato con botas, La Cenicienta, Piel de asno. *Pero el que tú pedías que te leyéramos una y otra vez era el de* Pulgarcito. *Un cuento en el que se narra la historia de un niño abandonado y de unos padres equivocados y de un ogro, pero que acaba bien.*

Las piedras de Pulgarcito, las tuyas.

Cosas que tu madre y yo tecleamos y leemos juntos para tratar de comprenderte, de estar a tu lado, de no fallarte. No sé, música nueva que no entiendo, nuevas prácticas sexuales entre jóvenes que te pueden hacer daño, las carreras con más salidas, dónde estudiar inglés en el extranjero, cómo sobrevivir a un hermano muerto, guía urgente para entender a tu adolescente, la crisis del adolescente adoptado…

Me pregunto qué cosas buscarás tú en internet en modo incógnito. Cuáles serían tus piedras de Pulgarcito. Quién sabe, páginas que hablen de los mejores botellones de fin de semana, foros donde una chica llamada Inés comente que se siente triste y cuente parte de su historia, instagramers que hablen de cómo adelgazar en un mes, algo de porno para chicas, ni idea. O a lo mejor no. A lo mejor tus piedras de Pulgarcito van de música, de cine, de naturaleza, de viajar lejos, del duelo, de la resiliencia, que si lo piensas, es una gilipollez de palabra, una palabra nueva que se han inventado y que significa lo mismo que resistencia, que para más inri suena casi igual.

Resistencia.

Después de hablar con la tutora, tu madre solo me dijo muy seria que estabas haciendo tonterías con la comida en el colegio, que luego me contaría, que le había salido una urgencia en el hospital y que tenía que irse corriendo. Supongo que no me dijo más para no preocuparme. O por esa manía suya de llevar el control. O porque a veces ella piensa que lo que no se nombra no existe.

Pero mamá no borra su historial de navegación. Y hace unas horas, cuando he abierto el portátil, he curioseado un rato y he terminado viendo ese rastro que no elimina.

Entonces, después de pinchar en los links, *la he telefoneado, me ha explicado que esta misma noche me lo iba a contar y, a continuación, me he puesto a escribir esto: «Como no tengo el valor de decírtelo a la cara, te lo escribo aquí. Igual que cuando mi padre llegaba del bingo después de gastarse el dinero de la venta ambulante y yo no tenía cojones a decirle que estaba haciendo llorar a mamá y me hacía el dormido».*

Y aquí me tienes, Pulgarcita, comiéndome las migas de tu madre, que son tus piedras.

Leo una web en su historial de navegación.

«Los trastornos de conducta alimentaria (TCA) se pueden reconocer por un patrón persistente de comer no saludablemente o de hacer dietas no saludables. Estos patrones de conducta alimentaria están asociados con angustia emocional, física y social. Los TCA no discriminan a base del género, edad o raza».

Leo otra más.

«Se desconoce la causa exacta de la anorexia. Muchos factores pueden influir en el desarrollo de trastornos alimentarios, entre ellos, la genética, la biología, la salud emocional, las expectativas sociales y otros aspectos».

Y ya no he leído más, hija. Y a ver si tengo cojones para no hacerme el dormido, como cuando mi padre y el bingo.

* * *

Sé que nos hace peores, pero a veces Celia y yo nos reconfortamos un poco cuando escuchamos gritos en el pareado vecino. Gritos de la madre o del padre discutiendo con el hijo a voces, como energúmenos. Igual que nosotros. Un chaval al que luego ves por la calle y es majísimo. Un padre o una madre con los que te cruzas en la acera y no pueden ser más educados. Unos gritos que escuchamos porque nosotros no estamos gritando en ese momento. Porque ese rato la moneda ha salido cruz en otro sitio y no en nuestro salón.

Entonces, cuando les escucho discutir así, caigo en lo que siempre dice Celia después de una bronca con Inés en casa: Los vecinos van a creer que estamos locos.

Y pienso en cómo veo yo a esos vecinos míos en ese instante. Y no concluyo que ellos estén locos, sin duda con el convencimiento de que la cosa sea recíproca, esto es: que ellos piensen que nosotros tampoco lo estamos nada más que por una discusión semanal subida de tono.

Es extraño estar siempre con la misma persona. Todo se desgasta. Las articulaciones. La vista. La dentadura. También la pareja.

Muchos amigos con problemas menores que Celia y yo se separaron. No resistieron la muerte de un hijo o unos problemas como los de Inés. Nosotros seguimos y creo que es porque ya lo de menos somos nosotros, porque Inés y la culpa lo llenan todo, y da miedo pensar que no estar juntos tendría unas consecuencias imprevisibles en nuestra hija.

Sé que es mezquino, pero siempre que nuestra hija nos cuenta lo que le ha pasado a alguna chica o a algún chico, algo malo, digo, me siento reconfortado de que no haya sido ella. Como si el mal de los otros, por mera comparación, en determinadas circunstancias, nos hiciera mucho bien, nos mantuviera a salvo en un escalafón al que no alcanzan esas aguas turbulentas que a otros sí.

El jueves, durante la cena, en uno de esos extraños momentos expansivos que tiene, Inés nos cuenta la historia de Nacho, un excompañero del instituto que ha sido denunciado por su madre, hijo de una maestra y de un pequeño empresario. Inés interrumpe el relato nada más empezarlo para subir a su habitación y coger una foto de primaria: sabemos quién es Nacho, claro, compartieron aula varios cursos, pero ella quiere que veamos la foto de la clase en la que aparece disfrazado de pollito con nueve años.

—Este es Nacho —nos dice, como diciendo a dónde puede llegar un pollito.

Y luego continúa.

Nos cuenta que Nacho, hijo único, empieza a ser motivo de burla en el colegio por su alta estatura. Aguanta insultos y menosprecios. No dice nada al principio. Pero lo acaba contando en casa. Todavía es un niño. El comienzo del instituto coincide con que su padre deja a su madre y se va con otra mujer mucho más joven. Nacho crece de golpe, pero lo hace mal: está desnortado, rabioso, y toma una determinación: si eres de los que das en el patio, no recibes. Y así empieza a irse con ciertas compañías no muy recomendables a los catorce años, chicos algo mayores que él. Fuma, bebe, prueba el hachís, va de paquete en motos, niños de papá sin casco y sin cabeza. Repite varios cursos. Pasa de todo. Cambia de instituto. La última novedad nos la cuenta Inés mientras le echa kétchup a las patatas fritas, esas gotitas de sangre densa: el otro día su madre le apaga la wifi tras una discusión y él le da tres puñetazos. O dos. O uno. Varían las versiones: hay quien incluye un televisor tirado por la ventana, pero Inés no se lo cree. Lo que sí es cierto es que la madre pierde un diente y acaba con la nariz rota. Denuncia al hijo. Tiene diecisiete años.

A su manera, con menos detalle del referido aquí, Inés nos termina de contar la historia y yo me siento algo ruin por alegrarme de una victoria pírrica: Inés no es así, no nos haría eso. Inés puede estar callada, ser dejada, mostrarse muy fría y desganada, haber empezado a tontear con la comida, reprocharnos algo, tener cambios de ánimo desconcertantes, estrellar el móvil contra una pared aquel mal día, quererse muy poco; Inés puede ser todo eso, decía, pero Inés no es Nacho.

Lo mismo que no es Marina, ni Mencía. Lo mismo que Iván, el hijo de Valentín y Elena, no se parece en nada a Álvaro, ni Álvaro (al que Paloma y José han educado igual que a su hermano preguntándose en qué han fallado) se parece en nada a su mellizo. Ni Jimena será nunca Loreto. Aunque unos quieran ser los otros. Aunque no sepan ni quiénes son. El día en que dejemos de mirar a los adolescentes como un todo uniforme y entendamos que cada uno es distinto, alguien va a encontrar el sentido del mundo.

La otra tarde en que no tuvo entrenamiento, Inés estuvo con su tía Clara (qué bien le hace su tía Clara), se tomó un helado con ella para hablar de sus cosas, regresó a casa, nos dio un beso, nos pidió perdón por la discusión del día anterior y nos preguntó algo insólito: ¿Vemos algo juntos esta noche mientras cenamos con unas bandejas en el sofá?

A Celia casi se le cae el plato que secaba, me miró, puso un gesto muy cómico de grata sorpresa, yo también. Los dos contestamos casi al mismo tiempo: Claro, claro, lo que quieras, vete eligiendo algo de Netflix.

Escogió una serie fantástica de una sola temporada. Estuvo un rato hablando con su madre mientras yo hacía los sándwiches y recogía la cocina. Al otro lado de la puerta, hablaron del futuro y también del pasado, de la psicóloga y de la tutora, de cosas de mujeres y de los cambios del cuerpo. Escuché una frase de su madre: Tú no te agobies.

Luego Inés dijo que no empezáramos a ver nada porque se iba a poner cómoda con el pijama. Pero pasaron cinco minutos y se demoraba. Entonces sonó su voz por el hueco de la escalera.

—Papáááá.

—Quéééé, hija.

—Sube un momento, anda, porfa.

Y subí, claro que subí: había dicho porfa.

Es una de las leyes de la física: cuando un hijo te dice que subas, asciendes; cuando te dice que bajes, desciendes; cuando te pregunta si tienes algo de dinero, se genera un movimiento automático en ángulo de cuarenta y cinco grados de la mano del padre al bolsillo, aunque sea para decir que no tienes nada.

En su habitación, buscaba entre la librería. Quería que le aconsejara algún libro guay (dijo guay) para regalarle a su tía por su cumpleaños. Aunque lo más cercano a una novela que haya visto su tía en décadas sea el calendario que tiene en la casquería. Le aconsejé varios libros, no obstante. De miedo. De intriga. Alguna cosa ligera.

—He estado hablando con la tía Clara —me dijo—. Me ha dicho que lo más rico de los pibones como nosotras es lo que tenemos dentro.

Luego, repasando las fotos de la pared, hablamos del balonmano, de que estaría bien volver a Huelva, de su amiga la que se ha ido a Estados Unidos, de si sigue o no con ese chico de la foto…

—Dime la verdad, papá, a quién crees que me parezco más —me preguntó por preguntar, poniendo su rostro de perfil primero y luego de frente.

A mí me empezó a entrar un poco la risa, porque ella ya sabe la respuesta.

—A tu tía Clara —me salió de golpe—. A quien más te pareces me da a mí que es a tu tía Clara...

Y ella se rio, y se dejó caer hacia atrás en la cama, y me lanzó a la cara a Vaquita de lana, el único peluche que a estas alturas no ha metido en una bolsa de basura para ser enterrado en el trastero. Un peluche al que le falta un ojo, uno que tiene decenas de lavados y está desleído, uno que ya no se sostiene sobre las cuatro patas y que perdió la cola, sí, pero que le debe de recordar a cuando abrazaba más.

* * *

En (lo que queremos que sea) la nueva revelación de la novela negra de mi editorial, Clarence la taciturna ya ha comenzado a administrarle arsénico a su padrastro. Sigo sintiendo cierto malestar cuando me adentro en el texto. Es ficción, me digo, pero no puedo evitarlo. Se acordarán: es la historia de una chica que decide matar a la pareja de su madre porque abusó salvajemente de ella cuando era muy pequeña. Al lector (que acaba de detectar que *salvajemente* es un pleonasmo porque no se puede abusar de otro modo) le habíamos dejado cuando quedaban cincuenta páginas para terminar la novela. Las retomamos aquí. Cada día, de un modo maquinal y podríamos decir que hasta excitante, la hija le echa al padrastro el veneno que mata lentamente y que su madre, Sophie, ha conseguido agenciarse poco a poco en un sitio poco recomendable de la *banlieue* de París. Lo hace disolviéndolo en bebidas, mezclándolo en comidas y salsas, hasta elabora un pan artesanal que, con la excusa de que no tiene gluten y es más saludable, el hombre traga y traga. Thierry, el padrastro, hace mucho que es una inmensa bola de sebo que además sufre anosmia (pérdida de los sentidos del olfato y del gusto). Por ello no tarda demasiado en empeorar. Siente calambres y falta de aire, nota que está perdiendo el apetito, sufre mareos y debilidad. Adelgaza algo debido a una cagalera inmensa. Heces con sangre. Eso es lo que echa como si fuera una fuente. Ignora que, a cada trago que toma, a cada bocado que da, cada día está un poco más cerca de la muerte. El hombre no se vale por sí mismo y, cuando sugiere la posibilidad de ser atendido, ellas le impiden que vaya al médico. No es nada, le dicen, una intoxicación alimentaria, confía en nosotras, es cuestión de tiempo, añaden. Y es la mayor verdad que le han dicho en semanas: es cuestión de tiempo. Si Thierry pudiera valerse por sí mismo, se iría él solito al hospital, pero no puede ni levantar un brazo ya. No tiene fuerzas ni ganas. Por lo demás, Clarence sigue yendo a la psicóloga, esa misma a la que comenzó a llevarle su madre siendo muy niña tras la muerte de su padre en aquel incendio, cuando ella empezó a sentirse muy mal y todos lo atribuían al trágico episodio. Los abusos existieron, eso está claro, según los especialistas. Fueron cuando ella era muy niña, eso también está claro. Porque si no tendría recuerdos claros y no es así. Solo gracias a una intensa terapia, Clarence ha ido recordando. Saquito de risa. Mono. Aquella figura adulta en la habitación oscura. Cuanto más lo piensa, más mimosamente le lleva a su padrastro la sopa, más amorosamente aliña y amasa el pan que hornea, más cínicamente le acerca una infusión. Come, Thierry. Bebe, Thierry. Así, así. Madre e hija lloran juntas, maldicen, se abrazan cuando están solas, pero cada vez están más cerca de su objetivo. Un sábado, nada más despertar, Clarence se dirige a la habitación donde su padrastro ya duerme solo. Va un poco como Caperucita iba a la casa de la abuelita, tralará, tralará, solo que en vez de mermelada y frutos del bosque le lleva arsénico en una manzanilla. Y el lobo no es un animal, sino ese ser humano bola de sebo que hasta hace nada se follaba a su madre y que hoy (gracias a la dieta materno-filial) ha perdido bastante peso. Pero el hombre no va a probar la manzanilla, el hombre no se va a follar a nadie más. Thierry acaba de morir. Quedan diez páginas para que termine una novela que tiene ligeros fallos, pero que está muy bien escrita. Faltan apenas diez páginas, sí. Y también lo más sorprendente.

* * *

Hay cosas que solo comprendes de tus padres una vez que tienes hijos, Inés.

Hay cosas que solo me atrevería a responderte cuando tú tuvieras uno. Cuando lo perdieras.

Porque si no sería como hablar de una obra en la que uno se hubiese leído los dos primeros libros de la trilogía y el otro nada más que fuera por la mitad del volumen uno.

Porque el hijo ignora lo nuclear de la trama: el giro del argumento a medida que pasan las páginas que le quedan por leer, no sabe cómo el tipo que al comienzo de la obra es un personaje secundario puede terminar salvando al principal (o al revés), des-

conoce el punto de vista cambiante, no tiene ni idea de que hay más protagonistas que él. Y, sobre todo, ignora un asunto: que esos otros protagonistas que no son solo él ya mataron dragones antes, ya cayeron antes en una trampa, ya encontraron antes la salida.

Si supieras con qué poco nos valdría.

Ya sé que los hijos no sois como los padres os imaginamos. Pero me gustaría saber quién eres en realidad: si esa chica de fuera que llega a socializar o esa otra que en un momento de rabia del que luego se arrepiente (lo sé) dice que ojalá se hubiese estrellado el avión de su padre.

Ese día no dormí por esa frase, hija. Y eso que venía reventado del viaje y de la feria del libro de Frankfurt.

Ya sabes que duermo mal. Ya sabes los motivos. La noche es un diván lleno de espinas. Una habitación a oscuras no es buen lugar para un armisticio con uno mismo.

A eso de las cuatro de la madrugada me despierto, se me viene una preocupación a la cabeza, o un recuerdo amargo, o una angustia nueva, y entonces no es extraño que me tire una hora dando vueltas, pensando, hasta que me incorporo, voy a donde no estorbe, enciendo la luz y todo es menos terrible.

El otro día me levanté agobiado por la conversación con tu madre sobre ti. Sentía lo mismo que cuando me paso con la cena: acidez en el estómago. Así que me fui al salón, encendí la lamparita y, a las cinco de la mañana, me puse a repasar notas sobre (lo que queremos que sea) la nueva revelación de la novela negra.

Entonces vi a Roberto sentado en mis rodillas aporreando el teclado, contigo al lado regañándole: Se lo vas a romper a papá, le vas a romper las letras y ya no va a saber qué decir.

Y, al final, empecé a escribirte de nuevo, Inés. A ti, mi novela. La que me queda. Negra. Rosa. Verde. Gris.

Tú debiste de oír algún ruido porque me llamaste. Acudí. Ya ni te acuerdas de la conversación porque estabas medio dormida.

—¿Qué quieres, hija? —te pregunté.

—¿Qué hora es?

—Las cinco y media, duerme.

Ya me iba a ir cuando me acerqué a tu cama, puse la mano en tu pelo y susurré muy bajito: Te quiero mucho.

De pequeña me habrías contestado como la trucha al trucho, o me habrías pedido que me quedara un rato.

Ya iba a entornar la puerta vencido cuando volvió tu voz. Y sentí una especie de esperanza, igual que cuando hay un córner en el tiempo de descuento y sube todo el equipo a rematar.

—Papá.

—¿Qué? —te contesté expectante.

—¿Me traes un vaso de agua?

6

INÉS

Escuchar lo que escuché por boca de mi madre es igual o peor a lo que escuchó mi padre por la mía.

Escuchar ojalá no te hubiésemos adoptado nunca equivale a escuchar ojalá se hubiese estrellado tu avión: es como si desearas que el otro no existiera. Como si quisieras borrarlo con un deseo que dices en voz alta, que al fin nombras, que haces real. Como cuando de cani veías una estrella fugaz y cerrabas los ojos y pensabas en un deseo que te decías solo a ti. Porque, si no, no se cumplía.

Por eso es buen síntoma que mi madre y yo hayamos dicho eso en voz alta. Porque entonces es imposible que se cumpla.

Cuando escuchas algo así, es como si te echaran a la calle desnuda. De noche. En un día de mucho frío. Y de repente no tuvieras a dónde ir, no tuvieras dónde meterte, y sintieras que no perteneces a nadie, que no formas parte de ningún lugar.

Ojalá no te hubieran adoptado. Ojalá no te hubieran conocido. Ojalá estuvieran sin ti. Ojalá no tuvieras un tumor.

Lo pensé en la cama hecha un ovillo. Nunca me sentí tan sola. Luego amaneció y mi madre se disculpó a su manera: Te voy a hacer el desayuno, cielo.

Me dio un beso en la frente. Y yo la perdoné lo mismo que mi padre me perdonó a mí.

Porque, si no perdonas, las tripas se te llenan de unos gusanos del otro que al final se te comen a ti.

A veces soltamos salvajadas que no pensamos. Cosas que, al minuto de ser dichas, nos dan vergüenza o miedo y que al final nos joden el sueño de esa noche. Cosas por las que nos cuesta una barbaridad pedir perdón, como si para decir esa palabra a muchos hubiese que meternos un sacacorchos por la garganta y luego tirar muy fuerte, igual que cuando el abuelo Ambrosio descorchaba una botella de su clarete, sonaba ¡bop!, y después decía aquello de que no había vino mejor.

Somos mejores cuando sacamos ese corcho: uno que no suena ¡bop!, sino que suena perdón. Y luego corren el clarete y la risa, y es verdad que no hay mejor vino.

Porque yo sé que, por nada del mundo, el año pasado habría querido que mi padre se matase en aquel vuelo y también creo que sé que mi madre no se arrepiente de haberme adoptado. Aunque ese día escuchara cómo se lo decía muy bajito a mi padre por mi culpa. Porque a veces estoy hecha un lío y no sé qué me pasa y lo pago con ellos.

Aquella noche llegué más tarde de mi hora sin avisar. Iba un poco cargada, pero no borracha, como ella dijo. Me puse chula, no sé por qué. Si mamá gritó, yo grité más. Me encaré con mi padre, creo, pero de esto no estoy muy segura. Al final insulté a mi madre o la mandé a la mierda. O las dos cosas (creo que fueron las dos cosas, sí). Son frases que se dicen en caliente. Si hubiese estado Rober, le habríamos despertado, pero Rober no estaba ni se le espera, ni me va a tirar más del pelo. Ella me levantó la mano, pero no me pegó, abría muchísimo los ojos y se le hinchaba la vena de la frente, no parecía mi madre. Y me siguió escaleras arriba diciéndome de todo. Que si quién me creo que soy, que si soy una niñata consentida, que si la culpa es de ellos... Cerré con fuerza la puerta de mi habitación. Luego hubo un silencio de varios minutos. Que solo se rompió como cuando escuchas gemir a un perrillo desde muy lejos.

No era un perrillo, era mi madre. No era desde muy lejos, era desde su cuarto de baño.

Yo ya había abierto la puerta y me acercaba despacio por el pasillo, decidida a excusarme, porque creo que somos mejores cuando sacamos ese corcho.

Entonces, cuando estaba a cuatro metros de su dormitorio, la oí llorar de un modo más claro, sonarse los mocos, hablar bajito con mi padre. Corría el agua del grifo, supongo que mamá se lavaba la cara como cuando le dan los sofocos de la menopausia. Ella hablaba con la voz gastada y mi padre le decía shhhhh constantemente.

Al terminar, fue cuando lo escuché: Javier, a veces me da por pensar que ojalá no la hubiésemos adoptado nunca, nunca, nunca.

Dijo tres veces nunca, de eso me acuerdo porque me tiré media noche repitiendo su frase en mi cabeza. Casi después, se puso a llorar de nuevo. Unos lloros que yo nunca se los había oído, como con hipo. Se sonaba los mocos y repetía que era la peor madre del mundo, que no sabía cómo podía haber dicho eso.

Nunca, nunca, nunca.

Antes de apagar la luz, al otro lado del tabique, hecha un ovillo en la cama a la que ya había vuelto, también lloré. Pero no con hipo. Sino con Roberto sentado al lado haciéndome rabiar mientras leía un libro.

Esa noche soñé que era un paquete de dinamita.

* * *

Si aprendí a nadar, fue por mi tía Clara, que se tiró todo un verano conmigo en la piscina de su urbanización intentándolo cuando tendría nueve años. Paciente. Feliz.

—Si te haces un ancho, te dejo que hagas pis dentro —me decía. Y me echaba un buchito de agua en la cara.

—Ya me lo he hecho, tía.

—Y yo —me contestaba entre carcajadas. Y casi nos ahogábamos de la risa.

Mamá lo intentó antes. Pero no pude. Bastó una sola vez en aquel curso de natación para que no quisiera volver jamás.

Recuerdo el olor del cloro y la sensación de humedad. La temperatura del agua caldosa. Los mosaicos azul celeste. La vergüenza que me daba mi cuerpo. Los vestuarios donde las madres luego les secaban la melena a las niñas para que no se constipasen en invierno. Y también recuerdo la sensación de pánico nada más entrar a la zona de baño.

Mamá me dijo: Solo te puedo acompañar hasta aquí, cariño. Ya vas tú con la monitora a donde te diga, ¿vale?

Y yo asentí. Y mamá me dijo adiós con la mano, emocionada y sacando el móvil para hacerme la primera foto.

Fui con la monitora, que iba a mi lado tranquilizándome. Atravesamos un largo pasillo con fluorescentes. Las pisadas con las chancletas húmedas sonaban chop, chop, chop.

—Aquí es —me dijo.

Nada más abrir la puerta rosa, me di cuenta: todas las chicas que había allí eran mucho más pequeñas que yo. Con manguitos la mitad de grandes que los míos. A todas les sacaba una cabeza y medio culo. Lo peor estaba al otro lado del cristal.

A un lado, las madres haciendo fotos, incluida la mía, que me hacía señas con la mano. Al otro lado, todas las chicas de más o menos mi edad. Antes de entrar al agua. Bromeando. Asomadas a la piscina-guardería en la que me iniciaba yo. Con las caras pegándose al cristal. Cada vez más caras. Cada vez más horrorosas. Partiéndose de risa y señalándome.

Al salir, mamá estaba disgustada. Junto a ella estaba la tía Clara, que no había podido llegar hasta que no había cerrado la casquería. Mi madre y yo caminábamos en silencio y de la mano. La tía Clara me dio la otra mano. Y me dijo: Tú, sirenita, no me hagas pucheros.

* * *

A veces la psicóloga me hace preguntas como si quisiera que buceara en mi pasado, pero yo no sé bucear, ni tampoco tirarme de cabeza. Siempre fui de esas patéticas que se tiraban de pie haciendo una pinza en la nariz con los dedos.

Llegué tarde. Vi el mar tarde. Aprendí a nadar tarde. Mientras las otras niñas se hacían un largo a braza en la piscina climatizada del barrio, yo iba con unos manguitos ridículos y apenas me separaba de las escaleras.

Antes no me atrevía a lanzarme, ahora no quiero.

Si Diana me hace preguntas porque yo sé que quiere que bucee, yo escojo salir a tomar aire a la superficie. Si Diana se empeña a veces en que vuelva a la infancia, yo no consigo ir más atrás del día en que tía Clara me acompañó por primera vez a la habitación de mi hermano recién nacido.

Mis padres me siguen llevando al psicólogo lo mismo que ellos van a terapia. Por la muerte de Roberto, por mis agobios, porque yo sé que mamá se da cuenta de que la caga conmigo y, después de la muerte de mi hermano, soy algo así como la última bala de la prota de la película. Una bala doradita y picuda traída desde muy lejos. Para una guerra. Una que mamá no quería perder.

Pero hablar de balas no suena bien.

En Estados Unidos un chico ha entrado en el instituto y ha matado a un porrón de gente. Pienso en qué culpa tienen las balas si las mandan allí a hacer daño.

—¿Cómo estás hoy? —empieza Diana, que me cuenta que ya ha hablado con la tutora.

—Bien, bien —miento yo, dejo de pensar en las balas, vuelvo en mí.

Y hablamos de cómo ha ido la semana. Y me dice cosas que no tengo que olvidar cuando me agarre el cabreo. Y quiere saber sobre el modo de relacionarnos en casa. Y relleno un test. Y me hace preguntas que yo nunca me había hecho. Y saca el episodio del colegio. Y le digo lo que quiere escuchar porque ya me aburre un poco Diana. Y habla luego con mis padres, que pagan setenta y cinco euros por cincuenta minutos de ayuda psicológica para la hija y me imagino que también para su mala conciencia.

Recuerdo cuando nos fuimos de Carabanchel a Boadilla, pero solo tengo flashes chungos que van y vienen antes de que me trajeran a Madrid.

Si, como nos dice una profesora, las tres preguntas fundamentales del ser humano son: quiénes somos, de dónde venimos y a dónde vamos, yo solo tengo respuesta para la primera.

Sé que soy Inés. Una chica adoptada de diecisiete años que tenía trece cuando se le murió el hermano con ocho. Sé que vivo en Boadilla del Monte. Que juego al balonmano. Que digo con razón que odio los libros. Que mi mejor amiga es Marina. Que querría ser como mi tía Clara. Que siempre llego tarde. Que me expreso muy por encima de la media.

Pero no sé muy bien de dónde vengo. A diferencia de Loreto o de Jimena o de Marina, pongamos, que lo saben muy bien.

Lo mismo que tampoco sé a dónde voy.

Vivir es moverse, dice mi abuelo Ambrosio, porque se pasó buena parte de su vida con la venta ambulante de acá para allá. Vivir es moverse, aunque él nunca saliera de aquel piso con poca luz. Vivir es moverse, y me acuerdo de la furgoneta negra donde iban las cosas de mi hermano y mías. Hoy creo que hay mudanzas que no tienes más remedio que hacer, pero que es mejor dejar algunas cajas sin abrir.

Yo no sé bucear, Diana. Y es porque me da miedo lo que no se ve.

* * *

Casi siempre que llego tarde a algún sitio y me riñen, caigo en que fue así desde el principio. Yo llegué tarde. A lo peor fue eso, a lo peor ahí empezó el problema.

Hacer todo muy despacio, ser lenta, no llegar a tiempo.

Mis padres no podían tener hijos. Se casaron y debieron de intentarlo a todas horas mientras viajaban por media Europa, pero nada. Todo eso me lo contó tía Clara un día de lluvia en que yo no quería ir a dormir a casa y me fui hasta la casquería suya, antes de que cerrara, para ver si me dejaba pasar la noche con ella en su piso de Alfredo Aleix.

Suspiró, se secó las manos en el delantal, salió del mostrador, me cogió por los hombros.

—Anda, ven: sécate, Inés del alma mía, ya llamo yo a tu padre... Anda que, ya te vale... Joder con los ascolescentes, Inesita.

Casi antes que médico, mi madre quería ser eso: madre. Y, además, madre joven. Eso lo sabe tía Clara porque mamá y ella se hicieron muy amigas nada más conocerla como novia de papá. Se contaban todo la una a la otra, en muchas fotos van hasta cogidas del brazo y dan algo de grimita, la verdad. Y eso que eran muy distintas: mamá había terminado la especialidad de neumología y tía Clara estaba a punto de ser la reina de las mollejas, los entresijos y los callos en el mercado de Federico Grases; mamá quería casarse y tener varios hijos, y tía Clara no quería meter a un huevón en su casa (así decía: huevón) ni en pintura.

—Y menos parir —decía—, con lo que duele eso, niña, tú no paras nunca, hacerlo sí, hínchate, con protección siempre, pero los muñecos mejor en los escaparates de otra y no en el tuyo.

Cómo me hacía reír entonces. Cómo lo sigue haciendo ahora. Aquella noche ella se puso un martini con limón y a mí me dejó con las ganas de otro.

—Pero a ver, si tienes catorce años, como mucho te pongo un ColaCao, guapita. Pues buena se pone la Celia si se entera de que estás aquí tomándola.

Un día mi madre se lo contó a tía Clara entre lágrimas: que creía que no podía tener hijos, que estaban haciéndose pruebas, que a ver, pero que de momento no habían encontrado nada raro. Por eso salió lo de la idea de una adopción.

Dice tía Clara que no ha visto a una pareja tan ilusionada como aquella con los preparativos y la espera, sobre todo a mi madre. La cosa fue lenta, tardaron varios años en terminar el proceso. A la tía Clara siempre acababan confesándole las mismas dudas: cómo sería, qué edad tendría, de dónde vendría.

Cómo debía de ser el agobio de mamá en aquel entonces, cómo debían de estar las tripas y la cabeza de esa mujer, que fue saber que les habían dado el *oquei* para adoptar y quedarse preñada de mi padre.

—A ver, la relajación —decía tía Clara muy sobrada—, el hacerlo sin esa losa, niña.

Le faltaba un cigarro en el labio y llevar los dedos gordos metidos en el cinturón. O darme una palmada en la espalda. O escupir en el suelo. Cuando se pone así tan chulita, tía Clara me recuerda a uno que tiene mi padre en cómics de pequeño y que se llama Lucky Luke.

El embarazo fue perfecto. Mi madre paseaba con tía Clara los domingos y le contaba los pormenores de todo, los cambios de su cuerpo, las arcadas, los antojos, la ropa diminuta que le había comprado al bebé, la necesidad de que no lo contara todavía y, un poco al final, ya sin tanta ilu, imagino, también saldría lo de los papeleos de mi adopción.

Qué bonita es esta foto de tía Clara cogiéndole a mamá la tripita que apenas se nota por detrás. A ver esta otra...

Se fueron a por mí y volvieron sin que se le notara demasiado el embarazo porque mamá había cogido bastante peso. Dio a luz antes de lo previsto. Papá siempre recuerda que fue una carnicería, como si mi hermano hubiese venido con prisa, para competir, en una carrera que sospechaba, abriéndose paso a machetazos en medio de un monte apelotonado de ramas.

Chas, chas, chas. A machetazos con mamá desde dentro porque sabía que tenía competencia.

Roberto se adelantó. Yo llegué tarde.

Cuando él nació en el hospital Doce de Octubre, yo ya tenía cumplidos los cinco años. Dice mi tía Clara que solo llevaba un par de meses en la familia como hija adoptiva.

Recuerdo lo bonita que estaba decorada su habitación.

* * *

No es algo que suceda de un día para otro. Es algo que avanza despacito, me contaba Mencía.

—Primero empiezas viéndote gorda; luego sigues intentando comer más sano; pasa el tiempo y te vas obsesionando con alimentos que antes no te provocaban rechazo y que ya sí: tú argumentas que aquello tiene muchas grasas saturadas o muchos productos químicos, lo que sea, lo que dicen en los foros de internet, ese rollo. Después vas mareando la comida en el plato, para que todos terminen antes que tú y así te quedes sola para deshacerte de lo que no quieres, sin testigos. Y, al final, rayada ya del todo —me explicaba Mencía—, solo te sientes bien si comes como un pajarito.

Si no controlas tu vida, si no controlas tus sentimientos ni un montón de cosas, al menos controlas tu cuerpo, eso es lo que me repito. He adelgazado tres kilos en un mes. Por algo se empieza. Con perder dos más estará bien.

La tutora (una exagerada) llamó a mi madre porque me vio tirando el pequeño bocadillo en el recreo. Bueno, eso y más cosas de las que no me apetece hablar.

La primera vez que se me acercó en el pasillo a preguntar, le mentí y le dije que se me había caído al suelo. La segunda vez, me inventé que mi madre se había equivocado y me había puesto algo a lo que era alérgica. La tercera vez ya no me dijo nada. A la cuarta vez, me pilló en el comedor. A la quinta, en el baño: llamó a mi madre.

La mayoría de los días pienso en que lo que hago es mejorar mi salud: comer más sano, olvidarme de los fritos, las grasas, los dulces, el pan, el embutido, todo eso que dicen en los foros... Pero hay otros días en que me asusto un poco porque es como si hubiera empezado una huelga de hambre un poco ridícula contra alguien que ni conozco. Ya veremos.

—Al final, era como si hiciera magia. —Movía las manos Mencía para explicarse—. Tienes diez ojos encima y logras esconder la comida. Estando comiendo con mis padres, mi hermana y mi abuelo, yo era capaz de esconder alimentos en la servilleta, o de aguar el plato, o de meter comida bajo la alfombra, o de tirarla por el retrete, o de lanzar las magdalenas del desayuno por la ventana y que luego mi padre, al salir a la calle, las viera aplastadas por las ruedas de los coches.

Mientras estuvo ingresada, mi amiga se ponía a correr en parado en su habitación para quemar calorías. La pesaban de espaldas, para que no viera lo que decía la báscula. A pesar de las monedas en la vagina y de otras trampas, ella seguía sin engordar. Hasta que una doctora le advirtió: No sé lo que estás haciendo, Mencía, pero como en una semana no cojas peso, te intubamos.

—Intubada como una oca de esas a las que les meten un tubo para que hagan foie —me decía mi amiga—. ¿Te imaginas, tía? Qué fuerte.

Y al final cogió peso.

Y ahora está bien.

Ella es una enferma. Yo controlo.

* * *

Mi tía Clara tiene cáncer de pecho.

Ella comenta que no tiene miedo ninguno, que está chupado dice, que el oncólogo le ha explicado que tiene buen diagnóstico, y nosotros le contestamos a todo que claro, pero es la única vez que yo la veo un poco cagada.

Cuando fui a visitarla a su piso de Alfredo Aleix, estaba con Víctor, su novio definitivo (dice), que tendía la ropa y me abrió la puerta con una pinza verde en la boca. Tía Clara llevaba el pelo recogido con una goma, parecía algo desmejorada, eran las doce y, algo raro a esas horas, todavía llevaba puesto el pantalón del pijama. Me pidió que me sentara a su lado.

—Toca —me dijo llevándose la mano al pecho.

—¿El qué?

—La teta derecha, Inesita.

(Toqué).

—¿Notas algo?

—Nada.

—¿Nada? Toca aquí.

—Nada, tía.

Mi tía Clara parecía decepcionada conmigo, miró a su novio, me miró a mí, se tocó de nuevo, suspiró, esta vez por debajo de la camiseta, dijo:

—Coño, no sabéis ni tocar los adolescentes… ¿No notas un bulto?

—Nada. —Me encogí de hombros.

Entonces dejó pasar unos segundos y la cara se le iluminó como si hubiese caído en algo muy divertido.

—¡Pues lo mismo me pasa a mí cuando me toca Víctor! —Dio una palmada, rio, nos hizo reír, se tiró atrás en el sofá riendo.

—Esta mujer no tiene remedio, Inés —dijo su novio, se mordió el labio inferior, siguió tendiendo.

Y mi tía se fue a duchar. Y al rato Víctor nos llevó al cine. Y elegimos una de la cartelera que había ganado varios premios. Y a mitad de la película ella se tiró un rato llorando, aunque no era una película de llorar.

Como es tan generosa, cuando estamos delante se pone a hacer bromas con lo del tumor para que veamos que está bien, que no le preocupa nada, que nos dejemos de romerías con lo mismo, dice.

Yo siempre quiero a gente así cerca. Gente que te saca una carcajada de las tripas lo mismo que un mago te saca una paloma de la chistera o mi abuelo Ambrosio me sacaba un caramelo de la oreja.

No es fácil ser así. Lo fácil es andar dando pena por ahí, poner ojitos cada vez que te miran, dar la paliza con tu historia. Yo no saco caramelos de las orejas, ni palomas, ni una conversación. Pero mi tía es como si sacara confeti. Lo digo por lo del otro fin de semana. Hacía tiempo que no me reía tanto con alguien.

Mis padres tenían que hacer compra porque la nevera estaba vacía y esta vez decidieron ir al mercado de Federico Grases para así estar un rato con mi tía. Yo nunca voy con ellos en ese plan, pero entonces me apunté. No la veía desde el cine.

Al llegar a su puesto, tía Clara llevaba un escote pronunciado que le asomaba por encima del delantal: esa era mi tía, sí señor, tenía un tumor en el pecho, pero no se escondía ni se había metido en una cueva con las tetas dentro. Estaba guapísima como siempre. Hablaba algo sobre el bacalao al pilpil con una clienta mayor. Tenía los labios pintados de rojo. Era como si en su vida no hubiese ninguna novedad. Nos vio, me señaló con la punta del cuchillo que tenía en la mano derecha, me dijo sonriendo: Y tú me debes una caña, Inesita del alma mía, ya te dije yo que Sobera tenía menos años que Bruce Willis…

A continuación, dejó al Tomi solo en la casquería y salió a tomar algo con nosotros al bar del mercado.

Charlamos de todo menos de su tumor. De la neumonía tan fuerte y tan rara que se había agarrado la abuela Aurora. De lo que iba a hacer en el puente. De lo majo que era

Víctor. De mis notas. Y hasta de la chica que iba a ir a Eurovisión, que a mi tía le encantaba. Lo más cercano a preguntarle por el cáncer fue cuando, pasado un rato, mi madre la cogió de la mano y le preguntó: ¿Y tú cómo estás?

—Pues ya me ves —contestó—, pones a Beyoncé a mi lado y no hay quien nos distinga.

Al final, informó de que el oncólogo le había dicho que serían solo seis sesiones de quimio, una cada veintiún días; que no tenía por qué caérsele el pelo (o sí) y que, si se le caía, tenía pensado rapar al Víctor y dejarlo como Yul Brynner; que no pensaba quitarse de trabajar; que no le dijéramos todavía nada a los abuelos.

—Toca, cuñada —le pidió.

(Y mi madre obedeció).

—¿Notas el bulto?

—Sí, sí —respondió mamá.

—Pues la ascolescente no nota nada…

Luego tía Clara dio por zanjado el asunto y se puso a hablar del abuelo Ambrosio. Y conversaron también sobre la infancia en aquella casa. Y después dijeron algo del Atleti, que era el equipo de mi padre, y yo recordé el balón del Celta de Vigo. Y habló de una ruta nueva por Peñalara. Y sacó lo de Eurovisión otra vez.

Antes de irnos, nos dijo que esperáramos un momento, que nos iba a dar algo que nos tenía preparado, unas mollejas y unos zarajos, que a mí me dan mucho asco, pero que a mi padre le encantan.

Fue entonces cuando ocurrió aquello que tanto me hizo reír.

Cuando mi tía se dirigía al puesto, se cruzó con el pescadero, que salía del suyo. El hombre debió de fijarse en su escote porque lo que le oímos fue un silbido acompañado de una frase muy nítida: Ese producto, Clarita, que se vea bien.

Mi tía le sonrió de medio lado, abrió la puerta de la cámara frigorífica, salió con los paquetes para mi padre envueltos en plástico transparente, los metió en una bolsa donde se leía Casquería Clara y, buscando al otro con la mirada, levantó la voz: ¡Ojo, Pesca, que a ver si se me van a llevar este género mío y te vas a ir tú sin probarlo!

Y arqueó la espalda presumiendo de escote, sacándole la lengua al pescadero como solo hacen los niños.

El pobre pescadero se puso rojo, mi tía salió del mostrador limpiándose las manos en el mandil, diciendo: ¡Ay el Pescaaaa, que se me pone como un tomate!, y fue a pegarle un abrazo. Se lo dio. El pescadero parecía acalorado de verdad y se fundió con ella. Hasta que mi tía se zafó y le sacó al pobre de su ensueño.

—Eh, eh, tú, sin apretar mucho, que te conozco, salido…

Y vuelta a reír todos: el pescadero el primero (esta Clara, qué jodía, decía), los clientes, nosotros tres, tía Clara, a mí se me saltaban las lágrimas. Ninguno de los que presenciaron aquel momento, excepto nosotros, conocía todavía su enfermedad. Nadie imaginaba la inyección de tranquilidad que para su familia suponía aquel alarde de humor.

No mi madre. Esa mujer era la que yo quería ser.

Recuerdo cuando le decía preocupada que no tenía pecho y ella me contestaba que seguro que llegaría un día en que me quejaría de que tengo demasiado.

Mi tía Clara tiene cáncer de mama.

—No es lo que la vida te pone en el plato, Inesita —me dice ella rebañando unas bravas—, sino cómo te lo comes.

* * *

Un estudio dice que mentimos ocho veces al día.

Yo creo que son demasiadas veces. Hoy he estado pensando en ocho mentiras que haya contado hace poco y solo me salen cuatro.

La primera mentira reciente es cuando el sábado le dije al pobre Lucas que me había gustado hacerlo en su casa. No me gustó nada hacerlo: me hizo daño, todo fue muy rápido, no disfruté. Pero le mentí porque Lucas es un buen chico y me ayudó mucho con la Física y me daba pena, porque cuando eres pequeña mientes por miedo y cuando vas creciendo, yo creo que lo empiezas a hacer por pena. Así. Tal cual. Una mentira que es la peor de todas, una que he visto en mis padres: por ejemplo, cuando se dicen te quiero (yo creo que no es así, yo creo que como mucho se acompañan); la mentira que le sueltas al otro porque te da lástima, porque, si le cuentas la verdad, le vas a reventar la vida.

La segunda mentira que recuerdo la he soltado esta tarde. Diana me ha preguntado si he vuelto a hablar con mis padres de aquello y le he contestado que algunas veces. Las dos sabemos muy bien lo que es aquello. Para ella *aquello* es una palabra muy extensa. Pero no se puede poner en nuestra piel.

La tercera mentira fue ayer y tuvo lugar en la cocina. Mi padre estaba colocando los cubiertos y yo empecé a preparar mi ensalada. Entonces vino mamá por detrás y me abrazó muy fuerte diciendo mmmmmm. No lo pude evitar: me revolví un poco. Ella dio un paso atrás y me miró cansada. Entonces me dio lástima, claro. Y mentí con que me había hecho daño en la espalda durante el entrenamiento. Si ella supiera lo de Lucas o lo de la fiesta de disfraces o lo de cómo me veo o lo de Pirineos, me entendería. Pero no le cuento nada de nada, no soy capaz de sacar el corcho de la botella igual que el abuelo.

La cuarta mentira que recuerdo es cuando el otro día le dije a mi tía Clara que me quiero morir.

A mi tía Clara le dije que me quería morir porque soy una intensa y todo me lo tomo a la tremenda.

Pero lo que en realidad me da miedo es que se pueda morir ella. La vida sin tía Clara. Llegar y que no esté ella tampoco.

Lo he estado pensando hoy: le dije que me quería morir y a lo peor la pobre ya sabía lo de su cáncer.

Morir, vaya palabra.

Es verdad que, desde la muerte de mi hermano, todo cambió. Es verdad que, desde hace dos años, como me dice Diana cuando se pone en plan psicóloga, la culpa le va ganando terreno al autocontrol. Es verdad que miento al menos cuatro veces en una semana.

Pero yo no me quiero morir. Lo que quiero es dejar de sufrir, eso sí que es verdad.

* * *

Después de la muerte de Roberto, mis padres hicieron lo que pudieron.

Si cierro los ojos y me olvido de esa imagen tremenda de los tres primeros meses, en los que mi madre arrastró el sofá verde junto a la puerta y se echó allí por si mi hermano volvía (no puede ser, no puede ser), solo veo a unos padres desesperados tratando de salvar lo que quedaba.

Se hicieron los fuertes por mí. Trataban de sonreír por mí. Fuimos a veranear al Cantábrico por mí. Siguieron viviendo por mí: ella salvando vidas de verdad en el hospital y él salvándolas de mentira en los libros.

Me los seguían regalando: los libros, digo, aunque yo ya tuviera trece años y les empezara a coger manía. Veíamos películas que mi padre dejaba de ver en cuanto salía un niño de la edad de Rober, porque decía que se iba al baño, pero yo sabía que se iba a llorar, películas que seguía viendo a solas con mi madre, quien me hacía palomitas y me acercaba una manta azul que era la manta favorita de Roberto.

—Así estamos los tres juntos, ¿verdad, hija? —Me sonreía con unos ojos que parecían estar mirando al horizonte.

—Los tres juntos, mamá —contestaba yo.

Y al cuarto de hora venía papá con un peluche de mi hermano, porque había ido a su dormitorio y no al baño a por su cepillo de dientes, claro, y nos pedía hueco en el sofá entre nosotras dos, y preguntaba qué había pasado desde que él se había ido al lavabo (eso decía sonriendo de nuevo y con la cara lavada, como si no hubiese pasado nada), y se arrebujaba con la manta azul de Rober y aquel tacto y aquel olor le aliviaban como la pomada a un quemado.

—Así estamos juntos los cuatro —decía muy bajito.

Y entonces la que se iba al poco tiempo era mi madre, durante cinco o diez minutos. Y al rato regresaba con otro bol de lo que fuera. Y ocupaba su sitio simulando que le interesaba mucho la película. Y al acabar esta, levantaba la persiana y encendía las luces del salón como si estuviéramos en un cine de verdad.

—Bueno, qué, ¿quién quiere que le saque los hígados al Monopoly o al parchís? —decía la doctora.

Y yo contestaba que vale porque pensaba que les hacía ilusión a ellos, decía que por mí sí (mirando a mi padre). Y al ponernos a jugar a lo que tocara, nos invadía al poco rato una tristeza creciente, porque, si era el Monopoly (pongamos), nos acordábamos de que Roberto siempre se pedía la ficha del sombrero de copa y, si era el parchís (por decir algo), los tres caíamos, sin decirlo para no hacer daño a los demás, en que mi hermano siempre elegía las fichas amarillas.

Sí, si mis padres siguieron repartiendo cartas o agitando el cubilete o dándole al botón del *play* con el mando a distancia en vez de al de *rewind*, fue por mí. Porque, a pesar de la muerte de un hijo, cuando tienes otro en casa siempre tienes que seguir con los juegos o con las películas o con los disimulos. Para que al menos algo acabe bien en una tarde de domingo.

Yo tenía trece años, una edad de sobra para cumplir cinco de golpe. Entonces me di cuenta de que todo lo que les quedaba era yo, que más allá del fantasma de Roberto yo era la única verdad y el único futuro y la única posibilidad de salvar su felicidad.

Eso asusta. Es como si no pudieras fallarles.

Así me empecé a dar cuenta de que mi presencia ocupaba el doble en la casa. Pensaba que, si mi hermano ya no estaba, al menos estaba yo. Y ese *al menos* me abrasaba. Como cuando hay que conformarse con un diploma olímpico porque la medalla la perdiste, amiga.

Inés como un *algo es algo*. Inés como un *menos da una piedra*. Inés como una final de consolación.

De tal manera que aquella mochila que había dejado mi hermano me la echaba solita a la espalda a los trece. A partir de ese momento, seguiría siendo una persona en singular en la apariencia, pero formada en realidad por un plural de dos. Como una fórmula matemática: Yo = Inés + Roberto.

Pensaba que tendría que ser más simpática, que debería leer más para darle gusto a mi padre ahora que mi hermano no iba a poder leer, que no debería dejar el balonmano porque mi padre ya solo podría ir a verme a mí, que tendría que agradar más a mamá, vestir como ella me decía, que no me costaba nada tratar de hacerlo mejor.

Aquello fue igual que abrir las compuertas de un pantano que lo inundó todo. No solo me vi desbordada con el paso de los meses, moviendo los brazos sin saber nadar y con el agua al cuello, como haciendo un papel que no era el mío y que se me daba fatal, sino que también me sentía cada vez más culpable por aquel viaje a Pirineos que me había prometido mi padre: si yo no me hubiese emperrado con la casa rural de montaña del *National Geographic*, si yo no hubiese sacado buenas notas y no hubiésemos ido, Rober no habría muerto como murió.

A veces, cuando mi padre venía con las palomitas y la manta y mi madre se iba a la cuarta escena, yo me preguntaba quién habrían preferido ellos que hubiese muerto. No podía haber más que una respuesta: yo, habrían preferido que muriese yo.

A lo mejor no se habían hecho esa pregunta. Pero, si se la hubiesen hecho y su día no tuviese ocho mentiras ni cuatro ni una, habrían contestado que Inés.

Y entonces me imaginaba la escena, solo que al revés. Rober en el medio, comiendo palomitas, con mi manta de cuadros marrones, mi madre aguantando la película entera sin inmutarse, todos algo menos tristes porque la muerta era yo y no él.

Javier, a veces me da por pensar que ojalá no la hubiésemos adoptado nunca, nunca, nunca.

Negándome tres veces, como en el colegio nos cuentan que hizo San No Sé Quién con Jesucristo.

Quiénes somos, Inés.

De dónde vienes, eh.

A dónde vamos. A dónde vas tú que más valgas, chica.

Si no puedes controlar tu vida, al menos te consuela un poco controlar tu cuerpo.

* * *

A los pocos meses, mamá terminó pegando todos los cachitos de las fotos que descuarticé cuando era niña.

No sé cómo lo hizo porque eran un montón de cachitos y todos juntos eran un batiburrillo.

No me refiero a que pegase las fotos de las revistas del *National Geographic*, un cráneo de neandertal, animales, plantas, todo eso. No, no. Las revistas le importaban una mierda. Me refiero a que pegaba los cachitos de Roberto.

Aquel día en que me pillaron haciendo aquello, mamá me miró con cara de preocupación, se puso de rodillas en el suelo, buscó hasta debajo de la cama, en los huecos, por todas partes, recogió los recortes uno a uno, los metió en un sobre mediano: varias cabezas de Rober, pantalones, medios cuerpos, piernas, brazos, una oreja, creo recordar, todas las fotos que estaban huecas como si fueran troqueles, decenas y decenas de cachitos, digo; y luego lo guardó todo en el sobre y lo llevó a su dormitorio.

Aquel día en que me pillaron haciendo aquello, mamá solo me preguntó: ¿No quieres al hermano, que ahora le cortas la cabeza?

Los días en que no estaba Roberto y no tenía nada que hacer, iba a su habitación, volvía con aquel sobre, se ponía en la mesita del salón, encendía el foco de encima y decía: Voy a hacer mi puzle. Si quieres, me puedes ayudar, cariño.

Y entonces cogía cola blanca y unas pinzas y se pasaba la tarde recomponiendo todo aquello, devolviéndolo a su sitio igual que cuando ves a un viejo haciendo una maqueta, muy despacio, con mucho cuidado, para que Roberto no saliera con la cabeza ladeada y se le quedara tiesa.

Cuando terminaba, volvía a guardar todos los recortes hasta la próxima ocasión. Antes de que viniera el hijo. No sé por qué, pero no le gustaba hacerlo delante de él.

Alguna vez ayudaba. Solo que no lo hacía igual de bien que ella y mamá me acababa diciendo: Ponle la cabeza bien a tu hermano, anda. O esas piernas no son las suyas. O pobre hermano, mira que dejarle sin orejas, a ver cómo iba a escucharnos el pobre.

Me daba un beso, aunque hubiese sido una burra salvaje.

Hasta hacía bromas mientras se acordaba de cuando me pillaron con las tijeras.

Yo le acababa preguntando: ¿Así lo haces en el hospital? ¿Pegas los cachitos de los niños? ¿Les pones unos pulmones si no los tienen, mamá?

Y entonces ella me decía: Pues claro, tesoro, hago puzles como tú.

Qué bonitas son las fotos de antes cuando las repasas con los años, porque, a pesar de lo que diga mi padre, allí siempre todo está vivo. Porque la gente casi siempre sale sonriendo. O vestida guapa. O haciendo el bobo. O de vacaciones. O en una comilona con la familia. O saltando a bomba a una piscina como yo. Pero nunca sale llorando o con cara de dolor. Porque nadie se va a poner a sacar fotos en ese momento.

Luego te sales de las fotografías y la vida es otra cosa, claro. Ahí sí que puedes no sonreír o no decir patata. Y cuando la gente pierde la cabeza o se le queda torcida, no se la puedes enderezar por mucha cola blanca que le eches.

Una buena madre debería ser justo eso. Una mujer que tuviera mucha paciencia y que pegara cachitos de los hijos cuando están hechos pedazos.

* * *

Que yo sepa, en mi instituto hay otras tres chicas sudamericanas y un chico negro. No lo hemos hablado, no hace falta hablarlo, estas cosas no se hablan, pero está claro: los cinco somos adoptados.

Porque el instituto es bastante pijo. Y cuesta una pasta. Y la dirección es muy estirada seleccionando a los alumnos. Y las únicas sudamericanas que yo he visto en Boadilla han sido mujeres que limpian casas o cuidan niños o ponen cervezas o perritos calientes.

A veces, cuando nos cruzamos en el recreo o por los pasillos, nos miramos muy rápido y no es necesario decir más.

Yo juego a imaginarme cómo habrán sido sus vidas antes de venir aquí: si vinieron más o menos a la misma edad que yo, si conservan recuerdos de antes, si conocen todos los detalles o prefieren no recordarlos, si tienen más hermanos o no, si su país de procedencia será el mío o será otro. Hasta que aparecen sus padres, que se nos parecen como un huevo a una castaña. Y veo cómo esas hijas les cuentan sus cosas, y se dejan besar y besan, y me digo: Venga, Inés, que tú puedes, sé un poco más cariñosa, no me jodas, Inés, déjate besar y besa, cuéntales cosas a Celia y a Javier.

Así que cuando veo una mujer dominicana o colombiana o ecuatoriana o boliviana llevando a dos niñas rubias a la guardería, me digo: Inés, esa podría ser tu tía.

Y entonces me vengo arriba: Les voy a preguntar, hoy les pregunto.

Pero no sé si quiero saber.

Porque muchas veces se vive mejor sin saber, sin ver algunas cosas, sin escuchar otras.

Me pasó el sábado cuando estaba con Marina, Mencía, Loreto y su novio, Hernán.

Por fin vinieron a verme al balonmano, se sentaron tres filas más abajo que mis padres, me saludaron desde la grada, les devolví el saludo, empezaron a corear mi nombre las muy cachondas.

¡Dame una i! ¡Dame una ene! ¡Dame una e! ¡Dame una ese! ¡¡Iiiiiinés!!

Mi madre sonreía felicísima. Yo empecé muy motivada porque era la primera vez que venían a verme y quería agradar. Hasta el minuto diez no me sacaron. Y cuando salí, parecía que me hubiese dopado: corría, presionaba, pedía el balón. Estaba algo nerviosa, eso es verdad, pero no lo hice nada mal. Participé en varios goles. Defendí bien. Me hicieron un penalti. Al descanso, íbamos perdiendo de uno.

La segunda parte también la empecé desde el banquillo: me latía fuerte el corazón, miraba a la grada a mis amigas, con el rabillo veía que mi madre me hacía gestos de que no me mordiese las uñas. Pero me volvieron a sacar cuando quedaban quince minutos. Y creo que hasta estuve mejor que en la primera mitad. Me sentía un poco débil, no soy muy buena, no suelo meter muchos goles, ni siquiera soy titular, pero ese día sucedió: robé un balón cuando todo acababa, corrí como una posesa botándolo, me quedé sola delante de la portera, tiré, marqué, final. Salí muy contenta porque ganamos dieciocho a diecisiete con un gol mío en el último minuto.

Y todas vinieron a abrazarme como nunca me han abrazado en la vida. Nadie. Tanta gente a la vez. Tan fuerte. Tan de verdad. Tan contentas todas.

No me tiré mucho en la ducha porque no me gusta que vean mi cuerpo y porque estaba deseando estar con mis amigas ahí fuera. Nada más salir de los vestuarios, ellas estaban en la puerta y mis padres un poco más atrás, en segundo plano. Se acercaron. Me felicitaron. Me dijeron que muy bien. Papá me fue abrazar y yo le dije sonriendo: Bueno, bueno, no te flipes…

Todas reímos. Él, el primero.

Luego le endosé la mochila y me fui con mis amigas a comer.

Escogimos un vegetariano que salió después de votar los cinco. Marina eligió el Burger del bulevar. Loreto y Hernán dijeron que a ellos les daba lo mismo, que lo que quisiera la mayoría. Mencía y yo votamos por aquel restaurante de la rotonda. Así que esa fue la segunda victoria del día, dos a uno, y echamos a andar los cinco. Ellos cuatro vestiditos de domingo y bien (la parejita había ido a misa a primera hora) y yo en chándal gris.

Cuando llegamos, el local de moda todavía tenía un par de mesas libres. Había mucho veinteañero comiendo ensaladas, setas, nachos con guacamole, tofu. Un hombre y una mujer de la edad de mis padres miraban los móviles sin hablarse. Había varias mesas juntas celebrando algo. Olía a mundo recién hecho.

Nos pusimos en la cola para pedir. Consultamos la carta con el código QR. Tomé nota mental de lo que quería cada una. Mencía y Marina se fueron un momento juntas al baño. Entonces decidí que era una buena idea que Loreto y Hernán ocuparan la mesa de cinco para que nadie nos la quitara. Ya pedía yo para todos.

Mientras esperaba de pie, me puse a mirar Instagram.

Lo escuché bien claro detrás de mí. Cosas que una persona le dice a otra en voz muy baja y sin mala hostia, imagino. Sin intención de hacer daño. Sin pensar. Pero que te recuerdan cuál es tu lugar en la cola. Me habría cortado las orejas con unas tijeras para no oírlo.

—Creo que nos toca detrás de la panchita.

* * *

Clara está algo más pálida y flaca por el tratamiento, pero sonríe igual que en la foto en la que me agarraba las tetas por detrás.

No le gusta mucho hablar del tema. Si le preguntas, hace como que ríe y te dice: No sabe el bicho este dónde se ha metido. O: Tú lo que quieres es tocármelas. O: Me han dicho que voy bien y sanseacabó. Pero poco más.

Cuando le digo (porque siempre se lo acabo diciendo) que lo que pasa es que mis padres no me comprenden, ella entorna los ojos, se muerde el labio de abajo, suspira.

Aquella tarde en que volví a decírselo, estaba con Víctor en su casa.

Picoteamos. La conversación iba y venía. Ellos hablaban de la adolescencia de los ochenta y de la de ahora, de cine, de lo que iban a hacer en Semana Santa. Su novio me preguntó riendo que si yo creía que él se parecía un poco (aunque fuera un poco, dijo) a Carlos Sobera, y yo le conté la anécdota del empujón de mi tía.

Cuando, a eso de las diez de la noche, ella anunció solemne: Bueno, y yo ya voy recogiendo la mesa, que este hombre se querrá ir a su casa a dormir; nos entró un ataque de risa a los tres.

Víctor dijo que sí, que sí, que ya se iba. Se levantó, cogió la chaqueta del perchero, le dio un beso en los labios y una palmadita en el culo a mi tía y luego me abrazó y me revolvió el pelo.

Nada más marcharse, tía Clara fue al baño, regresó, se me sentó al lado, se sirvió otra copa de vino y me preguntó: A ver, qué te pasa esta vez, lechuguina, quién no te comprende a ti.

—Así que ahora te los pillas con hijos, tía... —le contesté, y le tiré un cojín a la cara—. Pobre pescadero... Le vas a romper el corazón.

Sonrió, se encogió de hombros, arqueó mucho las cejas.

—Pobre pescadero —repetí.

Me quedé callada como si ya se me hubiesen terminado los chistes. Yo esperaba que ella siguiera hablando de lo que fuera, pero no. Fue como una de esas guerras que echábamos cuando yo era pequeña en las que jugábamos a ver quién de las dos tardaba más en pestañear y siempre pestañeaba yo antes. También esta vez.

—A ver cómo te lo digo… —empecé.

—Venga, suéltalo —me animó.

Y yo agaché un poco la cabeza y metí el índice en el agujero de la lata de Radler, como si buscara algo mío allí dentro, algo que hubiera perdido. Dando vueltas. Tirando hacia fuera. Aplastando el filo. Hasta que me hice un ligero corte.

—Es que no sé —dije mientras me chupaba el dedo.

—Que no sabes el qué…

—No sé ni lo que quiero.

—Pues empezamos bien…

—¿Te acuerdas de aquella foto enorme de Roberto de bebé en blanco y negro, esa en la que aparecía desnudo encima de mi padre y que tenían en el pasillo de la casa de Carabanchel? —pregunté.

—Sí, claro.

—De niña habría dado un brazo entero por tener una igual.

—Lo imaginaba, Inés.

—El primer recuerdo que tengo de los Reyes Magos es aquí en España —continué—. No tengo recuerdos de allí, no sé ni siquiera si allí había Reyes Magos. Supongo que no había. Qué Reyes iba a haber allí… El caso es que me acuerdo de que ponía muy pocas cosas en la carta de Reyes y que papá y mamá me animaban a que pusiera más. A mí me daría mal rollo poner muchas cosas, supongo, tampoco creas que me acuerdo mucho, pero me conozco... Tampoco sabría muy bien qué poner, si lo tenía todo allí delante. Así que una vez en que estaba haciendo la carta con seis o siete años, yo caí en lo que más deseaba del mundo y taché las cuatro o cinco cosas que había escrito antes. Y puse con todas mis faltas de ortografía: «*Llo qiero* una foto desnudita con papa igual que la de *Roverto*». Y la metí en el sobre que mis padres me habían comprado y se la di a ellos para que la echaran —seguí contando—. Y cuando vinieron los Reyes a la semana siguiente y me desperté, fui corriendo al salón, y debajo del árbol había unos paquetes que fui abriendo con ansias. Una muñeca y un juego de mesa que no recuerdo y tu karaoke, ¿te acuerdas?, y un retrato de los cuatro juntos. Y fue entonces, al ver que no había más, cuando les pregunté a mis padres: «¿Y mi foto desnudita de bebé con papá?». Mi madre me miró con una ternura que no he olvidado, es alucinante cómo se nos queda grabada una cara —le dije a mi tía—. Esa mañana mi madre apenas se acercó a Rober. Mi padre, el hombre, me llevó por la tarde a un fotomatón. Y nos hicimos veinte fotos juntos por lo menos. Pero ninguna como la de mi hermano.

Tía Clara me escuchaba en silencio muy seria. Asentía. Y asintiendo me estaba pidiendo que hablara más, que lo sacara todo, que era el momento.

—No hago más que agobiarme, tía. No sé. Echo de menos a mi hermano, a lo que éramos cuando estaba él. No teníamos que haber ido a Pirineos... No sé si mi madre se arrepiente de haberme traído...

—Pero vamos a ver, Inés del alma mía, ascolescente de Dios —mi tía desplegó todos sus encantos de repente—, tú eres lo mejor que le ha pasado a tu madre desde que me conoció a mí.

Ella me sonrió, me pasó la mano por el hombro, pegó su cabeza a la mía. Yo me chupé el dedo, aunque la herida ya estaba sellada. Lo hice para disimular mi temblor de labios.

—Otra cosa, tía. Sé quién soy —se me rompió un poco la voz, me encogí de hombros—, pero quiero saber quién fui.

7

JAVIER

Yo maté a Roberto.

8

INÉS

Mi padre no mató a Roberto.

9

JAVIER

Padres.

Madres.

Sobre todo, madres.

Yo las he visto aparecer por la clínica de Diana con los ojos arrasados por el insomnio y la desesperación, como quien huye de una guerra y llega a un campo de refugiados. Quebrarse la pareja a los postres en mi casa, durante una cena, o con la segunda copa de vino: sacar el tema de los hijos como el que saca una navaja con el filo roto. Yo los he visto asentir en silencio mientras te escuchan en la sobremesa, y derrumbarse después, y negar con la cabeza, y suspirar, y buscar un pañuelo en un bolso de mujer. Yo los he visto con la cara iluminada igual que cuando abres un regalo, padres contando cosas hermosas de la niña o del niño a pesar de todo (todavía les llaman niños o niñas), diciendo *y sin embargo* a cada rato, enseñándote fotos de antes. *Sin embargo, pero, aunque*... Porque la frase de verdad, lo que quieres decir, siempre empieza después de la adversativa. Yo he visto madres pidiendo socorro a su modo y pidiendo perdón y pidiendo otra copa de vino. Yo los he visto arder a lo bonzo delante de mí, alguien que se echa gasolina encima y se prende fuego, madres quemadas, padres que echamos humo. Yo los he visto derrotados, celebrando cada centímetro ganado al silencio del otro lo mismo que al principio celebraban cuando dejaron de hacerse pis encima, cada paso dado sin caerse al suelo, cada palabra de trapo bien dicha. Yo los he visto bendecir y maldecir en un mismo día. Ver amanecer. Ir luego a trabajar. Hacer como si nada. Decirse a sí mismos: hoy es una nueva mañana, hoy todo va a ser distinto. Guardar las formas. Mantener el secreto de puertas adentro. Contar hasta diez al principio, luego hasta cien, más tarde hasta mil, hasta perder la cuenta y la paciencia. Aparecer al fin por vez primera en la terapia, destemplados después de unas semanas de fiebre, como si tuvieran frío y vergüenza; igualito, lo mismo que el que huye de una guerra y llega a un campo de refugiados.

Yo los he visto. Cada mañana. Al levantarme. En el espejo. Son como nosotros.

* * *

En ocasiones me siento como ese jugador del rasca cupón que, a poco que raspe con la uña en ese padre o en esa madre, siempre encuentra alguna sorpresa debajo. Algo que al principio los otros no querían contarte para proteger a los suyos; una familia sin problemas aparentes que, al cabo del tiempo y una vez que hay confianza, te acaba mostrando una grieta; que otro día se te sincera; que al fin —delante de un té o de una copa de vino— te cuenta lo que no está a la vista y ni sospechabas de sus hijos.

Chicos que desarrollan una ansiedad propia de adultos a los dieciséis. Chicas candado que a los quince se encierran en su silencio y en su cuarto y en su perfil. Chavales granada de mano llenos de complejos, y de acné, y de frustración, y de inseguridad, y de miedo.

He visto a Cristina. Lo orgullosa que está siempre de su hija (y con razón). Lo bien que llevó la separación de Luis. Lo poco que le afectó aquel tiempo de mierda a la chica a pesar de la pubertad. Desde bien pequeña, Silvia siempre fue lo que se llama una niña ejemplar. Educada, alegre, sociable, guapa, listísima, pero no una gilipollas engreída, sino lo contrario, humilde y trabajadora, con unas calificaciones que eran el orgullo no solo de sus padres (puedo comprenderles muy bien), sino también del instituto: todo matrículas de honor, todo, hasta en educación física. Cuando quedábamos, Cristina no decía nada de las notas de su hija, porque ella es así, porque la humildad de la hija emana de Cris, porque detesta a las madres presuntuosas. Pero los demás sabíamos. ¿Y Silvia qué tal?, le preguntábamos. Y ella: Bueno, como siempre, y esbozaba una tenue sonrisa como quien te estuviera pidiendo disculpas para cambiar después de conversación. Todo iba bien (qué digo bien, formidablemente bien) hasta que llegó el bachillerato y las notas siguieron siendo igual de extraordinarias (ya las hubiésemos querido para nuestros hijos cualquiera de los otros padres), solo que no siempre lograba un sobresaliente. La novedad es que Silvia empezó a sacar ochos y nueves más que dieces. Sacó hasta un seis y medio en física, la nota más alta de un examen que suspendió casi toda la clase. Pero cómo será el cerebro cambiante de un adolescente, que la chica pensaba que lo estaba haciendo mal y no encontró consuelo. Se fue metiendo más y más presión. Se ponía a llorar si la calificación no respondía a sus expectativas. Dejó de ser tan alegre. Dejó de ser tan sociable. Los granos hicieron presa en su cara. Comenzó a descuidarse. Se volvió huidiza. Redobló su obsesión por los estudios. Sus padres no se explicaban cómo se había metido tanta presión a sí misma aquella chica si ellos lo único que hacían era intentar quitársela, ni a dónde podía llegar el punto de distorsión. Y escogieron comérselo solos: lo malo que les pasa a los hijos solemos callarlo, enterrarlo, deglutirlo, hasta que ya no aguantamos más y sobreviene la arcada. Celia me dijo que quedó con Cristina a tomar un café y que nunca la vio tan asustada, tan perdida, que esta le contó que no paraba de decirle a la hija que no estudiara tanto, que no se preocupara, que valía un montón sacara lo que sacara, maldiciendo las putas buenas notas y golpeando en la mesa y haciendo sonar la taza y el platillo lo mismo que otros, de cuando en cuando, hacemos temblar la cubertería entera para maldecir las malas. Sus padres se unieron como nunca a pesar de la separación y acabaron llevándola a terapia. Diecisiete años no es una edad tan extraña para tomar ansiolíticos si es necesario —les dijeron en la consulta—, es una edad cada vez más normal. Silvia hoy está bien, aquello ya pasó. Estudia lo que soñaba: medicina. Ha vuelto a sonreír, ha vuelto a ser sociable, pero sigue aprendiendo a gestionar que la felicidad no puede depender de un punto.

He visto a Valentín y a Elena, con los que intimamos en una reunión de padres en la clínica de Diana. Valentín y Elena tienen tres hijos que tuvieron seguidos con una diferencia de tres años. Ese tipo de hermanos a los que unos padres siempre visten igual cuando son niños, con sus zapatitos relucientes, con sus camisas azul celeste planchadas, con sus calcetines a juego, con su chaqueta fina; esos que ves por Comillas o Sancti Petri con una mucama detrás. Tres niños tienen Valentín y Elena, tres, pero solo conocemos el nombre del mayor: Iván, con el que van a terapia todos los jueves desde hace un par de años. Iván esto, Iván lo otro, Iván lo de más allá, Iván lo de más acá. La imagen dura de Iván contrasta no solo con la de sus padres, sino con la de sus hermanos. Él es abogado y ella es analista financiera. Viven en una de esas zonas acomodadas de Las Rozas donde ves Cayenne circulando, cámaras de seguridad grabando, césped recién cortado por alguien que no es el dueño de la casa. Los hijos pequeños tienen catorce y quince; el pequeño es igual que su madre, el mediano es como su padre. Pero Iván va a cumplir dieciocho y parece concebido por otra pareja, igual que si lo hubiesen dejado en una cesta en la puerta nada más ser parido. No son solo las ojeras, es la forma de vestir, de moverse, de mirarte, de no contestar, de liarse un cigarro y escupir la hebra. El día en que Elena supo que su hijo no solo consumía un poco de todo, sino que trapicheaba en Las Rozas, a esa madre empezaron a caérsele muchos prejuicios de clase (por ejemplo: que esas cosas solo pasaban en sitios como Vallecas y no en Las Rozas) y también empezó a caérsele buena parte del pelo. Iván y su metástasis lo han cambiado todo, lo absorben todo, fagocitan la energía de sus padres, también están a punto de separarlos como pareja. Crees que tienes la vida encarrilada, que tus hijos están a salvo en el circuito bueno: contactos de primera, influencia, colegios caros, oportunidades en el extranjero, exclusividad, zona VIP, niños como ellos, de su nivel, a lo mejor también con sus zapatitos relucientes y sus chaquetitas y sus camisitas planchadas y el flequillo a juego. Pero un día es algo que no te cuenta y otro día es algo que no sabe gestionar y otra noche es una decisión equivocada y otra es vete a saber qué cojones, pero cuando quieres intervenir ya no es tu hijo, ya está, así de sencillo, ya lo has perdido, ya llega con los ojos muy rojos y solo quiere sobar (ahora también dice sobar); y tú tienes que tratar de recuperarlo poco a poco y te vas adentrando en un reverso que despreciabas, que creías propio del hijo del hombre que te corta el césped, pero no del tuyo, un mundo árido que imaginabas ajeno a tu atalaya de Las Rozas. Los demás padres del circuito te miran entonces como si fueses un intruso, como si te faltara pedigrí, como si hubieses hecho algo mal; no te lo dicen, pero tú lo sabes, estás fuera del club exclusivo. Iván hoy está mucho mejor, más centrado, hace meses que no consume, quizás hasta haga un grado medio de FP, le cuenta su madre a Celia. FP. Un grado medio. Algo que Elena, hace tres años, jamás habría pensado que diría con orgullo sincero, sonriendo de medio lado, encogiéndose un poco de hombros, los ojos húmedos: un grado de FP de manipulación de alimentos, repite exultante. Y te pregunta por Inés. Y tú le cuentas todo o no. Y te comparas con ellos y casi das las gracias a Dios. Porque Elena y Valentín viven con miedo: el mediano, que ahora está empezando a salir con sus amigos, idolatra a su hermano mayor y siempre trató de imitarle.

He visto a Paloma y a José, dueños de una peluquería, viejos amigos míos de Carabanchel y ahora uña y carne de Celia (sobre todo Paloma). Ellos también tuvieron problemas para tener un hijo, por eso nos sentimos tan unidos. Acudieron a los mejores especialistas, se hicieron todas las pruebas imaginables, lo intentaron con las terapias más avanzadas, se dejaron mucha piel en el intento. Hasta que ocurrió: después del enésimo tratamiento de fertilización, Paloma consiguió quedarse embarazada de José, solo que resulta que vinieron mellizos. Muy distintos desde la cuna, por cierto: César era el tranquilo y Álvaro era el nervioso. Como Zipi y Zape, decíamos todos absurdamente, porque en los tebeos no es que Zipi fuese tranquilo y Zape nervioso o viceversa, sino que eran traviesos los dos. Pero José y Paloma entendían lo que queríamos decir, y sonreían, y repetían: sí, Zipi y Zape. Y así sería siempre. El tranquilo y el nervioso. El que hablaba bajito y el que gritaba. El que no se enfadaba si perdía a un juego de mesa y el que revolvía el tablero si era eliminado para que no jugasen los demás. Fue igual en la primera adolescencia: el nervioso, el que gritaba, el que revolvía no solo el tablero, sino también el estómago de sus padres. José me cuenta que no se explica su forma de ser porque en casa (dice) han educado a los dos del mismo modo, porque, si me apuras (añade), se han volcado más en el que más les necesitaba, que era Álvaro y no César. Paloma le cuenta a Celia que lo curioso del asunto es que solo se comporta así de puertas adentro, que el psicólogo del instituto dice que el chico no solo es normal en clase, sino que allí es majo, ayuda a los demás, participa en el aula, es simpático, líder. Pero al cruzar la puerta, añade Paloma, le pasa como a un gremlin cuando comía algo después de la medianoche: Que se vuelve malo, no sé, chica. Así viven, le cuenta a Celia. Todos sufren. El que más, el crío, aventura su madre. No es extraño que insulte a sus padres cuando discuten; que diga os odio, os odio, os odio si es castigado; que dé una patada a una puerta o golpee con un puño en la mesa si se enrabieta. La última: el otro día todo iba perfecto hasta que perdió al Fifa con su hermano y le insultó, y el otro le acabó insultando también y se pelearon y José tuvo que separarlos y, a continuación, cuando todo parecía ya en calma, Álvaro fue corriendo a la habitación de César, agarró lo primero que vio (la calculadora) y la tiró por la ventana. Viven en un quinto de General Ricardos. Le rompió la luna a un taxista. A Paloma le da vergüenza su historia. Y nos pide que no contemos nada.

He visto a Cristina. A Valentín y a Elena. A Paloma y a José. Podría poner una decena de nombres más, familias con pasta y sin ella, de un barrio o de otro, de derechas o de izquierdas, con un trabajo de panadero o de arquitecto, pero con mierdas similares. Podría imaginar otras historias: ya he dicho que hay días en que oigo a los vecinos gritar y me alegro.

Los he visto con sus sombras y con sus mochilas.

Cristina y su repugnancia a la perfección.

Valentín y su sensación de fracaso porque Iván el Terrible no va a estudiar en la universidad como lo hicieron él o su mujer, sino un grado de manipulación de alimentos: Manipulación de alimentos, sí, tocarse los huevos a dos manos, eso es lo que va a hacer, dice Valentín, y calla.

Elena y sus tribulaciones de analista financiera. Su pánico cerval a que los pequeños acaben como el mayor, ese instinto animal de proteger al resto de la manada y de conducirla por ese circuito de clase alta donde cotizas al alza.

José y su mala conciencia porque conecta muy bien con César, pero fatal con el mellizo Álvaro, que piensa que, si eso ocurre, es por culpa de él, porque se conoce que solo ha sabido ser buen padre a medias, al cincuenta por ciento nada más.

Paloma y el espejo. Paloma y las mechas que se tendría que dar, el pelo que se tendría que arreglar (en casa del herrero, cuchillo de palo), pero que nunca tiene tiempo para sí.

Están todos estos padres en el campo de refugiados al que no paran de llegar más y más adolescentes y que tiene lista de espera.

Y luego estamos Celia y yo.

* * *

Celia empujando y con la cara colorada, hija, igual que cuando tú estabas en la nieve.

Yo como un pasmarote a la espalda de tu madre, diciendo respira, respira, respira y viendo al ginecólogo de frente, con esas gafas de quirófano que parecían de aviador, con los tobillos salpicados de sangre, un médico con bata agachado y esperando recibir la pelota como un cátcher de béisbol, como si estuviera hurgando en una hura o taladrando la veta de una mina, buscando a tu hermano.

Pequeñas gotas rojas en el suelo, en la cama, en las manos sudadísimas de tu madre, igual que cuando chispea antes de una tormenta. Y luego el trueno del llanto.

Sí, nacer es una forma de empezar a desangrar al otro, de acuchillarlo, de vaciarlo, de herir.

De tanto empujar, mamá decía que se mareaba y que no podía más, sudaba a mares, no era de esas que gritan como una loca, no, pero sí me apretaba la mano con miedo, como si hubiese caído a una vía del metro y sintiera que viene un tren con su chirriar de bielas, me apretaba con una mano que se le resbalaba y que volvía a afianzar, lloraba de alegría y de dolor, vete a saber, hasta se hizo de vientre encima: mierda y sangre y lágrimas y el trueno del llanto, eso sois al comienzo. Así llegó Roberto mientras tú estabas con tía Clara en su casa viendo Bambi, *eso me dijo que te puso. Así vino tu hermano. Pero recuerda que, mucho antes de Roberto, tu madre empujó por ti.*

Lo tuyo fue un embarazo lleno de papeles y de espera y de ansiedad. Un parto mucho más largo y con más riesgo que el de Roberto.

Recuerdo que te pesamos nada más tenerte y que tu madre guarda todavía el ticket en una caja que debe de andar por el trastero. 14,200. Nada más verlo, ella dijo imitando la voz circunspecta de un doctor: ¿Peso al nacer, enfermero? Y se contestó a sí misma: 14,200, doctor.

Ya eras bajita. Comparada con una niña de tu edad, pesabas poca cosa. Pero tu madre siempre bromeaba con que fuiste el bebé más lustroso parido en el mundo, el más gordito, que pesaste catorce kilos y pico al nacer en vez de tres o cuatro. Porque, según ella, dar a luz sobre todo consistía en sacar a alguien de la oscuridad. Y yo creo que estaba más feliz y orgullosa como madre habiéndote sacado a ti de la tuya (te lo juro) que de cualquier otra cosa.

Por eso te criamos levantando todas las persianas a tu paso, hija, dándole a todos los interruptores, encendiendo todas las bombillas, poniéndote encima todos los focos, acercándote todos los fuegos de los que disponíamos y de los que no.

Para nosotros, de algún modo, fue como si no hubiese existido nada de lo que te pasó antes de que nos conocieras, como si todo empezara en el mundo con tus 14,200, con tus nuevos padres, con el hermano que venía y que el ginecólogo se disponía a recepcionar como si fuese un cátcher de béisbol.

Lo hicimos para protegerte y para protegernos, supongo, pero ahora me doy cuenta de que fue un tremendo error. Pensando en ti, nos dijimos aquello de ojos que no ven, corazón que no siente. Pero no es así, hija, no es así.

Ojos que no ven, corazón que siente. Claro que siente: siente más ese corazón cuyos ojos no ven que el que sí puede hacerlo. Ese corazón invidente siente más, y peor, y está más ciego, y hace que te pierdas por el camino y entonces tengas que ponerte a buscar las miguitas de Pulgarcito tentando el suelo, con las gafas de miope rotas, padre y madre topos, ojos que no ven.

Para tu madre, fue como si no hubiese existido nada de lo que te sucedió hasta los cinco años. Por eso creo que enfrentarse a aquel expediente en el que se narraba todo, para ella, fue como el acto de nacer o morir, una cosa que se hace una sola vez. Un expediente que leeríamos en una única ocasión, juntos, pero que luego arrojaríamos al fondo del mar, como quien dice, o que encerraríamos bajo siete llaves para protegerte.

Así hicimos. Lo digo en plural: los dos lo hicimos.

Borrón y cuenta nueva, hacer como si el partido empezara desde el principio para ti, reiniciarte el ordenador, darte al botón de F5, ponerte a cero el cuentakilómetros. Y echar a correr.

* * *

Vengo de ver a Clara. Está animada con la evolución de la enfermedad. Ojalá todo vaya bien. No podría soportar que le ocurriera algo. No sé lo que pasaría con Inés llegado ese caso.

Mi hermana siempre fue lo mismo que una poderosa medicina.

Clara y yo tenemos una foto en blanco y negro en la que los dos nos peleamos por subirnos a la chepa de Paco, que está en cuclillas y ríe y abre los brazos como si quisiera acogernos a los dos. Hay una iglesia al fondo. Debe de ser en una comunión. Porque a los hermanos solo nos hacían fotos en momentos importantes como una comunión, un bautizo o una boda.

Hay mucho sol. Paco tiene la cara a la sombra. Entonces estaba sano como lo está ahora Clara. Luego todo fue a peor. En eso pienso después de verla y preguntarle por la enfermedad.

Paco nos subía a los hombros para que viéramos más lejos.

Eso hice yo con Roberto e Inés.

Lo que pasa es que existe un día definitivo en tu vida en que ya no puedes subirte a la hija a los hombros. Porque pesa demasiado, porque su tamaño no te alcanza, por lo maltrechas que están tu espalda o tus cervicales. Y entonces le dices que no, que no puedes más, y la bajas al suelo, y es como si le cortaras un poco las alas, como si le hicieras ver que el vuelo se acabó, que toca pisar tierra, que lo que sea que venga a partir de entonces será por separado, cada uno con su propio camino.

Mis hijos se turnaban y los llevaba a hombros hasta donde me indicaban, momento en que me agachaba y el otro tomaba el relevo. A veces era un caballo salvaje. Otras era un avión de combate. Otras, una moto. Otras, un elefante como el de *El libro de la selva.*

Pero un día los bajas de allí arriba y se acabó la magia: te conviertes para siempre en un padre. Uno más. Sin relinchos de purasangre. Sin motores. Sin la capacidad de transformar el mundo y convocar la alegría.

Yo también vi el mundo desde allí arriba.

A veces, cuando todavía era un niño que no había dado el estirón y abultaba muy poco, mi hermano Paco me subía a hombros y me llevaba al quiosco igual que si fuese un matador de toros triunfante y me tenía allí en volandas un rato, encima de él antes de bajarme, mientras hablaba con el quiosquero.

Allí arriba se veía el mundo de otro modo, igual que me lo imaginaba de mayor. Podía verlo todo: las portadas del destape, los cómics solo para adultos, fotos con tetas o culos que ocupaban la cubierta entera, todas esas publicaciones que eran tendidas en lo alto con pinzas como ropa puesta a secar, revistas que el quiosquero lector de *ABC* colocaba bien arriba para mantener el pecado lejos de los niños. Como esos racimos de uvas a los que no llegas por mucho que te pongas de puntillas.

Yo a veces me agarraba de las orejas de Paco para no caerme, para hacerle una broma cuando le llamaba Dumbo.

Pero sobre todo me agarraba de su cuello, por debajo de la papada.

Un cuello con el que él jugaba a aplastarme las manos haciendo fuerza con la barbilla.

Ese cuello que le vi anudado con una soga una mañana de sábado, al poco de ser traído del psiquiátrico, cuando entré a despertarlo a su habitación.

Roberto pesaba muy poco. Hoy habría cumplido doce años.

* * *

Quiero contarte.

El otro día, cuando viniste a casa con una báscula digital que habías comprado con tu dinero porque, dijiste, la que tenemos es muy imprecisa, yo no pude evitar acordarme de aquel 14,200.

Todo era más fácil cuando pesábamos menos, cuando íbamos más ligeros de memoria, de conciencia, de años, de facturas, de mentiras. La espalda se va cargando de todo eso con el paso del tiempo. Por eso creo que muchos adultos queremos perder algo de peso. No solo por lo obvio, sino también porque, de un modo inconsciente, perder peso supone estar más cerca de cuando éramos niños, de cuando todo nos costaba menos y corríamos más y avanzábamos sin un lastre de plomo en los tobillos.

Pero qué te sobra a ti, hija. ¿De verdad crees que son kilos o son recuerdos? Tu madre y yo cruzamos los dedos porque solo sea lo primero.

Tu báscula. Moderna. De diseño. Digital. Cuando nos enseñaste la báscula, yo no sé por qué me acordé de la romana que tenía mi padre. Una romana negra por el óxido donde pesaba las patatas y los tomates y los pepinos con precisión de cirujano y barriendo siempre para casa.

Mis padres no se pesaban.

Pesaban lo que importaba.

Mi padre salía muy ligero del bingo. Mi madre no tenía tiempo para pesarse porque ya bastante tenía con levantar a pulso al abuelo.

No sabían nada. Ni idea tenían tus abuelos de nada, eh. Y no como nosotros, que leemos tantos libros. De amor. De miedo. También de novela negra.

* * *

En (lo que queremos que sea) la nueva revelación de la novela negra de la editorial, Thierry acaba de morir después de ser envenenado por su hijastra y su madre. Faltan diez páginas para que termine un libro que me está revolviendo, que me está obsesionando. Y también falta lo más sorprendente. Lo van a conocer a continuación: Clarence se siente reconfortada al principio. No le importan las consecuencias. La autopsia determinará que su padrastro ha sido asesinado con arsénico, sí. Su madre se presentará como única responsable del crimen según lo acordado y terminará presa, sí. Le harán preguntas, sí. Puede que también sospechen de ella, sí. Pero lo importante es que él por fin está muerto, eso es lo que cuenta, nada más. Su madre es detenida a los pocos días y describe al monstruo que era su pareja para tratar de explicar por qué lo hizo. Después de ser interrogada, Clarence queda libre de toda sospecha. Se va a vivir con su tía y sus primas. Pasan los días, vuelve al instituto. Pero Clarence no puede silenciar su cabeza, no para de pensar, tiene cada vez más recuerdos, sigue yendo a la psicóloga. Ahora le ha dado por ponerse a ver esos álbumes antiguos que su madre ordenaba por años. Un día, hojeando uno, se detiene en una fotografía donde aparece ella en su dormitorio empapelado con dibujos de jirafas y flores. Recuerda ese papel nuevecito de la pared. Fue el que eligió su madre meses después del incendio en el que murió asfixiado su padre y que arrasó tres habitaciones de la casa con todo dentro. Por entonces, vivían las dos solas. Ella era muy niña. Thierry vendría a vivir con ellas meses después. Pero en esa fotografía que Clarence mira ahora, ya sí estaba conviviendo con ellas dos. Clarence posa en el medio junto a un oso blanco de peluche; a su derecha está Sophie, su madre; a su izquierda aparece Thierry. El incendio lo quemó todo en las tres habitaciones. Librerías. Alfombras. Muebles. Sillas. Papeles… Lo demás se salvó gracias a la intervención providencial de los bomberos.

Pudieron salvar el comedor, la cocina, el baño; no pudieron salvar su habitación, sus ropas, sus juguetes, sus peluches... Entonces cae en la cuenta y siente un fogonazo de calor en el pecho. Una llamarada de calor que le sube por las mejillas y hace que se lleve las palmas de las manos a la cara. Lo mismo que el grito de Munch, solo que sin grito. Clarence se ha quedado muda en el sofá. Saquito de risa. Mono. Cuando ella sufría los abusos, siempre se concentraba en esos muñecos de peluche como un modo de abandonar su cuerpo hasta que el adulto terminara. El razonamiento se le cae encima como un edificio recién detonado: si esos muñecos de peluche habían sido pasto de las llamas meses antes de que el padrastro llegara a su vida, su padrastro no pudo haber sido quien abusó de ella. Entonces recuerda y empieza a sudar. Como en una suerte de trance. Suda y recuerda. Recuerda y suda. Lo que le pasa siempre que tiene episodios así: eyecciones mentales lo llaman los especialistas, algo muy importante que las neuronas conservan almacenado en alguna parte del cerebro por su importancia en el pasado y que de repente lanzan afuera lo mismo que el piloto es propulsado del asiento al exterior. Como un modo de salvar la vida. O de jodértela. Porque Clarence acaba de descubrir algo terrible. No eran unas manos masculinas. Sino femeninas. Recuerda las uñas pintadas. Y el sexo oscuro de una mujer. Y un perfume. No era su padrastro quien abusó de ella, sino su madre. Fin.

* * *

Llegué a pensar que esa niña de la foto que eras tú me quería matar.

En el retrato enmarcado que ahora puedo sostener entre las manos sin que me tiemblen, apareces muy contenta jugando en Pirineos, hija. Acababas de cumplir trece años, llevabas una trenca verde, levantabas los brazos como si quisieras abarcarlo todo y tenías la cara colorada de la emoción y del frío. A tus pies estaba Roberto, tirado en el suelo posando como una maja desnuda, solo que abrigado hasta arriba con un anorak. Habíais hecho un muñeco de nieve y luego, entre risas, tú le arrancaste la cabeza.

Todavía no estabais cansados.

Todo estaba intacto.

En ese instante, ignorabas que llegaría un día en que me querrías matar, hija.

O, por lo menos, no sabías que llegaría un día en que desearías que se estrellase el avión en el que viajaba tu padre. Y que lo dirías así, como la que pide una pizza *cuatro estaciones: Ojalá se hubiese estrellado tu avión.*

Estamos a una llamada de teléfono de distancia de que nos cambie la vida a peor, hija. A una curva a la derecha o a la izquierda. A diez minutos. A una decisión al azar que aparentemente no tiene la más mínima importancia, pero que luego la tiene toda, no sé, pongamos que elegir subirte al metro en vez de coger el autobús. Coger el metro por primera vez en mucho tiempo en lugar del autobús y, zas, que alguien haya puesto una bomba bajo tu asiento y saltes por los aires con todo el vagón.

A veces me pregunto cómo habrían sido nuestras vidas (también la tuya, sobre todo la tuya) si tu madre hubiese insistido más en cambiar aquella noche en una casa de montaña por un fin de semana en cualquier playa, como al principio sugirió; si yo ese día del regreso hubiese actuado de otro modo, como se espera que actúe un padre y no un descerebrado; si cuando tu madre te dio a luz hubieses pesado tres kilos en vez de 14,200.

Pero allí estábamos los cuatro de excursión. Intactos todavía.

Mientras caminábamos por el sendero, cincuenta metros por delante de tu hermano y de ti, mamá y yo aprovechábamos para conversar de nuestros planes de verano, de los problemas de nuestros amigos con sus hijos, del trabajo, de cómo te estaba cambiando el cuerpo o de lo contentos que se os veía juntos; charlábamos un poco de todo mientras veíamos cómo echaba a correr un corzo o cómo nos sobrevolaba un quebrantahuesos allá a lo lejos, y entonces os decíamos venid, mirad, corred, sacad los prismáticos.

Si estabais cerca, no hablábamos de vosotros, claro. Si estabais cerca, os contábamos qué árbol era un abeto o cuál era un pino o que esas pisadas eran de jabalí. Hasta que os íbamos dejando atrás de nuevo, porque no parabais de jugar y de agacharos a ver huellas y ramas y piedras, y nosotros volvíamos a nuestra conversación.

A veces me pregunto de qué hablan los padres que no tienen hijos. Cuál es el motor si no hay una Inés o no hay un Roberto.

Sería fruto de la dopamina. O del aire puro. O del paisaje. Pero cuando tu madre dijo de sentarnos a esperaros en el mirador y pasamos un par de minutos en silencio, soltó una frase que yo no he podido olvidar y que siempre he considerado maldita.

Dijo muy seria: A veces da miedo tanta felicidad, eh.

Y luego escuchamos desde lejos las risas de vosotros dos: tú llevabas a caballito a Roberto, ¿te acuerdas?, y él levantaba un palo en el aire.

—Arre, caballo, arre, caballo, arre.

A veces da miedo tanta felicidad: la frase de antes de. Como esas señales donde lees «Peligro de derrumbe» en el momento previo al suceso.

De la noche en la casa rural apenas recuerdo nada, hija. Porque todo se lo ha tragado el día después, igual que esas manchas de humedad que al principio solo ocupan una esquina y que luego van extendiéndose a toda la pared. Recuerdo una chimenea, eso sí, y que nos acostamos muy pronto, y que tú dormiste conmigo y mamá lo hizo con Roberto, y que debió de nevar mientras dormíamos porque al despertar estaba todo más blanco que el día anterior.

A la mañana siguiente, ya de regreso al aparcamiento donde te obligaban a dejar el coche, la ruta fue más sencilla porque era cuesta abajo, pero los cinco centímetros de nieve hicieron mella.

Bajamos juntos los cuatro. Paramos varias veces a tirarnos bolas. Roberto se demoraba a cada rato diciendo que ya no podía más, y tú probaste a echártelo otra vez a la espalda, pero duraste un minuto. Measte de pie, creo recordar, y tu hermano probó a hacerlo en cuclillas, ese divertimento os traíais entre manos. Al fin llegamos al coche. Coincidimos en una cosa: nos moríamos de hambre.

El local era acogedor y la mesa reservada estaba ubicada junto a una vieja estufa. El menú del montañero incluía de todo. Cecina, quesos, caldo caliente, asado, vino, gaseosa, un refresco para cada uno, postre, café, licor a cuenta de la casa. Como siempre, os comisteis el pan con voracidad de piraña.

El pan duró lo que la felicidad.

Fue muy barato todo, Inés, pero tú sabes que pagaríamos el precio más caro.

Hemos abonado la cuenta hace un instante. Estamos los cuatro en el Volvo. La luz de la tarde se va poniendo poco a poco y yo estoy al volante. Hace quince minutos que Celia me ha preguntado si conduce mejor ella y yo le he dicho que no, que estoy bien, que total solo me he tomado dos cervezas y dos copas de vino.

—Y el licor —añade tu madre.

—Bueno, sí, un licor, pero era un chupito.

—Los chupitos te sobraban —insiste.

—¿Es que quieres conducir tú, Celia?

—Pues la verdad es que no…

Conduzco. Pasa un tiempo. El cansancio empieza a flotar como un cadáver hinchado. Me pesan los ojos. Tengo la boca pastosa. Mamá se está quedando dormida. Roberto lee. Tú miras por la ventana. Pongo la radio porque me invaden el sopor de la comida y el sueño. Entonces tu hermano se queja de algo y tu madre se despierta y os regaña. Y ya está. Nada más. Ponerme aquí a escribir líneas y líneas, sumar adjetivos, buscar palabras, recrear una escena, hacer todo eso, digo, sería mentir. Porque no me acuerdo de nada más, Inés, te juro que no me acuerdo de nada más. Y mentiras ya te hemos dicho demasiadas.

Lo siguiente que recuerdo (eso sí que lo recuerdo) es que la felicidad se acabó de golpe. Esa sensación tan salvaje. Como cuando a un pollo le cortan la cabeza. Zas. Se terminó.

Tres segundos pasaron. A lo sumo, cinco. Y todo está roto y patas arriba. Hemos tenido un accidente y Roberto ha salido despedido por la ventana y con él, la felicidad.

No habría estado mal algún traumatismo craneoencefálico, Inés, algún órgano dañado, no sé, algo que me uniera al niño muerto.

Pero ya he dicho que ni ese consuelo tuve.

El Volvo está dado la vuelta. Roberto tiene sangre en la boca, como cuando se manchaba con la salsa barbacoa. Yo tengo ganas de vomitar. De tragarme la lengua que antes tenía pastosa y que ahora es recorrida por un corte lateral y profundo.

El atestado diría que hubo exceso de velocidad. Nosotros diríamos que conducía tu madre (otra mentira más): ella no había bebido.

No hizo falta que se estrellase el avión para matarme, en fin. Valió con que se estrellara el coche. Eso es lo que te quería contar.

Yo maté a Roberto, hija. Fue por mi culpa, por mi culpa, por mi gran culpa.

Me cuesta mucho escribir esto, pero Diana dice que me hará bien.

Llegué a pensar que esa niña de la foto que eras tú me quería matar. Y, ya ves, Inés, el que maté fui yo.

10

INÉS

Hay un momento en que nos hacemos adultos porque de golpe, un día, al levantarnos, entendemos a nuestra madre o a nuestro padre, les entendemos de un modo en que nunca antes los habíamos entendido. Hasta escribimos de un modo más elevado. Y eso que nos parece tan nuevo y tan asombroso no es más que un mecanismo de defensa. Una manera de entendernos a nosotros mismos, de darnos la bienvenida a la edad adulta. Esos recién llegados a una especie de viejo club donde tu tía tiene cáncer o hay otras malas noticias.

Luego viene una duda: ¿te haces adulta porque ya entiendes a tu madre y a tu padre o entiendes a tu madre y a tu padre porque te has hecho mayor sin saberlo?

Tengo diecisiete años ya, hay muchos días en que todavía me da miedo la adolescencia, no sé muy bien qué quiero hacer con mi vida, reconozco que a veces me da mal rollo lo que vendrá porque no sé si lo que vendrá será bueno, o al menos parecido, a lo que tienen asegurado mis padres, porque no sé si voy a valer para algo y solo hay noticias de guerras, y de enfermedades, y de cambio climático, y de paro juvenil, y de peña que se tiene que ir al extranjero, y de ninis que no tienen a dónde ir, y de manadas, y de empanados con el móvil, y de que solo hacemos botellones; y no como cuando ellos tenían veinte o así, que ya habían currado en algo o leído un montón de libros o yo qué sé. Como si en España hubiésemos brotado de repente una generación de retrasados y a ver ahora qué.

Tengo diecisiete años y a mí tampoco me gustan nada mi físico ni mi forma de ser, un físico con el que me voy a tener que joder y aguantar (ajo y agua, que dice mi abuelo), porque el cuerpo ya no va a cambiar por mucho gimnasio al que vaya, porque no voy a crecer más ni voy a tener menos caderas que las que tengo ni me van a cambiar la cara ni las tetas. Es lo que hay, panchita, me digo desnuda. «No te pongas eso, cariño, no te sienta bien». Es lo que hay, Inés. Un físico que no voy a poder cambiar, pero una forma de ser que yo creo que sí.

Tengo diecisiete años y echo muchísimo de menos a Rober. Echo de menos sus cacharros tirados por el medio, que me haga de rabiar, el flequillo que se soplaba, el ruido que hacía cuando botaba la pelota en casa, el olor a hermano pequeño, sus cromos de los Invizimals ordenados con gomas de colores, que ya no podamos discutir, hasta que me llame meona o grifo abierto echo de menos.

Tengo diecisiete años y a veces siento una angustia nueva en la boca del estómago que no me atrevo a contar en casa. Porque les vas con tu pena o con tu agobio y ellos hacen como que te escuchan y te comprenden, sí, pero en el fondo piensan que esa pena y ese agobio son una chorrada pasajera, algo propio de tu edad y de las hormonas y de todo eso, como si así se explicara cualquier cosa; piensan que de qué te vas a quejar tú si lo tienes todo, que juventud complicada era la suya y no la tuya, te hablan del futuro como si tuvieran una bola de cristal y pronuncian palabras y frases como tú tranquila, ya verás como todo se pasa, no te preocupes, eso no tiene la menor importancia, hija, y blablablá; y entonces te das cuenta de que los que no se ponen en tu piel, ni en tus fotografías, ni en tus preguntas, ni en tus caderas son ellos dos.

Decís que no hay nada mejor en el mundo que ser joven, y se os olvida que la frase completa correcta es que no hay nada mejor en el mundo que ser un joven feliz.

Lo mismo que no hay nada más horroroso que ser una joven infeliz, mamá, una que quiere dejar de serlo cuanto antes para ver si le cambia la vida a mejor, una que está atrapada en los quince o en los dieciséis igual que alguien al que le pilla una tormenta peligrosa en mitad del campo, rayos, truenos, árboles ardiendo, de todo, y no tiene más remedio que esperar a que pare.

Se os olvida lo que era esto, mamá. Se os olvida que esto no solo era un campamento de verano, o unas fiestas de pueblo hasta las tantas, o ver amanecer por primera vez con un grupo de amigas, o abrir cofres sorpresa. Sino también lo otro. Ir pisando cepos, vivir como si cualquier paso equivocado fuese a terminar con una pierna cortada a la altura del tobillo. Te deja un chico y es como si no te fuese a querer nadie más. Suspendes y es como si fueras una fracasada. Discutes con una amiga y es como si no os quisierais ver más. Tienes bronca con tus padres y es como si fueses a terminar en la cárcel o en un psiquiátrico. Viene la EVAU y es como si te jugaras el resto de tu vida en dos días. Se te muere un hermano y es como si se te muriese un hermano.

Cuando era niña, hubo un momento en que todos los días eran como si fuesen sábados. Los cuentos acababan bien. No había monstruos en el armario. Yo podía ser madre y médico y astronauta y lo que me diera la gana. Luego fui creciendo y dándome cuenta de todo. No tanto de lo que iba a ser, sino de lo que no iba a ser jamás en la vida, me pusiera como me pusiera. Las princesas iban a ser otras y no yo. Jamás sería bailarina. Ni siquiera sería lo mismo que mis padres. No hay cuentos de hermanos muertos ni de hermanas asesinas traídas desde Colombia como sicarias. A los diecisiete ya sabes un montón de cosas que tú no vas a ser nunca, y en ese momento en que te das cuenta de ello es como si te volvieras un poco más vieja de repente.

Sabes que algo no va bien cuando cualquier día es parecido a un domingo por la tarde.

No es pena. Es miedo. Tener ganas de llorar de vez en cuando a los diecisiete años es algo que sobre todo da miedo.

Y es sábado por la mañana, mamá, pero hoy tengo el mismo miedo que un domingo por la tarde.

* * *

Todo empieza con un viaje. La vida, la muerte, el amor, los descubrimientos. Los espermatozoides y un óvulo, por ejemplo. Colón y América. El día en que de bebé te pones de pie y logras encadenar tres pasitos, supongo. La primera vez que vas sola al instituto, sin la mano de tu padre o de tu madre.

Me gustaba más la de mamá.

Antes de rechazar su compañía, me acuerdo de lo que me gustaba la mano de mamá, mucho más suave que la de mi padre, y de lo acurrucadita que iba la mía en la suya de camino a clase, lo mismo que si fuera un nido caliente.

Al principio les daba la mano nada más salir por la puerta de casa y la mantenía bien firme, orgullosa, segura, como si así no pudiera pasarme nada malo, como si esas manos fuesen dos manguitos de piscina con los que no ahogarme. Nada más dejarme en el colegio (que tengas buen día, cielo, dame un beso, cariño), yo esperaba a que nadie me mirase para oler con disimulo la mano que había estado agarrada a la suya, para así recordar su perfume perfecto.

Luego me fui dando cuenta de lo que hacían las otras manos. Creo que es la primera vez que me fijé de verdad en las demás. Poco a poco, como si hubiera una epidemia de lepra entre los padres, las otras chicas huían del contacto: manos que ya no iban de la mano, sino que iban agarrando un móvil o abrazando una carpeta aferrada al pecho, igual que si fuera un escudo. Y la madre o el padre al lado, al principio del curso nada más, claro. Y luego ya nada, con el paso de las semanas: Mamá, mejor voy sola, no vengas, que me da vergüenza.

Así fui haciendo yo. Crecer fue como cortarles las manos, atreverme a tener frías las mías, vivir sin que te soben tanto, pisar por donde yo dijera, que te empezaran a dar vergüenza tus padres en público, que las manos de mamá de repente me olieran a tabaco y no a colonia.

Al final ya solo permitía que me dieran la mano hasta la esquina de la calle donde estaba el colegio. Y eso porque los dos me daban pena. Porque, en el fondo, a mis padres les encantaba seguir dándomela como si fuera una niña, una niña perdida o coja o retrasada, una que necesitaba el calor lo mismo que Roberto.

—Dame la mano, hija, que te la caliento —me pedía mamá, y me la metía junto a la suya en el bolsillo de su abrigo.

Hasta que una mañana de las primeras del curso les dije que no. Que ya estaba bien de manos. Que era la única tonta de la clase que iba de la mano. Que podían acompañarme, vale, pero que incluso prefería que se separasen un par de metros, y que no me dieran un beso en la puerta, y que no dijeran en voz alta aquello de cielo o de cariño.

Mi madre me miró como si me comprendiera, diciendo claro, cielo, perdón. Me miró triste y a la vez contenta, no sé explicarme, como si ver crecer a una hija implicara las dos cosas. Y aquella última vez que me acompañó hasta la puerta hicimos el trayecto en silencio y al final no se atrevió a decirme nada más que: Bueno, adiós, hija.

Nunca más me acompañó.

Ahora creo que cumplir años es elegir otras manos distintas a las de tus padres. Negarles poco a poco no digo ya una caricia, sino el tacto. Desacostumbrarte a su piel. Elegir la piel de tía Clara o la de Marina o la de Lucas.

No nos hemos vuelto a dar la mano.

No me gustan las manos. Las de los adultos.

Todo empieza con un viaje, y el de mis padres (y el mío) fue en avión. En un tiempo en que ellos todavía se buscaban las suyas. En aquel viaje me buscaban a mí, pero hoy pienso que los que querían volver a ir al colegio como niños eran ellos. Que los hijos se tienen porque quieres volver a esa edad.

El viaje a Colombia. El viaje a Pirineos.

Porque todo empieza (y termina) con un viaje.

* * *

Pero yo quería hablar de los libros.

De uno en concreto.

Recuerdo el que Rober iba leyendo en el coche aquel día. Era uno con las tapas muy gordas. Mientras él estaba como hipnotizado con la lectura, yo miraba pasar los pinos nevados por la ventana del Volvo.

Lo intenté todo.

Muchas veces hasta intenté hacer lo que él para agradar más y más a mis padres: leer en aquellos viajes. Pero leyendo en el coche me mareaba y acabábamos abriendo las ventanas para que se me pasara.

—Inés, tú no leas, que te mareas. Que lea Roberto, que no se marea. Roberto, léenos en voz alta, venga.

Y él leía y leía y leía y leía y yo acababa celosa mirando los pinos nevados por la ventana del Volvo.

Si hicimos aquel viaje a los Pirineos, fue gracias a mí: a veces me da por pensar que fue la única cosa buena que provoqué, mi gran triunfo, denle todos las gracias a Inés, plas, plas, plas.

No había regalos para Roberto por sacar sobresalientes, digamos que estaba en su naturaleza hacerlo. Pero a mí me quisieron motivar con aquel viaje para ver si mejoraba las notas.

Y, contra todo pronóstico, las mejoré.

Mi padre ya sabía lo que tenía que hacer cuando le di las calificaciones. Pero yo se lo recordé igual.

—Mi casa rural —le dije, como la que entrega unos billetes de viaje todo incluido en vez de un boletín escolar.

Aquel viernes de la partida no fuimos al colegio. Mamá se tomó el día libre en el hospital y papá hizo lo mismo con la editorial. Salimos muy temprano y sin teléfonos móviles a propósito. Lo mejor de un viaje es el camino, solía decir mi padre cuando se ponía intenso. Pero eso no es verdad. Lo mejor de aquel viaje fue el camino, sí, pero también lo fueron el destino, el hotel del viernes, el bufé del desayuno, la ruta por el sendero, la casa de montaña del sábado, fue todo. Todo hasta el final.

En la fotografía aparezco yo con trece años levantando los brazos muy colorada de la emoción y Rober está en el suelo haciéndose el modelo. Parecía un perro en celo yo, de la alegría me fui corriendo hasta mi padre nada más hacer la foto y me abalancé sin darle tiempo a recuperar la verticalidad.

Lo que más quería mi padre después de sus libros era la Nikon de su hermano Paco y yo se la rompí. No le pareció mal. No me pegó. No me lo recordó jamás. Creo que le importaba un pimiento la cámara si enfocaba a una hija.

Esa foto de Roberto tirado en el suelo y yo moviendo los brazos con las dos sombras de papá y mamá proyectadas en el suelo es la última. Una imagen que es la antesala de un fantasma.

Yo les robé todas esas fotos que ya nunca tendrán mis padres. Yo soy la puta ladrona de fotos. Yo soy el carrete velado. El encuadre torcido. La película equivocada. El objetivo partido en dos.

Estaría bien que tuviésemos el valor de volver todos a aquel viaje, como cuando se reconstruye la escena de un crimen, volver a aquel Volvo, a aquel instante del que no queremos ni acordarnos. Sé la culpa que siente mi padre, pero él no sabe la que arrastro yo. Estaría bien que habláramos de ella. Sin Diana. Sin mamá. Frente a frente. Con un flexo en el medio, uno que iluminara mi cara. Igual que cuando alguien es detenido e interrogado.

Cantar, confesar como lo voy a hacer aquí.

Por fin.

Salimos el viernes a mediodía desde Boadilla y llegamos de noche al hotel de Jaca. Dimos un pequeño paseo por el pueblo antes de cenar. Dormimos del tirón debido al cansancio.

Amanecimos el sábado muy contentos. En el bufé del desayuno, los cuatro nos pusimos en el plato más comida de la que íbamos a ser capaces de comer, pero sobre todo mi hermano y yo. Nos encantaba ese momento. Embutido, queso, salchichas, huevo, pastelitos... Mamá se ponía mala. Papá decía que un día es un día. Recuerdo que me metí unos cruasanes en los bolsillos y que Rober hizo lo mismo con unos montados de salchichón.

Subimos a la habitación a lavarnos los dientes y a ponernos la ropa de abrigo. Cada uno llevaría sus cosas en su mochila. Yo metí dentro una linterna, la comida envuelta en papel higiénico, agua, un bolígrafo y un cuaderno donde ya había empezado a escribir. Roberto metió una lata de Aquarius que pagó con su dinero, los montados y su libro de tapas gordas. Luego nos subimos al coche y viajamos no más de diez minutos. Aparcamos al comienzo de la pista forestal. Estábamos solos. Más allá no te dejaban estacionar el coche y solo se podía ir caminando (advertía el cartel) por ser una zona de especial protección.

Mi padre abrió el maletero. Sacamos las cosas. Nos volvimos a abrigar. Cogimos los bastones. Nos echamos las mochilas a la espalda. Rober dijo que parecíamos unas tortugas ninja y luego se emperró en hacer un muñeco de nieve antes de salir.

—Por favor, por favor, por favor, por favor —decía.

Y mis padres se encogieron de hombros: Qué prisa tenemos, venga, va, os ayudamos, vamos a hacer el muñeco.

Creo que fue la última vez que construimos algo juntos. Un edificio que ya no existe, condenado a derretirse, un recuerdo líquido.

No tardamos mucho entre los cuatro. Como quien se dispone a inmortalizar el comienzo de una expedición histórica, mi padre dijo que nos hiciéramos una foto con la cámara de su hermano Paco.

Clic y crac.

Eso es la vida: primero un clic y luego un crac.

Caminamos durante horas hasta la casa por un paisaje blanco alucinante. Parándonos a cada rato, entreteniéndonos muchísimo, disfrutando de todo, sin prisas. Roberto, el dulce Roberto, tenía ocho años, pero no se cansaba jamás. Vimos corzos, jabalís, zorros, manantiales medio helados entre las rocas, un cadáver comido por los buitres sobre una peña, las huellas enormes de un animal desconocido.

El sol calentaba como esas estufas con llama que ponen en las terrazas. Reflejaba en la nieve y te cegaba. Mis padres iban delante, a lo lejos, en manga corta. Nosotros hablábamos de los ovnis, de cromos y de dibujos, de la tía Clara, del superpoder que nos gustaría tener a cada uno. Mi hermano sacó el tema de los Reyes y yo gasté una de las ocho mentiras y no le dije la verdad: que no existían, que eran un invento, que eran papá y mamá. No sé por qué discutimos. Le insulté. Roberto me llamó meona, aunque ya no me hiciera pis por la noche. Y también dijo que nuestros padres le querían más a él.

Estuvimos un rato callados.

Arre, caballo, arre.

Comimos sobre unas peñas. Debimos de pararnos mucho o llevar un ritmo muy lento, porque cuando llegamos a la casa rural de montaña, comenzaba a oscurecer.

Mi padre encendió fuego gracias a unas pastillas de parafina que siempre llevaba encima. Pusimos las botas a secar sobre una alfombra vieja. Cenamos unos bocadillos y todo eso que mamá había preparado como si nos fuésemos seis días en vez de uno. Recuerdo la luz en el rostro de mi madre. El caldo humeante del termo de papá. Rober con la mirada muy fija en la chimenea. La modorra de la paliza. Mamá besándome en el pelo y cantándome *Alfonsina y el mar*. Habría detenido el mundo ahí. Pero el mundo va a su bola.

Círculos y cuadrados.

Clics y cracs.

Primero fue la última foto. Luego fue la última cena.

A la mañana siguiente, bajamos la montaña por la ruta hasta el coche. Llevábamos un ritmo bien distinto: rápido, sin apenas pararnos. Mis padres iban adelantados. Roberto y yo caminábamos a cincuenta metros. Me hice una lanza con un palo. Hubo guerra de bolas de nieve. Ese día mi hermano me hizo su primera confesión.

Si mi padre hubiese tenido la cámara, seguro que nos habría inmortalizado en aquella casa.

Y otra cuando nos asomamos todos al mirador, con las nubes apalancadas encima del valle igual que me tumbo yo en el sofá.

Y otra en el momento en que los dos tratamos de abarcar con los brazos aquel árbol gigantesco.

Y otra más cuando comimos en el restaurante que había junto al aparcamiento de abajo. Una comida interminable. El menú del montañero, anunciaban. Con sus entrantes. Con su asado para cuatro. Con su vino de la casa. Con sus postres. Con sus licores.

Y otra más justo antes de meternos en el coche, con unos caretos y unos pelopincho los cuatro que parecía que veníamos del Polo Sur.

Pero mi padre no tenía la cámara. Los álbumes de fotos de Madrid no volverían a ser abiertos jamás. Nadie se atrevería ya a cruzar esa puerta que estaba a punto de cerrarse.

La puerta.

La del Volvo.

Recuerdo que mi hermano se pilló el abrigo con ella y que, al tirar para tratar de recuperarlo, lo desgarró. Ese fue el comienzo del regreso.

Un pequeño desgarro como adelanto de otro tremendo.

—Hijo, tienes que tener cuidado —le dijo ella.

—Lo siento, mamá —contestó.

Porque Rober siempre lo sentía todo mucho.

Salimos tarde por mi culpa. Compré una postal para tía Clara. Curvas descendentes. La calefacción puesta. Música clásica sonando muy bajo en el coche. Mis padres hablando de una boda en mayo. Llevaríamos media hora de viaje, no más.

Roberto iba sentado detrás del asiento del conductor y leía en voz alta cuando ocurrió. De un manotazo le tiré el libro al suelo. Una broma que solía hacerle. Él se quejó en voz alta, mamá me gritó algo, papá debió de buscarme por el retrovisor, Rober se quitó el cinturón sonriendo y se agachó a por su libro.

Roberto. Sin cinturón. Ese instante. Todos con el cinturón de seguridad, menos él. Tres o cinco segundos. Nada más. Suficiente. El tiempo detenido en ese instante. Lo veo todo claro.

Fue así como pasó.

No sé cómo salí. No sé cómo terminé allí de pie. No sé cuánto tiempo pasó. No sé si alguien paró al instante a socorrernos o tardaron mucho en hacerlo. Solo me acuerdo de cuatro cosas que no son mentira.

La primera es el venado con las vísceras al aire, en la cuneta, moviendo las patas de un modo extraño.

La segunda es el rastro diminuto de la gasolina y de la sangre en la nieve. Un rosario de gotas que te iban llevando, quince o veinte metros más allá, hasta mi hermano.

La otra es la imagen del niño muerto. Como recortes de una foto tirada en la cuneta. La cabeza de lado, mal pegada por mi culpa, porque no tengo las manos de mi madre ni su pulso. Roberto con una de las piernas en una posición imposible, del revés. Un niño pálido igual que un maniquí del Primark. Igual que un maniquí del Primark solo que a medio montar. Junto a un tronco oscuro. Y aquel libro abierto cerca del cuerpo.

Regreso al Reino de la Fantasía.

Editorial Destino.

Tapas azules y rojas.

Firmado ROBERTO en la página cinco con boli verde.

La cuarta es que mi padre parecía un árbol talado y podrido de repente y que del pelo le salía vaho, y que a mi madre, allí agachada junto a Rober, los mocos se le mezclaban con las babas: No puede ser. Esa luz blanquísima y el ruido ronco del coche, dado la vuelta, sonando muy bajo en mitad del silencio.

Mi padre no mató a Roberto.

Yo maté a Roberto.

Por eso odio los libros.

11
CLARENCE

Cómo sería nuestra novela negra si la escribiera yo, hija.

Cómo sería si dejara a un lado la ficción y me atreviera con la realidad.

Cómo sería si jugara unos días a ser un escritor delante del portátil. Yendo más allá de la terapia y de lo que me pide Diana. Haciendo un relato de lo que te pasó a ti y de lo ocurrido entre tu madre y yo. Contando tu historia por un lado. Relatando nuestra historia por otro. En paralelo. Hasta que todas las historias (tú y Roberto y nosotros) se encuentran.

Cómo sería si tecleara compulsivamente como ahora lo estoy haciendo, enfebrecido. Porque escribir es desnudarse, es ponerse en pelotas delante de la gente y dar que pensar o dejar que te tiren tomates o que lamenten tu desnudez o que se compadezcan de esas llagas que ahora pones a la vista.

Hablaría de lo que nos cuesta nombrar. De ese momento en que decimos no puede ser porque somos conscientes de que ya ha sido, y de que así será para siempre por los siglos de los siglos.

Hablaría, sería, escribiría.

¿Por qué me expreso en condicional, Inés?

¿Por qué lo formulo todo como una posibilidad futura y no me pongo a ello ahora mismo, eh?

Aquí, a continuación, en este sábado en el que estoy solo, a las 9.08 de la mañana. Aprovechando el salto de párrafo para saltar también yo como si fuera un paracaidista. Para darle al punto y aparte y escribir la primera frase.

Voy a escribir nuestra historia, sí. Un relato de seis capítulos. A dos voces. Alternando la voz de un escritor aséptico con la voz de tu padre. Ficcionaré lo mínimo, hija. Porque la mayoría de lo que voy a contar es real.

Eso es lo tremendo.

Empiezo, Inés.

Empiezo por ti.

I. (Escribe el novelista)

Nació en un villorrio muy pobre no demasiado lejos de Manizales, Colombia. La bebé, que pesó poco más de dos kilos y no lloró al nacer, era hija de una prostituta muy hermosa a la que le faltaba algún diente, pero a la que le sobraban varios hijos. A las dos semanas de parirla, con el vientre inflamado todavía, su madre ya tenía que estar otra vez en la calle. Porque siete hijos eran muchos y los hombres que pagaban por su cuerpo ajado y roturado eran cada vez menos.

Se peinaba frente a un espejo rajado al medio, como si estuviese ahí para recordarle que todos tenemos dos mitades. Un lado malo y un lado peor. Se ordeñaba igual que cuando ordeñaba a las cabras de niña. Se ponía una faja bien apretada. Mallas, botas altas, falda muy corta, escote prominente, todo de saldo. Se pintaba como una mariposa, con colores muy vivos y frágiles. Retiraba una a una las botellas que había en el suelo sin hacer ruido, el papel de plata, las cucharas. Besaba a su Ramón, macilento, ojeroso, amodorrado. Revisaba con sigilo quién de los hijos varones estaba y quién no. Le llevaba luego la bebita dormida a la suegra, en la estancia contigua y sin luz, con la leche tibia que acababa de sacarse.

Y, entonces ya sí, esa madre salía a buscar comida, caminando despacio y maltrecha, con las piernas algo abiertas todavía por el alumbramiento, como un cowboy chiquitito, madrugando antes del alba para coger la primera guagua mientras cantaba el gallo del vecino. Porque sabía muy bien que, a esas horas, en la capital, muchos hombres aún no se habían acostado. Ni lo iban a hacer hasta que no se cruzaran con una mujer como ella.

En aquel tiempo, la única condición que les ponía a los clientes conocidos era que aquellos pechos caídos como odres exangües a pesar de la hinchazón estaban reservados para la hija recién llegada, la primera hembra de siete partos, la deseada, la chica que siempre quiso: mi negra.

Así que Luciana, durante el tiempo en que su nuevo novio y su suegra le prescribían reposo nada más que relativo, trabajaba en la calle solo con las manos o con la boca.

Al bebé le puso Leidi Yoana.

Porque haberle puesto Luciana habría sido como tirarla a los perros, pensaba su madre.

Una vida de perra la de Luciana.

En el bus solía quedarse dormida. O miraba cómo el horizonte iba encendiendo el campo de camino a la ciudad. O fabulaba con lo que llegaría a ser Leidi Yoana, aquella hija única y preciosa. O jugaba a perseguir con el dedo las gotitas de la lluvia en la parte exterior de la ventana. Porque a los treinta y dos años y después de siete partos, Luciana seguía teniendo cosas de una niña de trece, que fue cuando le rompieron el himen y también el mundo.

Aquella primera mañana en que volvió a su esquina de Manizales, las demás chicas le preguntaron por la bebita. Fumando les contó lo que había pesado, lo sana que estaba, lo linda que era, lo bien que se le agarraba al pecho cuando volvía a casa de noche. Todavía era hermosa Luciana a pesar de todo. Y conservaba los restos de aquel cuerpo que llegó a ser el más buscado de la calle de las Guapas.

Hizo cinco hombres ese día. Los contaba como carreras de taxi. Tres eran viejos conocidos, sonrientes como hienas, pacientes, clientes de fiar, que también se sirvieron de ella cuando estuvo preñadísima pagando un poco más. El cuarto fue un soldado triste y tímido que acababa de llegar a la ciudad y solo pudo abonar la mitad.

Ella nunca olvidaría al quinto.

Era aquel quinto hombre un hombre mayor, entrado en carnes, de mirada sombría, callado, uno que la estuvo observando durante las semanas previas al parto, pero que nunca se atrevió a abordarla.

Paseaba entonces por la acera como quien elige una yegua, miraba a unas y a otras, las medía con los ojos, se detenía en sus vientres, quién sabe si hasta calibraba la dentadura.

Esta vez sí lo hace: se para ante ella.

La mira de arriba abajo y se acaba de parar ante ella como un general que pasa revista se para ante el recluta. De frente, la barbilla alta, la jerarquía más.

Luciana le advierte de lo que no quiere hacer: no quiere que le chupe los pechos, eso no, por favor. Al hombre le parece bien. Acuerdan un precio. Suben a la habitación. Hablan poco. Se desvisten sin prisas. La mujer es solo un recipiente donde el otro se vierte. Porque Luciana (en puridad) solo lo hace con Ramón. Terminan. Le paga. Ella sale del baño de lavarse los dientes cuando el hombre, ya vestido, le pregunta:

—Me dijeron que tuviste una niña.

—Pues sí, ya ve.

—Yo busco una niña así no más —dice.

—¿Perdone?

—Que lo sepas. Yo busco una niña así no más.

Y se va. Y Luciana se queda allí dentro sentada en la cama durante media hora porque siente asco. Y decide no contarle nada al Ramón porque lo mataría a golpes.

En la guagua de vuelta, Luciana va pensando en la hija y también en la dosis.

Llega. Un chancho cruza la calle hozando en la tierra. No está Ramón. Tampoco los cuatro mayores. Sí están el quinto y el sexto, viendo un concurso en la televisión a un volumen altísimo. Toma un trago. Se lava bien otra vez. Se quita la faja. Se pone un pijama dado de sí en el cuello y en los puños. Se hace una coleta: el pelo a esas horas le huele a colonias ajenas, a fritanga de la calle, a Luciana cansada. También está su suegra, que acaba de pedirle algo de dinero y le entrega a la bebé.

Luciana agita a la niña en el aire. Ríe. Se sienta en una silla de esparto medio rota. La pone en su lecho. La arrulla.

Y al fin sonríe entre lágrimas mientras se levanta la parte superior del pijama, y el pezón agrietado sangra, y lo que sea que tenga dentro Luciana se mezcla con la leche que mama Leidi Yoana —glotona, ansiosa de vida— y que le corre por un reguerillo en la comisura de los labios.

Un reguerillo que su madre enamorada le limpia con la punta de una servilleta de tela.

—Ay, mi princesa, Leidi Yoana, qué ganas tenía de verte la carita.

II. (Escribe tu padre)

Fue lo primero que me comentó Celia nada más colgar el teléfono, emocionada después de conocer ese primer dato: que tenías nombre de culebrón. Que nadie se llama Leidi Yoana en Madrid, ni siquiera en Carabanchel. Y que habría que escoger otro nombre. Uno corto mejor que largo. Uno poco utilizado mejor que uno que estuviera de moda. Uno que borrara aquel pasado. Uno que no fuese ni Clara (como tu tía), ni Aurora (como tu abuela), ni Elena (como tu otra abuela), ni tan siquiera Celia o Afrodita.

Uno que te hiciera única en esa genealogía familiar donde las mujeres eran ramas poderosas y sanas, ramas que daban buena sombra y muchos frutos en forma de hijos.

Al menos hasta tu abuela Elena, que solo tuvo a tu madre.

Al menos hasta Celia.

Entonces, después de noches que se alargaban proponiendo unos nombres y descartando otros, después de tardes en las que —mientras veíamos una película o un informativo o leíamos en silencio— nos topábamos con una Vera o con una Iris o con una Henar, y volvíamos al tema de un modo obsesivo; entonces, decía, Celia y yo decidimos de mutuo acuerdo que lo que más queríamos del extenso mundo solo tendría cuatro letras: la hija soñada se llamaría Inés.

Así que los dos, que tanto queríamos a Leidi Yoana sin conocerla, empezamos a llamarte Inés desde la distancia. Como una forma de invocarte. Como una manera de tenerte ya con nosotros. Como un modo de ir borrando de la faz de la Tierra a Leidi Yoana.

—He comprado este vestido para Inés.

Y al rato:

—Es mejor un tono pastel para la habitación de Inés que uno fuerte, ¿no crees?

Y al rato:

—¿Le gustará a Inés la fruta de aquí?

Y al rato:

—¿Cómo será Inés?

En realidad, aquella niña tan deseada y tan remota que eras tú iba a ser el colofón a un noviazgo que sería corto y a una vida matrimonial que, sin la llegada de los hijos, empezaba a hacérsenos larga, creo.

Tu madre y yo nos conocimos cuando rondábamos la treintena en una fiesta de despedida de un amigo común que se mudaba a Barcelona.

Seríamos unas cuarenta personas. Fuimos presentados. Lo primero que a ella le llamó la atención de mí (me contaría después) fueron mis melenas rizadas y mi chapa de Mazinger Z en la cazadora de cuero. Al principio, yo pensaba que Celia era una idiota: la chica acababa de terminar la especialidad de neumología y, sin embargo, no solo fumaba bastante, sino que me echaba el humo a la cara en la terraza.

—¿Y fumas?

—Ya ves.

—Mujer, habiendo hecho neumología, no sé.

—Pero lo pienso dejar en enero. Todo lo dejo en enero. Hasta a mi último novio. Un imbécil. Y encima empecé a fumar por su culpa. ¿Tú no tienes vicios, Koji Kabuto?

—Coño, Kojiiii. ¿Te molaba Mazinger o qué?

—No te digo más que en el colegio me decían Afrodita. La que disparaba los pechos —dijo Celia bromeando.

Tu madre me ha contado que cree que se enamoró de mí justo cuando reí de aquel modo: entonces le parecí un ser humano sin estropear. Con las cervezas que fueron viniendo aquella noche, comprobamos que también compartíamos gustos musicales, y deportivos, y la pasión por los libros, así que acabamos compartiendo los labios como manera de empezar uno juntos.

A la semana siguiente, me agarré un trancazo importante y aquello lo tomé como una bendición: no hacía más que intercam-

biar mensajes con Celia. Que si los crujidos del pecho. Que si la falta de aire. Que si los vahos de eucalipto. Que si prueba a tomarte esto. Hasta que el trancazo se terminó. Pero siguieron los mensajes. Unos mensajes que habían comenzado por las cosas de los pulmones y que terminarían por los asuntos del corazón.

Nos casamos por el juzgado al año siguiente en un edificio municipal del barrio. La madrina fue tu tía, Clara, quién si no, que se presentó con unos mariachis a la salida de la junta de distrito y que terminó posando junto a Celia y junto a mí, tocada con sombrero mejicano y el dedo índice encima del labio superior, a modo de bigote, partiéndose de risa, poniéndome los cuernos por detrás en un gesto recurrente, llamándome cagón y lechuguino después de la ceremonia. Besándonos los dos a cada rato.

Invitamos a comer a los padres y a los abuelos. A dos amigas íntimas que también fueron solas. Nada más hacernos la foto con todos, Clara advirtió algo en voz alta que sonó como una premonición.

—En esta familia faltan niños, eh.

Porque tu madre descubriría muy pronto que, después de ser neumóloga, lo que ella más quería en el mundo era tener hijos. Llenar esa casa de luz y de ruido y de manchas de rotulador en el sofá y de calcetines muy pequeños desperdigados por todas partes.

Quería ser una madre joven porque todavía recordaba lo mayores que eran sus padres cuando ella era niña, la vergüenza que le daba aquel espanto: cada vez que iban al pueblo, a una comunión o al zoo, los demás padres y madres tenían como mínimo diez años menos que los suyos. Si las otras niñas parecían hijas, ella se veía como una nieta. Y callaba y maldecía los años perdidos.

Por entonces, yo empezaba con el sueño de mi pequeña editorial y tu madre ya tenía trabajo en el gran hospital. Al llegar a casa, cenábamos juntos, tomábamos una copa de vino y hacía-

mos el amor con ese cuidado que se pone al principio. Los fines de semana salíamos al monte a caminar o con las bicis por la Casa de Campo. Íbamos a buenos restaurantes. Viajábamos en octubre o incluso noviembre a sitios remotos y caros, esos países y esas fechas que no se podían permitir los que tenían críos. Éramos felices y debería haber sido suficiente.

Pero la creciente necesidad de los hijos que no le venían a tu madre siempre estaba ahí. Y el hecho de que no estuvieran, con el paso de los años, le fue dando más y más espacio a la ausencia. Como si ya fuera lo mismo la escalada en Katmandú o diera igual el submarinismo en las Galápagos y la única aventura que le apeteciera de verdad fuera la sangre de su sangre.

—¿Estás dormido? —me preguntó una noche.

—Sí. Quería, pero vaya.

—Entonces nada. Olvida. Duerme.

—¿El qué? Dime.

—Naaada.

—Va, venga, dime. Ya me has despertado. Qué pasa.

—¿Tú crees que tendremos algún problema?

—¿Qué problema vamos a tener, mujer? ¿Problema de qué?

—No sé. Yo misma. Algún problema para quedarme embarazada.

—O yo, mujer. ¿Por qué tú?

—No sé. Mi madre tuvo problemas y a lo mejor esto se hereda.

—Bueno, tampoco llevamos tantos años intentándolo. Tú es que te obsesionas, mujer. Y eso no es bueno.

—Ya. Podíamos hacernos unas pruebas si no te parece mal.

—Buff. Eso es un tema, eh. Mejor lo hablamos mañana.

—Como quieras. Pero prométeme que mañana lo hablamos.

—Que sííí. Duerme.

—Buenas noches.

—Buenas noches.

Fue de esa manera como tu madre y yo comenzamos una sucesión de pruebas, hija. Glaciales. Bovinas. De ganadería intensiva. Con asepsia de cuchillo. Ella no podía evitar sentirse un contenedor.

Íbamos los dos de la mano. Esperábamos en una salita donde había revistas de decoración o de viajes y siempre sonaba muy bajo un hilo musical de jazz. En mi caso, la yincana de pruebas incluía test de esperma para ver la calidad del semen, análisis hormonales. En el caso de ella, tu madre iba descartando problemas con una ecografía transvaginal, una citología, biopsias endometriales, exámenes cuyo nombre técnico yo era incapaz de pronunciar.

—¿Histero qué?

—Histerosalpingografía. Me van a hacer una histerosalpingografía.

—Histeropalginfro…

—His-te-ro-sal-pin-go-gra-fí-a. Repite.

Y yo no sabía decirlo bien. Y ella me explicaba lo que era eso. Y los dos nos reíamos abrazados. Y pensaba Celia que, con cada prueba superada, ya estaba un poco más cerca de la solución. Pero el caso es que no había problema.

Por aquel tiempo, hasta dejó de fumar, calculaba qué noches eran las más apropiadas para la fecundación, esperaba con cierta ansiedad el resultado de los test, me preguntaba: ¿estás dormido?

—Todo está bien, Celia —le decía el especialista al cabo de los días—. Sanos como manzanas. No te obsesiones y sucederá.

Pero Afrodita, símbolo de la fertilidad en la antigua Grecia, lo intentaba y lo intentaba y lo volvía a intentar. Y terminaba llorando.

Siempre que notaba la regla.

Muy bajito.

En medio del silencio y de la oscuridad.

Para no despertarme.

III. (Escribe el novelista)

Luciana no sabe si todo empezó con la muerte repentina de su suegra; con el abandono posterior de Ramón una mañana en que se esfumó después de tres días de juerga tomando guaro de cuarenta y cinco grados; o con la llegada al cabo del tiempo de aquel hombre pendenciero y poca cosa llamado Fabio, con media cara quemada, pero con un colmadito en propiedad.

Luciana no sabe, no habla, no para de lamentar su suerte, toma un trago.

Pero sí sabe que, más o menos por aquel entonces, más o menos a raíz de aquella noche en que ella llegó y se encontró el cuerpo inerte de su suegra rígido como una carcasa y con la niña todavía en brazos; justo en ese instante, aquella casa en la que amanecías con decenas de cucarachas corriendo por el techo y con el suelo de linóleo medio despegado fue a peor.

Porque los pobres y las putas (y las putas pobres más) aprenden una cosa muy rápido: que todo puede ir a peor.

Sí. Su suegra ya estaba enterrada desde hacía semanas. Ramón solo era un fantasma. Ella salía con el canto del gallo y llegaba a casa hecha jirones de Manizales. Se quitaba aquella ropa para que doña Amparo no la viera vestida así: mallas, botas altas, falda muy corta, escote pronunciado, todo de saldo. Y, mientras lo hacía, iba nombrando a los hijos: Bernal, Juan Pablo, Emiliano...

Los llamaba en vano, los buscaba con la mirada después, mientras recogía un poco. Pero los hijos debían de andarle merodeando por la calle o por el basural, en busca de problemas o de tesoros: bazuco, crack, pasta base. Ya adecentada —el pelo recogido en una coleta, la cara lavada con un balde de agua turbia del caño—, se dirigía a la morada de aquella vecina enorme y de rasgos indígenas, entraba con una sonrisa que iluminaba más que esa bombillita triste del techo de la anciana y, entonces sí, al fin, recogía a Leidi Yoana.

—No sé cómo agradecérselo, doña Amparo. Tome estos pesos al menos.

—No tienes que darme nada, Luci. Tienes que dárselo a ella.

—No me alcanza, doña.

—Con otro hombre te alcanzará. Con uno bueno, digo.

—¿Comió bien?

—Muy bien.

—¿Durmió?

—En mis brazos.

Luciana cogía a la hija, repetía la palabra gracias cuatro o cinco veces, besaba a la anciana en la frente, apartaba al chancho. Antes de marcharse, en el umbral de la puerta, siempre escuchaba más o menos lo mismo:

—No me des las gracias, linda. Yo tuve doce hijos, se me murieron seis. Crie a un montón de nietos. Más de los que podía abarcar. Más. No pude darles lo que hubiese querido, y no me refiero a los pesos, mijita. No. Sé lo que te digo, ya lo sabes: tienes que pensar en qué es lo mejor para la Leidi…

Pero el hombre bueno que anunciaba doña Amparo no vino, qué va.

Vino Fabio al mes. Que estaba enamoradito de Luciana desde la escuela y que sin Ramón vio el cielo despejado.

La anciana lo veía entrar a casa de Luciana, al principio no permanecía dentro más de media hora: cuando terminaba, se ceñía el cinturón en la puerta, sacaba el peine que llevaba en el bol-

sillo, galleaba hinchando el pecho de aire como si el mundo oliera distinto, se peinaba antes de marcharse, reparaba en la vecina, forzaba una sonrisa repulsiva, le decía: Adiós, vieja.

Con el paso del tiempo, las estancias se alargaron algo más. Les llevaba cosas del colmado a los chicos. Trataba de agradarlos. Le hacía el amor a la madre y la guerra a los hijos. Luego fue como desvaneciéndose: estaba una semana sin ir, de repente aparecía y se quedaba dos días enteros, discutían, se oían los gritos desde el otro lado del tabique. La anciana sentada en la puerta negaba con la cabeza, suspiraba. Y escupía en la tierra la bola de hoja de coca que masticaba, a los pies de Fabio.

—Adiós, vieja.

—Adiós, tú.

Fabio, que al principio fue cariñoso según Luciana y luego ya no.

Fabio, que tenía un harén de mujeres pobres y desdentadas en el barrio bajo gracias al colmadito.

Fabio, que al principio utilizaba las manos para acariciarla y después para hacerle daño. Que le pedía que no fuera a las Guapas, aunque él sí lo hiciera cada semana.

Fabio, que no soportaba a la niña cuando lloraba y le decía a Luciana que si no la hacía callar ella, lo haría él. Que la miraba de aquel modo tan extraño.

Hasta que un mes de noviembre, doña Amparo (que todavía se ocupaba de la pequeña porque Fabio no era lo bastante hombre para eso ni para otras muchas cosas) enfermó sin solución y Luciana acabó yendo a ver a la viejita indígena al camposanto.

Le puso unas flores sobre la tumba, le habló bien del Fabio a pesar de todo, dijo que la culpa era de ella por puta y pensó qué era lo mejor para la hija.

Lo mejor para la hija no era ella.

Así fue como, justo una semana después de cumplir un año, llevó a Leidi Yoana a las dependencias de la municipalidad, como otras madres mayores que ella lo habían hecho antes y como otras adolescentes lo harían después. Para que se hicieran cargo de la niña en una casa hogar remota. Lo mismo que una bala perdida le quitaría al primer hijo o el narco ya le estaba arrebatando al segundo, así se iba Leidi Yoana: porque en aquella esquina mordida del mundo las cosas casi siempre acababan con los dientes rotos.

Sería una ruptura para siempre, igual que cuando en las películas del espacio se suelta una pequeña cápsula con alguien dentro y el resto de cohete se queda atrás. Lo mismo que cuando, en esa escena, algo arde y nos ciega y vemos una estela poderosa en el instante en que las dos piezas se separan. Una estela que se va diluyendo poco a poco. Una cápsula que se acaba estrellando contra el desierto o acaba aterrizando felizmente a años luz de distancia.

Y luego viene un silencio cósmico y todo se vuelve oscuro de nuevo.

Aquella casa hogar terminó siendo otro planeta. Amable, con radiadores, luminoso, tranquilo, con dibujos de cebras y de koalas en los pasillos, y vitaminas A, B, C y D.

Las trabajadoras sociales llenaron páginas y páginas con su historia. Jugaba junto a otras niñas y niños. Pronto aprendió a caminar, a hablar, a no hacerse sus necesidades encima, a pintarrajear círculos, a usar las tijeras y a recortar, a contar historias. Pero no a confiar.

Leyeron sus informes. Valoraron su caso. Y decidieron lo mejor para ella: pusieron todos los medios disponibles para buscarle a un familiar que se hiciera cargo. Porque era mejor un familiar que una solución residencial, era mejor eso que institucionalizar a la niña.

Y encontraron a ese familiar dispuesto a ocuparse, o eso dijo el familiar: después de dos años largos en la casa hogar, Leidi Yoana sería entregada a una tía.

IV. (Escribe tu padre)

Te reconozco que llegó un momento en que, cada vez que hacíamos el amor, tenía la extraña sensación de que era como fichar en una oficina gris, previsible, jerarquizada. Algo que había que hacer los días que decía Celia y como decía Celia y no cuando salía. Algo muy distinto a lo que ambos habíamos conocido hasta entonces: en los preámbulos, en la funcionalidad, en el control obsesivo, en lo nuclear del acto, en aquellas nuevas esperanzas depositadas en lo que fuera que se hubiese convertido aquello y que antes era solo sexo con quien más quieres.

Nada más y nada menos que eso: sexo con quien más quieres. Bendito. Sin manchar. Sin estar pendientes de la cuenta de resultados. Sin la ansiedad del bono por productividad a fin de mes, de trimestre o de año. Nada más que eso. Y nada menos.

Pensaba yo que, para ella, con el paso del tiempo, hacer el amor (o follar o lo que fuera que estuviéramos haciendo, creo que ya te puedo hablar así) empezó a transformase en una suerte de medio para llegar a un fin. Un fin en el que yo ejercía el papel de colaborador necesario. Un papel que asumía encantado, sí, pero con el que no dejaba de sentirme incómodo: la parte de un engranaje ajeno, la pieza de una máquina, el ingrediente que hay que utilizar para una receta que nunca sale bien, Javier como algo que debiera producir beneficios, servir para lograr lo presupuestado por la empresa, ayudar a alcanzar el objetivo.

Pero el objetivo, que era que Celia se quedara embarazada, no sucedía. Ni el primer año. Ni el segundo. Ni el tercero. Ni el cuarto. Según todas las pruebas, estábamos sanos de los pies a la cabeza, y no sucedía. Algunos amigos iban consiguiendo el bonus a final de año o en primavera o en verano. Pero nosotros dos nada. Y quedábamos a cenar o a comer y nos fijábamos en sus vientres abultados y pujantes, o en sus bebés recién nacidos y feos, o en ese instante mágico en que la madre se sacaba el pecho y se lo ofrecía al bebé y este mamaba. Y callábamos un rato embobados con la escena, y luego servíamos vino y hablábamos de lo que fuera y hacíamos como si nada.

Pero aquella nada lo era todo.

Así que una tarde, al terminar de hacerlo en el momento y del modo en que dijo Celia, ella me planteó la posibilidad real de comenzar un proceso de adopción.

—¿Duermes?

—Sí. Quería, pero dime.

—Nada, nada. Duerme. Lo hablamos mañana.

—¿El qué? Dime.

—Naaada. Mañana.

—Va, venga. Si estoy despierto. Qué pasa.

Hubo un silencio de varios segundos.

—¿Y si adoptáramos?

Al escuchar la pregunta, dejé pasar un instante y después encendí la luz de la lámpara de su mesilla. Me retrepé en la cama. Puse la almohada en la espalda, igual que cuando leía.

—¿Lo dices en serio?

—Javier, no he dicho nada más en serio en mi vida.

Era un tema del que habíamos hablado algunas veces. Lo mismo que las parejas hablan de qué haría cada uno si le quedase un año de vida o si te tocara un millón de euros. Algo sobre lo que está muy bien fabular mientras te tomas una cerveza, hablar por hablar, pero que no eres capaz de calibrar en serio.

No eres capaz de hacerlo de verdad hasta que no te queda un año de vida o te ha tocado un millón de euros.

Una cosa es decir que a ti no te importaría adoptar un niño, que cómo te va a importar con todos los niños que hay por el mundo pasándolo mal, y otra cosa es decidir hacerlo. Saber que te harán pruebas y preguntas de todo tipo. Que te observarán como a un insecto, hija. Que vendrá un entomólogo en forma de psicólogo y te pinchará en un corcho y te clasificará y te medirá y en un papel pondrán todas vuestras características. Que a lo peor el niño que viene al cabo de los años no es el soñado. O que viene con una tara insoluble. O que te termina rechazando.

Por eso aquella vez era distinto. No era una conversación por pasar el rato con unos amigos o para jugar a futuros papás y mamás. Aquella vez tu madre sacó el tema en la habitación de madrugada no solo como una posibilidad real, sino como una forma de encontrar la felicidad absoluta, de estar mejor los dos, de sembrar algo hermoso y para siempre, de acabar con esa angustia que se la comía por dentro y que crecía y crecía como un zarzal.

—Javier, no he dicho nada más en serio en mi vida.

Y yo lo vi clarísimo en sus ojos. Con cinco minutos de conversación me sirvió.

—¿Estás segura? —concluí.

—Si lo estás tú, sí.

—A mí me parece que vas a ser una madre cojonuda.

Esa misma semana nos informamos bien a través de una amiga que llevaba años con el proceso y comenzamos con los trámites para traerte.

Al cabo de los meses, fueron viniendo las entrevistas y las sesiones informativas a las que íbamos los dos, el curso de seis semanas y las visitas a domicilio para escudriñar cada rincón de la casa, la valoración psicosocial de nuestra disposición y de nuestras aptitudes, todo lo necesario para ser declarados idóneos.

Pasaron los años.

Volvimos a hacer el amor como al principio. Liberados. Sin dogal.

Fue lo primero que comentó tu madre nada más colgar el teléfono, emocionada después de conocer ese primer dato: que tenías nombre de culebrón. Que nadie se llama Leidi Yoana en Madrid, ni siquiera en Carabanchel Alto. Y que habría que escoger otro nombre. Uno corto mejor que largo. Uno poco utilizado mejor que uno que estuviera de moda. Uno que borrara aquel pasado. Uno que no fuese ni Clara (como tu tía), ni Aurora (como mi madre), ni Elena (como tu otra abuela), ni tan siquiera Celia.

Entonces, después de noches que alargábamos proponiendo unos nombres y descartando otros, después de tardes en las que —mientras veíamos una película o un informativo o leíamos en silencio— nos topábamos con una Vera o con una Iris o con una Henar, y volvíamos al tema de un modo obsesivo; entonces, decía, Celia y yo decidimos de mutuo acuerdo que lo que más queríamos del extenso mundo solo tendría cuatro letras: te llamarías Inés.

Cada vez queda menos para estar contigo.

Cuando ya esperamos impacientes, cuando aguardamos el momento de tener fecha para viajar a conocerte, Celia me da la noticia:

—Estoy embarazada.

V. (Escribe el novelista)

Si Hermenegilda compartía el mismo padre y la misma madre que Luciana, si ambas habían sido fabricadas con la misma arcilla primigenia, si venían del mismo molde genético, si la bea-

ta era familiar de la puta, si, en definitiva, la una era hermana de la otra, entonces bien podría decirse que la naturaleza también sabe bromear.

Luciana tenía los ojos como esmeraldas y unas caderas turgentes. Unos labios retadores, a pesar de los dientes maltrechos. Un cuerpo que, incluso después de siete partos, todavía funcionaba como un faro que cegaba a los hombres, los estrellaba contra sí misma, los mandaba al fondo, los hacía emerger a la superficie.

En cambio, su hermana Hermenegilda era otra cosa.

Sarmentosa. De piel mortecina. Inquisitiva. Gélida. Igual que una monja de clausura que odiara el mundo.

Todo eso era Hermenegilda. Aunque, si hubiese que buscar una diferencia esencial, no sería una característica física, sino el aura de amor que emanaba la primera a pesar de su infortunio y el halo de amargura de la segunda, incluso con su buena suerte: su trabajo estable como vigilante de museo en la ciudad, un hombre vulgar y de mano viscosa, pero con zapatería propia, una casa sencilla y con jardín en un barrio de clase media.

Conservaban un contacto mínimo. Una o dos veces al año se veían en Manizales. Hermenegilda le reprochaba la vida perra que llevaba, le hablaba de Jesucristo Nuestro Señor que murió por nosotros, de la penitencia que todos tenemos que hacer, le preguntaba por la niña.

Luciana se encogía de hombros, sonreía, le contaba que ella también rezaba cada noche, a su manera, y luego le enseñaba fotos de la Leidi.

—Es muy bonita, ¿cierto?

—Esa niña será como tú, Luciana. Si no haces nada para remediarlo, acabará como tú.

—Yo no quiero que sea como yo. Quiero que sea como madre.

—Como madre solo es la Virgen. —Y se persignaba.

Así que aquella última vez en que Luciana le contó que se había esfumado Ramón, que había venido un tal Fabio y que había muerto doña Amparo, aquella vez en que le contó todo eso delante de un batido de mango al que daba vueltas con la pajita, también le contó sin levantar los ojos que hacía más de un año que había tenido que entregar a Leidi Yoana a la municipalidad porque no podía más, porque ella no estaba casi nunca, porque tenía otros seis hijos de cinco hombres distintos, porque se quería morir.

Entonces, su hermana le riñó con dureza al principio, le dijo que cómo no pensó en ella, la llamó perdida y mala madre, y luego la consoló.

Mientras le pasaba aquella mano extrañamente vendada por el pelo como quien acaricia a un gato, le fue prometiendo que se haría cargo, que ella iría a hablar, que hay una penitencia que todos tenemos que hacer, una penitencia, repetía.

La tía de la niña se afanó en su objetivo. Los intereses de Hermenegilda coincidieron con los de la casa hogar: siempre que existía la posibilidad, los equipos psicosociales aconsejaban que los niños terminaran con un familiar (previa retribución mensual) antes que en una residencia compartida, fría, funcionarial.

Pasaron los meses y hubo respuesta telefónica. Se llamaba María Consuelo y era la defensora de familia asignada al expediente de Leidi Yoana por la administración, ese perfil profesional que se encargaba de velar por la menor en desamparo. Ella se ocupó de anotar todo lo que estaba a la vista en la casa y de explorar lo que no, de saber si Hermenegilda y René eran una pareja apropiada para ocuparse de la sobrina, de conversar con ellos, de explicarles las condiciones.

Y acabó dando el visto bueno.

Al llegar a la edad de tres años a la casa de una tía que no sabía que era su tía, Leidi Yoana era una niña entera como lo es una copa de vino finísima que ignora que está a punto de hacerse pedazos contra el suelo.

Su madre iba a verla al principio cuando podía a aquella casa que estaba a tres horas de camino y todo parecía ir bien. Su propio dormitorio. Su nevera llena. Su ropa colgada en perchas de color rosa palo. Su silencio de abejorro recién posado.

—¿La puedo despertar?

—Mejor no. Tuvo una mala noche.

Y la madre se iba. Y volvía al mes y entonces a lo mejor sí que la encontraba despierta. Y trataba de jugar con ella una hora o dos, igual que dos desconocidas, antes de que Luciana tuviera que apurarse para coger el bus de vuelta.

Luciana tardó bastante en volver. Eso fue lo que pasó. Pero no solo eso.

La culpa fue de una cadera rota y de un politraumatismo sufrido después de que un cliente borracho la empujara escaleras abajo en el hostal. Así perdió el hijo que esperaba de Fabio. Y casi lo sintió como un alivio. Si quería recuperarse no era tanto para volver a la calle de las Guapas, sino para regresar un rato al lado de Leidi Yoana, le decía a la hermana.

Esta le contestaba que todo estaba bien, que no hacía falta que viniera, que tenía que colgar. Durante la convalecencia, Luciana comenzó a beber más.

Mientras tanto, María Consuelo seguía visitando la casa de Hermenegilda y de René con delectación de arqueóloga. Cada vez que entraba al salón, René le venía con la niña en brazos y le estrechaba la mano libre a aquella defensora de familia que no paraba de preguntar y de fisgar. Una mano que ella sentía viscosa, sometida, enferma.

Aquel día, lo primero que le hizo pensar fueron los ojos de la niña, unos ojos como grutas que un barrenador hubiera comenzado a horadar, como dos nidos recién vacíos.

Lo que al principio atribuyó al periodo de adaptación, María Consuelo terminó vinculándolo a algo más, algo que ignoraba, algo que urgía conocer. Después de casi un año con su nueva familia, la niña había tenido ciertas regresiones fisiológicas, permanecía más callada que cuando llegó, tenía cambios explosivos de carácter, ataques de ira descontrolados. Cada vez que hacía algo inadecuado, su tío la llevaba a la habitación del castigo, como decía. Y al cabo del rato iba para ver si estaba más calmada.

—Hay que educarla —le decía a la visitadora.

—Ya.

—Vino muy salvaje y estas son las consecuencias.

—Ya.

—Su madre…

—Lo sé, lo sé.

Cuando Luciana por fin pudo regresar aquel sábado a ver a su hija, todavía cojeaba y caminaba apoyada sobre un bastón, uno con forma de bastardo que Fabio le trajo del colmado como desagravio por tantas y tantas cosas.

Llegó sin avisar. Llamó al timbre. Fue observada de arriba abajo. Después de cinco minutos esperando, pudo pasar. Reparó en lo que había crecido su hija. En que le había cambiado la cara. No en lo físico, sino en la expresión atenazada. Igual que un árbol lleno de bichos y asfixiado por culpa de una enredadera invisible que creciera y creciera sin que nadie la arrancara.

A lo peor fue porque hacía mucho que no iba. Porque aquel sábado la niña tenía un mal día. Porque le asustaba su cojera. Porque, al fin y al cabo, Luciana era una adulta y la niña había aprendido a no fiarse de los adultos. O por todo a la vez.

Pero ese día la niña no jugó.

No parecía de lejos Leidi Yoana. Ni probó los pastelitos que le llevó y que tanto le gustaban. Ni apenas habló. Solo en el momento en que Luciana se iba, la niña se activó como si le hubieran aplicado un desfibrilador y se agarró muy fuerte a su pierna sana.

Entonces sí le dijo: No te vayas, por favor.

La escena de la despedida se alargó más de lo recomendable. Pataleó. Lloró. Suplicó. Rompió un jarrón en el forcejeo con su tía. Ya en la puerta, una vez que René se hubo encerrado con la niña en la habitación del castigo, Hermenegilda le pidió con una frialdad asombrosa que lo mejor era que dejara de ir o que fuera menos a menudo. Que le estaba haciendo daño a la niña.

Luciana asintió y se fue destrozada.

Ya nunca jamás más volvería a saber de su hija.

* * *

René no es un hombre perfecto.

René es un pecador como todos los hombres, como todos lo somos, piensa Hermenegilda mientras observa un cuadro sobre el juicio final en la sala del museo donde trabaja como vigilante.

Y solo el Señor sabe la razón final de las pruebas que le pone en la vida a esta humilde sierva que es ella, por qué quiso su matrimonio (sagrado e indisoluble) con un hombre pecador, enfermo, descarriado, confundido por el demonio.

Todo eso se lo dice a sí misma Hermenegilda mientras repasa el cuadro en cuestión, mientras se atusa el traje negro, como de enterradora, mientras carraspea para llamar la atención de unos padres cuya hija se acerca demasiado al óleo de dos metros por dos.

Si no estuviera ensimismada, si no estuviera en otra parte, Hermenegilda escucharía otras voces distintas de la suya. Oiría el toc-toc cadencioso y lento de sus zapatos sobre el suelo de madera al pasear por la sala. Oiría el carraspeo de un visitante. El bisbiseo de una madre que le señala un cuadro a su hija.

Toc… Toc… Toc… Toc…

Pero Hermenegilda lleva un rato imbuida en lo más hondo de sus pensamientos como para oír la pisada de sus zapatos, en la sima más insondable, en un lienzo catárquico: René es un pecador como todos los hombres, se repite.

Al principio pensó que su Dios la había puesto a ella en la existencia de René como un ángel custodio, como un brazo armado de Cristo en la Tierra, para vigilarlo de cerca y no dejar que hiciera aquello que descubrió que hacía a los pocos meses de la boda.

Entonces no le dejaba solo ni un momento. Y le reprendía si le sorprendía pecando en un parque o en el ascensor. Y en esas ocasiones obligaba a René a caminar descalzo sobre garbanzos o a golpearse con un cinturón en la espalda desnuda como forma de remediarse. Unos castigos que René, el ser más pusilánime del mundo, aceptaba con resignación bovina, admitía con culpa y asco y júbilo y ánimo de redención, pero nunca con propósito de enmienda.

Hermenegilda creía que estaba en lo correcto hasta que su Señor Nuestro Dios le mandó una señal. O eso al menos pensó ella.

Toc… Toc… Toc… Toc…

Fue en el jardín. Hermenegilda cortaba un seto sobre una escalera cuando se venció hacia adelante y su cuerpo cayó sin apoyo alguno sobre el suelo. Sus manos se aferraron a la tijera de podar en el aire, solo que por la parte anterior. El resultado fueron dos profundas hendiduras, simétricas, en ambas palmas de las manos. En unas manos de mujer y no de hombre, porque ese día René se encontraba indispuesto y su Señor había querido que el seto lo cortara ella.

Al ver tanta sangre, enseguida comprendió.

Levantó las manos chorreantes y las extendió al sol un instante, con los ojos entornados, la sonrisa aflorando.

La penitencia tenía que hacerla una hembra y no un varón, ese era el mensaje.

Toc… Toc… Toc… Toc…

Estuvo todo el día pensando en aquello.

Pero ¿cómo iba a ser ella la penitente si no existía devota más fiel ni correligionaria más ortodoxa? ¿Cómo ella si le rezaba a diario tres veces, si se mantenía pura por y para él? ¿Cómo?

Cristo quería que pagara su hermana. La hija de ella. El fruto de su pecado. La que dio la manzana a morder. Eso sería.

Lo vio claro aquel domingo en que quedó con su hermana justo tres días después de llagarse (y al tercer día resucitó) y ella le confesó su crimen delante de un batido de mango: Nuestro Señor Dios vino al mundo a hacer penitencia por todas nosotras, se decía, y ahora quiere que las pecadoras la hagan por él. Que paguen por sus pecados. Que sepan desde niñas. Que vayan saldando sus deudas con el gran acreedor.

Toc… Toc… Toc… Toc…

Entonces su matrimonio cobró todo el sentido. Y la figura de René todavía más. Su esposo no era un exterminador, sino un purificador, el colaborador necesario del Altísimo para castigar en lo más bajo de la Tierra. Si aquellas mujeres venían del infierno, la habitación del fondo sería el purgatorio.

Un purgatorio tenebroso, con bestias aladas y cálices en llamas.

Lo mismo que en el óleo de dos metros por dos que, absorta, tenía delante.

* * *

Si, tras aquella última visita, Luciana salió desolada pensando que no iría en un tiempo, María Consuelo resolvió que tenía que hacerlo todavía más. Porque después de veinte años trabajando en lo mismo, ya sabía de sobra detectar esas pequeñas señales de alarma infantiles que se le escapaban a un profano con tres másteres, pero que a ella (sin ninguno) no.

Así que, cuando Leidi Yoana deja de ir a la guardería una semana y la directora avisa a los servicios sociales porque eso dice el protocolo, María Consuelo regresa al domicilio y hace muchas más preguntas. Demasiadas.

No es recibida como otras veces.

No es invitada a sentarse.

No se le ofrece café ni se le ponen pastas.

La pareja del gordo y la flaca forma un muro físico impenetrable entre aquella extraña que acaba de llegar y la niña. Hermenegilda la atiende de pie, en el cuarto de estar con olor a incienso, mientras se seca unas manos que se creen herramienta divina.

Y accede (qué remedio) a contestar.

Dice que la niña no ha ido a la guardería porque sufrió una caída en un parque infantil y está dolorida. Dice que la directora de la guardería es una chismosa y que ya hablará con ella. Que la niña estaba bien, como se puede comprobar, pero que viene de donde viene y las cosas llevan su tiempo. Lo dice todo con la niña al fondo, callada, semioculta tras una cortinilla.

Y entonces, nada más salir de la visita, después de tomar notas en una libreta dentro ya del coche, la defensora de familia toma la decisión de recomendar nuevos exámenes a la pequeña y el comité de protección le da el visto bueno.

Tienen lugar inmediatamente y en dos mañanas consecutivas.

Delante de los psicólogos, la niña permanece muda y solo dibuja garabatos y cruces inextricables, apretando cada vez más fuerte el lapicero hasta que le rompe la punta. No hay nada claro. Solo una cosa: algo sucede.

La exploración médica de la menor es más concluyente. Los resultados hablan de rectorragia, de inflamación anal, de disuria, de infección genital.

Y la defensora de familia que responde al nombre de María Consuelo no termina de leer el informe completo y lo deja a medias para hacer una llamada urgente. Como cuando ves un edificio en llamas y pides socorro tarde para que saquen a quien ya arde dentro.

Y así fue como regresó Leidi Yoana a la institución donde había estado dos años y fue feliz a su manera. A una casilla del juego de la oca no tan avanzada, pero más segura. A esas estancias donde otros niños como ella esperan y esperan entre unas paredes decoradas con dibujos de animales y flores hechas con cartulinas de colores.

VI. (Escribe tu padre)

Nada más conocer que tu madre estaba embarazada, tomamos dos decisiones importantes.

La primera decisión importante fue que no renunciaríamos a ti. Llevábamos mucho tiempo luchando por ti, esperándote, haciéndote un nido. Eras nuestra hija. Tendríamos dos hijos, solo que serían dados a luz de un modo distinto.

La segunda decisión importante fue que por nada del mundo desvelaríamos que tu madre estaba encinta, todavía no, no hasta que estuvieras con nosotros. Si la administración conociera ese dato, podrían paralizar tu expediente de adopción, arrancarte de nuestro lado. Y ya casi te podíamos acariciar estirando la mano.

—Un primer embarazo se puede disimular muy bien, Javier, nadie tiene por qué saberlo —me tranquilizaba Celia—. Ahora estoy de tres meses solo. Cuando viajemos estaré de cuatro o así. Al volver, de seis. Además, allí en Bogotá está Bertha, ¿te acuerdas? Aquella amiga mía tan maja de la carrera. Ya le he dicho que vamos. Está encantada. Tiene una clínica ginecológica privada y ella seguirá mis revisiones. ¿Qué me dices?

—¿Estás segura? Por mucho que yo diga, la embarazada eres tú, eh.

—Sí, sí. No va a haber ningún problema. A ver, di. —Y Celia se ponía de perfil sonriente frente al espejo—. ¿Tú me notas tripita? Venga, di.

—No. Pero mujer, de tres meses nada más...

—Además, puedo ponerme ropa ancha. —Iba al armario, revolvía—. O coger algo de peso para disimular. —Inflaba los carrillos, me sonreía—. Sabes que eso de coger peso se me da fenomenal…

Y al rato volvíamos a nuestras cosas de la ficción o de la vida. Pero pasaba una hora o a lo sumo dos y ya estábamos con lo mismo. Aunque yo estuviera frente al ordenador en la editorial y tu madre acabara de pasar consulta en el hospital.

De: Celia A. <celiafrodita@gmail.com>
Para: Javier <javise01@gmail.com>
Fecha: 13 de noviembre de 2008 10.32
Asunto: RE: Inés

Cari, tenemos que hacer un listado de las cosas que hay que llevar. Ropa, chubasqueros, repelente, los papeles de todo, los pasaportes, libros, las gafas de sol, tiritas, tu omeprazol, mis cosas, los regalitos de la niña, las vitaminas, los auriculares, el hilo dental, los cargadores. Eso se me ocurre a bote pronto. Apunta tú por tu lado.

Qué ganitas de salir ya, madre mía. Qué ganas de verla.

TQ

Desde que recibimos el aviso del Instituto Colombiano de Bienestar Familiar hasta que viajamos al país, transcurrieron más de dos meses que a los dos nos parecieron un siglo.

Dos meses con sus días y con sus horas. Con sus expectativas y con sus prejuicios. Con sus inseguridades y con sus miedos. Sí, nos llevó semanas digerir la historia que leímos en el frío expediente de setenta y siete páginas que nos hicieron llegar. Ya nos lo habían advertido. Esto podía pasar.

Bucear en aquel escrito que hablaba de ti con tanto detalle fue como hacer apnea en el dolor ajeno, parecido a cuando tomas mucho aire y aguantas la respiración. Como bracear entre algas oscuras, sumergirse en lo abisal, imaginar unas profundidades llenas de monstruos y de peligros superados.

No es lo que leíamos, sino la historia que imaginábamos detrás y que nunca conoceríamos del todo.

Cuando llevábamos un rato inmersos en la lectura, cerrábamos el expediente como el que sale a la superficie a llenar los pulmones de oxígeno, volvíamos al documento y leíamos muy despacio cada uno para sus adentros.

—¿Paso ya la página?

—Espera un segundo... Ya.

Si alguien nos hubiera visto en ese instante, leyendo juntos en el sofá tapados con una manta, creo que habría visto a dos personas con el ceño muy fruncido y la boca un poco abierta, las cabezas vencidas hacia el expediente que sostenía tu madre.

—¿Ya?

—Pasa, pasa.

Terminamos de leerlo todo a las dos de la madrugada, hija. Exhaustos. Digerir aquello no solo nos llevó semanas, sino muchas noches de insomnio. Y alguna consulta psicológica. Y unas primeras lágrimas derramadas a cuenta de ti. Y decenas de libros especializados que compramos y subrayamos y devoramos. Una historia que no era la de nosotros dos, pero que en el instante en que cerramos la carpeta lo sería para siempre.

Acordamos mantener aquella parte tan terrible en secreto, no contárselo a nadie, ni tan siquiera a Clara. Para qué. Con la vana ilusión de que lo que no se nombra no existe. Si hubiésemos sido unos niños, creo que tu madre y yo hasta habríamos hecho un solemne juramento de sangre.

Aquello nos convenció todavía más de la necesidad que arrastrábamos no solo como pareja. Sino de las que tendrías tú.

Nos acordábamos entonces de lo que nos habían advertido en el curso de seis semanas.

—Ustedes van a adoptar a una niña y también van a adoptar su pasado, su derecho a la frustración cuando crezca, van a adoptar sus problemas emocionales. En el paquete va todo incluido —nos decían de un modo coloquial.

Cuando aterrizamos en el aeropuerto de La Nubia (Manizales) después de un enlace en Bogotá, todavía te llamabas Leidi Yoana y tenías cinco años. Te quedaban menos de dos meses para ser Inés. Si es que alguien puede ser otra persona solo porque le cambien el nombre, pero no el tiempo vivido.

Los cincuenta días justos que pasamos en Colombia transcurrieron según lo previsto. Siguiendo los pasos habituales, primero compartimos un alquiler luminoso en una bonita zona de Manizales: la toma de contacto, el vínculo inicial contigo, esa ligazón preliminar y pertinente. La trabajadora social nos visita-

ba una vez por semana, comprobaba que todo estaba bien, se despedía hasta la próxima.

Las últimas semanas, ya en Bogotá, las aprovechamos para llevarte a un hospital estadounidense donde un chequeo completo certificaría que estabas sana, para las revisiones ginecológicas de tu madre en la clínica de su amiga Bertha, para registrarte en el consulado con tu nuevo nombre y, entre otras cosas, para sacarte el pasaporte español.

—Te dije que no se me iba a notar nada la tripa. ¿Te lo dije o no?

—No. Si el que parece embarazado soy yo. ¿Tú has probado cómo estaba el sancocho? ¿Y la mazamorra esta?

—Trae a ver.

Y reíamos. Y tú te mostrabas contenta y plena. Y dejábamos que eligieses lo que te diera la gana. Y probabas y dabas a probar. Y a pesar de todo comías tímidamente y despacio, como ese césar que no sabe si le han puesto veneno o no.

Hay fotos de todos esos días, hija. Fotos que ya ni vemos. Que deben de andar por el trastero de Boadilla o en el fondo de algún armario.

De aquellos primeros meses de vida en común los tres, tu madre no olvidará nunca la mañana en que por fin te conocimos. Ibas con un vestido blanco nieve y una horquilla verde que te recogía el pelo hacia el lado izquierdo. Calzabas unos botines limpios pero gastados. Juntabas un poco las rodillas como cuando los niños tienen ganas de hacer pis.

Por boca de la trabajadora social que te daba la mano, escuchaste: Puedes darles un abrazo, mija, van a ser tus papás.

Y tú le soltaste la mano a la trabajadora social no sin antes mirarla, y diste tres pasos y nos abrazaste, pero no fuerte. Y debiste de sentir que aquel hombre y aquella mujer que estaban en cuclillas sí te abrazaban como cuando hay relámpagos enormes, o truenos muy fuertes, pero tú tienes a mano un peluche al que puedes estrujar.

De aquel primer tiempo contigo, yo en cambio recordaré para siempre cuando, juntos los dos en un banco del parque más cercano, llegada la hora de regresar a la casa alquilada, me preguntaste que si te iba a dejar allí.

Pero lo que ambos sellaríamos en nuestra memoria de un modo indeleble sería aquella vez en que te llevamos a la bañera, hija.

Han pasado cuatro días desde que aterrizamos en Manizales. Anochece. Han sido jornadas duras, llenas de emociones para todos. Al cansancio físico, hoy se añade el fogonazo emocional: por fin vamos a dormir juntos. Estamos en la estancia alquilada. Frente a la pantalla del televisor, tú ves unos dibujos animados con un tucán de peluche nuevecito entre los brazos.

Si te preguntamos cuántos años tienes, todavía mueves la manita en un ademán demasiado infantil para tu edad (quién sabe si para agradar) y la haces girar. Y contestas que cinco.

Es la hora del baño. Te desvestimos. Llenamos la bañera hasta arriba de espuma. Echamos cuatro muñecos de goma que estrenamos ese día. Se nos ve nerviosos a los tres. Tú tocas el agua desconfiada, miras a tus nuevos padres, entonces te metes dentro y te quedas de pie. No sueltas el brazo de la madre.

Luego vas agachándote poco a poco, con cuidado, muy despacio, como si el agua caliente albergase pirañas en el fondo. La sintonía de los dibujos animados que ya nadie ve suena al otro lado de la pared. Acaba de empezar otro capítulo. Podemos verte en tu desnudez.

Tu madre se imagina un pasado que no conoce, que solo ha leído en un informe escrito con lenguaje aséptico y pericial, y disimula el dolor lo mismo que yo disimulo mi rabia.

—No puede ser —dice tu madre. Porque sabe qué es.

Es casi inapreciable, pero sabemos lo que significa eso que vemos: tienes más marcas que años.

FIN

* * *

He apagado el ordenador.

Así sería la novela si la escribiera yo.

En la nueva revelación de la novela negra de mi editorial, Clarence (la protagonista de ficción) se vengaba de un padrastro abusador y, casi al final de la obra, descubría lo peor de todo: que esa madre que supuestamente ignoraba lo sucedido, que esa madre aliada y confidente que le ayudó a envenenar al padrastro, fue quien abusó de ella y no él.

Inés no es Clarence.

Inés no tenía padre ni madre conocidos, sino tíos.

Inés no puede arrancarse las páginas de Leidi Yoana y arrojarlas al fuego.

12

INÉS

No conozco muy bien mi historia: tengo recuerdos vagos, regresiones (las llaman), regresiones que no me hacen bien, momentos en los que se me aparecen imágenes confusas de mi pasado y que no logro pillar del todo.

O sí, pero me han explicado que el cerebro funciona como un poli y me dice que no, me prohíbe el paso a esa puerta cerrada, me ordena que no siga por ahí, que lo deje ya, chavala.

—Déjalo ya, chavala —me digo.

En fin, comeduras de tarro.

Hoy me he levantado de la cama tarde, es sábado, ayer acabé los parciales, estoy sola en casa, mamá se ha ido a pasar el día entero a Aranjuez con unas amigas y papá está de viaje por otra feria del libro.

Deambulo en pijama por el salón. Divago. Enciendo la tele. Miro un rato el móvil. Lo dejo. Trato de quedar con Marina, pero tiene cita con su nuevo novio. Las del balonmano lo mismo: se han buscado la vida. Abro la nevera, cojo leche desnatada, la cierro con la cadera, pongo el vaso en el microondas durante cuarenta y cinco segundos. Espero. Pienso cuarenta segundos, treinta, veinte… No tengo ningún plan a la vista.

Y justo cuando suena el clinc de la campana se me ocurre uno.

Voy a empezar a ver una serie.

Mi portátil está junto al de mi padre en la mesa del salón. Lo cojo y lo abro. No tiene batería. Siempre me pasa lo mismo: me olvido de apagarlo y el pobre se queda a cero.

Busco el cargador un rato y no lo encuentro por ninguna parte. Así que abro el ordenador de mi padre, que permanece enchufado porque él es un hombre previsor y yo no.

En el salvapantallas tiene una foto donde estamos los cuatro muy felices en la playa. Sé la clave porque un día necesité su portátil por el mismo motivo que hoy: son las iniciales de los cuatro. RICJ.

Escribo RICJ y le doy a Enter.

Otra foto nada más entrar. Esta vez es una borrosa en blanco y negro. El tío Paco, de cuerpo entero y pisando un balón de reglamento, mirando a la cámara con un ojo guiñado porque debe de molestarle el sol.

Busco el icono de Netflix, que está justo en la rodilla izquierda de mi tío. Pero antes me pongo a recorrer las partes de su cuerpo. El pobre tiene encima iconitos con documentos de trabajo de mi padre que lo hacen muy gracioso. La pelota, los brazos en jarras, las piernas enclenques... Encima de la cabeza, un archivo llamado «Novedades 2019». En mitad de la tripa, uno que dice «Fotos verano». En la rodilla derecha, una carpeta donde pone «Escritos varios».

«Escritos varios».

Y no sé muy bien por qué pincho.

Quería ver una serie, no ponerme a leer.

Dentro de «Escritos varios», hay decenas de archivos por orden alfabético. Miro por la letra I y no veo nada que ponga Inés. Busco por la C de Clara y me hace gracia que haya un archivo que se llame Clarence.

Clarence, que suena casi igual que Clara.

Clarence, que suena a exótico.

Clarence, Clara, como un imán.

Hago doble clic.

Y empiezo a leer.

La primera frase dice así: «Cómo sería nuestra novela negra si la escribiera yo, hija».

* * *

Hay veces en que lees la palabra fin y no significa fin. Sino justo lo contrario: el principio de algo.

Acabo de leer el texto llamado Clarence y me sudan mucho las manos. Siento que me falta el aire. Estoy un poco mareada. Noto el corazón como si se me fuera a descarrilar.

Me levanto de la silla y me pongo a dar vueltas. Adelante y atrás. A un lado y a otro. Respirando hondo. Pensando en lo que acabo de leer. Siento ganas de gritar, pero mi cabeza me dice que controle, que no la líe, que aproveche ahora que estoy sola en casa.

Solo puedo hacer una cosa.

Buscar. Buscarme. Revolver con cuidado entre los papeles y carpetas de papá y mamá para ver si encuentro eso que habla de mí. Mirar en el armario, comprobar si hay algo en el fondo de los cajones, en todos los huecos. Igual que cuando en una película alguien muy desesperado busca un antídoto cajón por cajón, igual que cuando buscas un mapa que te ayude a salir de un sitio que tiembla, que empieza a rugir como si hubiese despertado un volcán, que amenaza con venirse abajo.

«Ojalá no hubiésemos adoptado a Inés».

—Busca —me digo—. Busca por todas partes. Tienes todo el día.

Me lleva varias horas hacerlo, pero lo hago sin que se me pase nada. Primero una habitación, hasta el fondo. Luego otra, hasta el último rincón. Una tercera, centímetro a centímetro. Dormitorios, cuarto de estar, salón, sótano, buhardilla, cocina... Encuentro archivos con anillas más o menos a mano donde mamá ha escrito en la cubierta «Documentos casa», o «Revisiones médicas», o «Facturas Javier», o «Hacienda», o «Notas niños». En los sitios más raros, hay otras carpetas donde se lee «Instrucciones electrodomésticos/Etc.», «Hospital no tirar», «Colegio», «Papeles banco», «Ejercicio 2019». Hay imágenes impresas en papel sin clasificar, radiografías, carpetas donde no pone nada y que incluso están vacías, otras llenas de entradas a conciertos o a exposiciones, planos de Londres, de Viena, de Estambul, de las Galápagos.

Todo lo miro y lo dejo en su sitio una vez revisado. Tengo el día entero para hacerlo. Papel a papel. Sobre a sobre. Folio a folio. Se me va a salir el corazón del pecho. Cómo sudo. Voy a beber más agua.

En el trastero (ya voy por el trastero) hay una caja de cartón muy arriba. Tengo que subirme a un taburete para bajarla de la estantería metálica. La dejo en el suelo. Me siento al lado. Buceo despacio. Voy sacando todo y descartando.

Está llena de fotos viejas y de objetos antiguos. Me quedo embobada con cualquier cosa: un posavasos irlandés, una caricatura de mi madre que no se parece en nada a mi madre, diplomas y medallas por logros muy pequeños, dibujos infantiles de Roberto y míos, un trofeo de ajedrez de mi hermano lleno de polvo. Entonces lo veo allí abajo: en la carpeta que acabo de coger, pone «Expediente niña».

Siento que algo me coge por la garganta y aprieta.

Abro.

Comienzo a leer.

Cierro la carpeta de golpe.

Lo he encontrado.

Estoy nerviosa. Me puede la impaciencia. Pero como quedan muchas horas para que mis padres regresen, subo a la casa para ver con buena luz, sentada, bien. Porque es un informe bastante grueso.

Con la carpeta bajo el brazo, me dirijo a la cocina y me pongo otro vaso de agua. Lo bebo de un trago. Me pongo otro. Hago lo mismo. Igual que si tuviera un incendio en las tripas. Me siento y leo. Cosas que sabía. Otras que estoy a punto de conocer.

Que nací en un asentamiento no demasiado lejos de Manizales.

Que pesé 2,300 kilogramos.

Que mi padre se llamaba Ramón y que mi madre se llamaba Luciana.

Que mi madre me parió con treinta y dos años.

Que yo fui la séptima de siete hijos con cinco parejas distintas.

Que mi madre trabajaba como prostituta en la calle de las Guapas (se adjunta entrevista y declaración de la madre en el momento de la renuncia).

Que yo terminé en una casa hogar cuando mi madre no pudo más y que me acabó entregando a los servicios sociales (se adjunta informe de evaluación).

Que en la casa hogar estuve dos años y que luego se quedaron conmigo mi tía, la hermana de mi madre, y su pareja. «Por el interés superior de la menor».

Que aquella niña que aparece en los papeles (o sea yo) presentaba lesiones compatibles con episodios de agresiones sexuales muy específicas y malos tratos en general (se adjunta exploración médica detallada).

Todo eso leo y mucho más en el expediente de setenta y siete páginas que está a nombre de Leidi Yoana Restrepo Bedoya.

Leo y recuerdo.

Recuerdo y sigo leyendo.

Setenta y siete páginas de mi vida, condensadas como uno de esos zumos de piña que compra mamá.

Detalles biográficos.

Cosas del juzgado.

Informes médicos y psicológicos.

Papeles del registro.

Partes de lesiones.

Fotos.

Testimonios.

La declaración de adoptabilidad (pone).

Valoraciones de los técnicos de servicios sociales (leo).

El certificado de idoneidad de Javier y Celia.

Todo.

Diecisiete años después de mi nacimiento, hojeo el informe temblando. Lo hago a más de ocho mil kilómetros del lugar donde nací, paso las hojas grapadas, no doy abasto a digerir lo que tengo delante. Y desearía no saber leer, que en el mundo se hubiese prohibido la escritura.

Me levanto. No sé a dónde ir. Me muevo por la cocina en círculo como un oso del zoo. Me hago muy pequeña mientras apoyo la espalda en la pared. Me voy dejando caer hasta terminar sentada en el suelo.

Y llamo a mi madre una y otra vez.

—¿Mamá…?

Una y otra vez.

—¿Mamá…?

Una y otra vez.

—¿Mamá…?

Y lloro como nunca antes lo había hecho.

Como más o menos lo hace un bebé al venir al mundo.

13
LOS INCOMPRENDIDOS

Hace casi tres años que mi hija Inés conoció su verdadera historia y empezó a pegar las piezas de aquel jarrón que le destrozaron los otros. Ese que tampoco supimos ayudarle a pegar en casa.

Tres años en los que han cambiado muchas cosas.

Ha cambiado el mundo entero, el modo de relacionarse, algunas certezas planetarias que todos dábamos por garantizadas y que tienen que ver con la seguridad, con la enfermedad, con la guerra, con el miedo a los demás. Siempre ese miedo.

Hemos cambiado Celia y yo, que durante el confinamiento decidimos desconfinarnos como nunca habíamos hecho hasta entonces, abrir las cajas delante de ella, posar los dedos encima de lo escrito hasta ahora y releer delante de un texto en braille, en un idioma nuevo y difícil, porque ciegos estábamos a causa del miedo.

Ha cambiado sobre todo nuestra hija.

Veinte años tiene ya.

Si he de ser honesto, creo que ha sido cosa del tiempo. El tiempo, ese controlador aéreo que ordena el tráfico y evita que nos estrellemos. Algo que no te crees cuando te faltan años, pero que sí sabes cuando vas acumulándolos: volverás a sonreír, aunque se te haya muerto un hijo y te sientas culpable al hacerlo; volverás a querer a alguien, aunque lo que más quieras te deje de querer; encajarás tus piezas, aunque a los dieciséis no le veas solución al jeroglífico. El tiempo, digo, ese señor de gris con trastorno obsesivo compulsivo que todo lo pone en su sitio.

Hace no mucho regresamos a Pirineos para repetir aquel viaje. Fue idea de Inés. Nada más escuchar su propuesta, sentí un golpe de calor en el pecho, me negué, nos pareció una idea morbosa, una forma de abrir heridas ahora que las habíamos cerrado.

Pero luego, después de escuchar las razones que nos dio con una madurez asombrosa, comprendimos que era todo lo contrario.

Dijo: Él dejó un libro a medio leer, ¿no?, estaría bien acabarlo juntos, sin culpas, papá.

Así que un sábado madrugamos y nos fuimos hasta Jaca en el Nissan. Era un día soleado del comienzo del verano. Nos alojamos en el mismo hotel, desayunamos con calma, hablamos de los platos hasta arriba que se ponían en el bufé. Paseamos los tres un rato por el camino aquel. Charlamos de cómo subió a su hermano a caballito, de la nieve que había entonces, del muñeco al que le arrancaron la cabeza, de la Nikon rota, de cómo más adelante ella orinó de pie y Roberto, entre risas, lo hizo en cuclillas. A ratos callábamos y escuchábamos las pisadas de los otros. No quisimos llegar hasta la casa de montaña. Dimos la vuelta a medio camino. Por la tarde, hicimos algo de turismo en el pueblo. Hubo un momento en que Inés nos dijo: Esperad; y regresó con un regalo dentro de una bolsa a los diez minutos. Le preguntamos qué había comprado y nos contestó que era una sorpresa. Cenamos ligero y nos acostamos en paz. Al día siguiente, de regreso, fuimos a hacer lo que habíamos venido a hacer. Conduje despacio y con las ventanillas abiertas. Hay tramos de carretera que nunca se olvidan, aunque hayas pasado por ellos una sola vez: allí estaba el nuestro. Paré el coche en el arcén. No pasaba ni un alma. Bajamos y caminamos diez metros hacia el árbol donde todo terminó y empezó, como si fuera un altar en vez de un enorme pino. Celia acercó la mano al tronco muy despacio, igual que si fuera a quemar. Después lo acarició. Lo acarició lo mismo que si el tronco fuera un gato o estuviese preñado de un hijo.

Entonces Inés fue al coche, rebuscó en el bolso de su madre, vino con una barra de labios y pintó IxR en la corteza. A los pies del pino centenario, bajo una piedra, dejó el libro que había comprado: *Regreso al Reino de la Fantasía*, de Gerónimo Stilton.

—Para que leas, enano. Tu libro.

Hablamos. Cada uno le contó su historia al otro. Inés lloró como hacía tiempo que no lo hacía delante de nosotros.

Hemos hablado mucho. Muchísimo. Como si tuviéramos hambre de decir. Como espitas abiertas. Hasta inundarlo todo de palabras. Como si de repente hubiese despertado un volcán que llevaba una infinidad durmiendo y todos necesitásemos del magma del otro.

Hemos charlado hasta las tantas. En el desayuno. En la comida. En la cena. Paseando. Cocinando. Inés se venía a la cama, se sentaba en el medio, traía fotos, nos pedía que le contáramos. Y Celia le contaba, y se explicaba, y contestaba a lo mismo cinco veces si hacía falta. Y entonces parecía que la madre tenía veinte años menos y la hija veinte más.

Cuando Inés era pequeña, jugábamos a imaginar qué superpoderes nos gustaría tener. Yo siempre decía que el de ser invisible o el de volar. Ahora me doy cuenta de que el superpoder perfecto habría sido el de leer la mente. La suya. Haber estado dentro de su cabeza, a su lado, comprendiéndola, contemplando de cerca su rabia y su desconcierto y viendo que no eran tan distintos de mi pena.

Tener el superpoder de leer la mente del hijo o de la hija adolescente con todo el peligro que eso conlleva. Leer que te odian y que al rato ya no, leer que no te cuentan algo porque sospechan que no les vas a entender, leer que por nada del mundo quieren que te mueras, aunque escuches ojalá te mueras, leer que les pareces alguien ridículo e injusto y muy poco ejemplar y al rato se sienten orgullosos de ti, aunque jamás te lo vayan a decir. Tener ese superpoder, aunque a ti te destruya.

Nuestra historia no es la de unos padres con una hija adoptada que sufrió abusos, no. Eso sería coger el todo por la parte. Nuestra historia es la historia de unos padres con una hija adolescente sin más. Solo que, si una chica de quince, dieciséis o diecisiete suele preguntarse quién soy, de dónde vengo o a dónde voy, Inés tenía sobrados motivos para preguntárselo más.

La adolescencia siempre será una edad de doloroso alumbramiento, una edad de abrir puertas que chirrían, de cerrarlas, de llamar con los nudillos y que no te abra nadie, de tirarlas abajo a patadas. Porque vas a tener que ser tú el que lo haga. Abrir, empujar, salir. Igual que un parto. Solo que en esa edad tú eres el que pares y también eres el parido. No hay otra: tienes que darte a luz a ti mismo.

Ahora sé que a Roberto no le maté yo, y menos Inés, que Roberto murió en un accidente y sigue vivo. Porque mi culpa no me va a devolver a mi hijo, pero puede arrasar con todo lo demás. No obstante, no hay ni un solo día de mi vida en que me despierte y no piense que aquello pudo no haber sucedido.

La culpa. La vieja culpa. Con ese nombre de perrita rusa. Crecemos con culpa. Inés pasó un tiempo pensando que la culpa fue de ella. Porque a lo peor consintió o propició. Porque no pidió auxilio. Porque no lograba recordar el horror.

Pueden quitarte una muela, extraerte un colmillo, matarte un nervio. Pero no existe dentista ni psicóloga que pueda arrancarte la culpa por más horas que permanezcas tumbado en el diván con la boca abierta, hablando con el foco encima, echando tu sangre y tus babas cada vez que contestas. Porque eso es lo que provoca la culpa en terapia: sangre y babas y olor a podrido y dolor y anestesia y ganas de escupir.

Las madres viven con el flemón de la culpa. Las madres casi siempre más que los padres, conozco a Celia.

Culpa de parirlos o de no parirlos. De no haberlos estimulado lo suficiente ya desde que estaban embarazadas (música clásica en el vientre abultado, yoga prenatal, comida sana durante la gestación) o de haberlos estimulado demasiado. De darles el biberón en vez del pecho.

Culpa de pasarte o de no llegar, de castigarles o de no hacerlo. De haber deseado el superpoder de volar o de no envejecer en vez del superpoder de leer la mente de tus hijos, como si eso fuera tan sencillo. Culpa de estar trabajando tantas horas o de que vean que su madre ha claudicado al fin en el mundo laboral reduciendo su jornada. Culpa de que el hijo sienta culpa o de que casi nunca la sienta. Culpa de dejarles hecha la comida (para que así tengan más tiempo de estudio) o de no hacérsela (para que aprendan).

Pero ¿quién les cocina a los cocineros?

¿Quién comprende a los que siempre tienen que tratar de comprender a los demás?

Tienes que comprender a tu hija y a sus amigas, su edad y sus circunstancias, su inseguridad y sus hormonas. Como madre o padre, te piden que comprendas sus miedos y sus excesos, sus constantes cambios de humor, el tobogán de los días pares y la montaña rusa de los impares. Debes hacerte cargo de su cansancio, de su despiste, de su inmadurez, de su enfado más que justificado, de su posición de inferioridad. Tienes que tragar, ceder, ponerte en su piel. Ahí fuera te demandan que entiendas sus cagadas, su tono imperativo, sus silencios, su egoísmo, sus exclusivos dieciséis o sus irrepetibles diecisiete. Y lo haces, claro que lo haces, cómo no vas a hacerlo si es lo que más te importa. Tienes que comprenderlos, no ser tan aguafiestas, apartarte cuando toca, morderte la lengua, hacer como que no ves o no oyes en ocasiones, pasar de largo, estar cada vez que quieran hablar y callar cuando lo requieran, dar otra oportunidad. Tienes que comprenderlos. Conjugar el verbo solo en primera persona del singular o del plural. Yo comprendo. Nosotros comprendíamos. Yo comprendí. Nosotros hubiésemos comprendido. Yo había comprendido. Nosotros comprenderemos...

Pero quién te comprende a ti, ¿eh? ¿Quién comprende al comprendedor, a la comprendedora que se pasa la vida comprendiendo, invirtiendo tiempo y recursos y salud en la comprensión del otro, en su autorrealización, en su autoestima, en su felicidad?

Haciendo memoria hoy de mi edad adolescente, creo que entonces nunca llegué a plantearme si mis padres me comprendían o no, porque bastante tenían mis padres con que el mundo les comprendiera a ellos.

Yo trataba de comprender por qué mi padre se gastaba el dinero en el bingo. O teníamos que vivir seis con el olor a meado del abuelo Pedro en una casa que nunca saldría en *Falcon Crest*. Entendía por qué mi madre se puso a llorar aquel día en que se le rompió la Singer con la que nos arreglaba la ropa. Comprendía a mi hermano Paco cuando bajaba la persiana y se sentaba en el sofá, abatido después de venir de la heladería de Loli.

Entonces crecemos, empezamos a salir por el barrio, nos enamoramos, conseguimos un trabajo, formamos una familia, tenemos hijos. Y al poco de tenerlos comprobamos que, después de comprender a los padres en medio de sus silencios, ahora nos tocaba comprender a los hijos en medio de sus ruidos.

Pienso en Elena, en Valentín, en Paloma, en José, en Cristina, en Luis, en Carlos, en Trini, en Jorge, en Fernando, en Juan Luis, en Raquel, en Paco, en Mercedes, en Juana, en Vicente...

Somos esa generación errática que entonces dejaba el mejor sitio de la mesa para el padre y que ahora se lo deja al hijo. Eso somos.

Mi madre sacando las cajas del armario en diciembre para poner el belén. Esa imagen.

Mi madre como un dios menor que está a punto de crear el mundo en el mes de diciembre. Y mi hermana y yo dando saltos alrededor de ella, pidiendo por favor que nos dejara a nosotros hacerlo, Paco ya mirando de lejos, como sabiendo más. Yo procuraba que hubiera un orden en la composición, que hubiese perspectiva y proporcionalidad entre las figurillas, y Clara se ocupaba de cambiarlo todo entre risas: plantaba al mulo en el lecho del niño Jesús, emparejaba a Herodes con la Virgen María, colocaba a los Reyes Magos a pastorear las ovejas, cosas así. Y cuando yo volvía un poco enfadado a poner las cosas en su sitio, ella me decía que era un aburrido.

Eres el belén que tienes de niño, el que te toca en la vida. Un belén cuya calidad alcanzabas a comprender solo cuando lo comparabas con el de tus primos o algunos de tus compañeros de clase. Y entonces veías que donde en tu casa poníais un río de papel plata, ellos tenían agua de verdad; que donde vosotros teníais un castillo que era más pequeño que el centurión romano de la puerta (como si los romanos vivieran en castillos), ellos colocaban uno enorme con sus almenas y su puente levadizo con motor.

Había otros belenes mejores, casi todos lo eran en realidad. Pero tú hoy te sigues emocionando un poco cuando vas a casa de tu madre y la mujer (a la que un día ayudaste a montarlo junto a tu hermana, y luego sus nietos, y hoy ya nadie ayuda) sigue poniendo el suyo, como una empalizada contra el olvido, como un modo de mostrar lo que os unía. El belén.

Hoy somos figurillas de un belén que se parece mucho en todas las casas: un niño dios al que adoramos y todo lo demás girando alrededor. El oro, el incienso, la mirra, el teléfono móvil, la moto, la universidad privada.

¿De qué están hechas las figurillas? ¿De qué las estamos haciendo? ¿Quién comprende?

No sé si lo que pasó con Celia fue debido a la incomprensión. Creo que no fue por eso. Sino por el agotamiento. Celia y yo estuvimos a punto de separarnos, pero eso daría para otra novela generacional. Sucedió justo cuando habíamos pasado lo peor: una infidelidad, da igual de quién. Como si en ese viaje de años y de insomnios se nos hubiera ido mucha piel. Como si (llegado un momento) el acuerdo no escrito hubiese sido sostener el edificio juntos hasta que parase el movimiento sísmico, la escala Richter de Inés, para luego dejarlo caer con la hija a salvo, ya madura: más madura que nosotros.

Pero hablamos. Y seguimos. Y resistimos. Creo que también lo hacemos por la hija.

Clara (la figurilla indestructible de Clara) superó el cáncer de pecho, dejó a su novio como a Yul Brynner y sigue siendo la reina de las mollejas en el mercado de Federico Grases. Cuando se terminó el confinamiento y pudo viajar, lo primero que hizo fue llevarse a Inés a Vigo, las dos solas, cuatro días, en plan chicas, dijo. Estuvieron en el monte de O Castro, en el mercado da Pedra, en el casco vello de la ciudad, en Bouzas, comieron pulpo, vieron museos, sacaron unas entradas para ver al Celta en Balaídos sin conocer ni a un solo jugador. Pero en medio de ese trajín,

Clara ignoraba lo mejor que estaba a punto de depararle el destino: en una excursión a las islas Cíes, se encontró con Carlos Sobera. Inés recuerda el momento: cuenta que su tía dio tal gritito, hizo tal movimiento y se agarró de tal modo de su brazo que pensó que se había torcido un tobillo. La foto que les hizo después la tiene mi hermana enmarcada en el mercado, al lado del calendario de Casquería Clara. Sobera sonríe como siempre y mi hermana lo hace como nunca. Ahora no para de decir que es más bajito y más viejo de lo que parece en televisión y que mejor es su Víctor. Cada vez que ve esa foto con Sobera, al pescadero se le ponen ojos de besugo enamorado.

Ambrosio, mi padre, falleció durante la pandemia. Después de tres semanas ingresado, no pudimos ni despedirnos de él. Habría dado todo el dinero que tengo por poder hacerlo, cinco minutos, cinco nada más. Que escuchara de mi boca las palabras gracias y perdón. Decirle que si sus hijos somos lo que somos (sea poco o mucho), es gracias a él y a mamá, al valor que le echaba delante de los yonquis y de la policía, a su cabezonería en intentarlo una y otra vez, a su capacidad para no autocompadecerse ni trasladarnos sus miedos. Explicarle que jamás le juzgué por nada, que no tiene que sentir vergüenza por cosas que él presupone y yo siempre comprendí. Confesarle que, siempre que veo a un vendedor ambulante o una furgoneta abollada o a un hombre que se queja de las piernas, me digo: Ahí va mi padre, y sonrío, y a ese hombre le compro melones o tomates o patatas o berenjenas, aunque no los necesite. Solo para que me los pese en una romana.

Aurora, mi madre, vive sola en la casa de siempre y en diciembre sigue poniendo el belén. Es muy independiente, no se queja, camina con un bastón, juega a la brisca con dos vecinas, sigue cosiendo, se ha apuntado a gimnasia en el centro de mayores, maldigo el día en que tengamos que llevarla a una residencia, no sé si sabré despedirme en la puerta, mentirle: decirle que allí va a estar mucho mejor. Lo que más feliz le hace es que vayamos a verla. Pero vamos menos de lo que debiéramos: el trabajo, la distancia, la falta de tiempo. Cuando lo hacemos, nos pide por favor que nos llevemos unos túper de croquetas o unas rosquillas y le da una propina a Inés, que ya dice te quiero y eres la mejor abuela del mundo y qué guapa estás. Si le preguntas a mi madre, siempre te dice que muy, muy bien. Dos veces muy. Para que no haya dudas. Cuando pienso en mi madre, lo tengo más claro: la bondad siempre está muy cerca de la inteligencia.

Cada vez que veo una Nikon, o escucho cantar *In the Guetto* a Elvis Presley, o paso por un quiosco, u oigo la palabra *loco*, me acuerdo de mi hermano Paco. Y entonces pienso que los niños crecerían más seguros y felices con *locos* así a su lado, con un hombre que en los años ochenta te llevaba a descubrir el mundo cruzando un paso de cebra, abriendo un atlas o poniendo una aguja encima de un disco. Y que si ejemplar es aquel que te invita a una vida más hermosa y por lo tanto más digna, mi hermano esquizofrénico fue una persona ejemplar.

Paco murió como murió, no me gusta demasiado hablar de ello. Todavía siento que algo se me rompe por dentro cada vez que lo recuerdo y me veo allí, en pantalones cortos. De él conservo las chapas. Cierta aversión a las heladerías. Y sobre todo conservo su memoria. Su vieja cámara de fotos descansa en la cómoda del salón junto al último retrato en el que Roberto estaba vivo. Me habría encantado que se conocieran. También a Inés. Y que se los hubiera subido a los hombros. Que es lo mismo que llevarte a ver el mar.

Mis amigos siguen en Boadilla del Monte y yo, a medida que voy cumpliendo años, estoy pensando en comprar algo en Carabanchel Alto. Para alquilar, le digo a Celia. O para Inés, le miento. Porque lo que deseo cada vez con más fuerza es volver al principio, desescalar la montaña, regresar de algún modo al campamento base. Cada vez que quedamos los amigos, seguimos hablando de los hijos, pero nada que ver con aquellas conversaciones de cuando tenían los convulsos quince o los ingobernables diecisiete. Lo cierto es que el tiempo ha pulido todas las viejas aristas. Es como si se hubiese ido enfriando un metal maleable que estaba al rojo vivo y que hoy puedes tocar sin quemarte. Igual que si los hijos hubiesen hecho un exorcismo consigo mismos y echado los demonios fuera poco a poco. No todos los demonios, claro. Pero sí los más peligrosos. Porque vivir es convivir con tus demonios, aceptarlos de algún modo, saber que están ahí, pero que no tienen ni media hostia, darles un espacio en la mesa para luego no pasarles ni la sal, al enemigo ni agua.

Los amigos.

Cristina y Luis, los padres separados de Silvia, por ejemplo, tienen nueva pareja cada uno y se llevan bien entre los cuatro. Hablan sobre todo de lo que les une (su hija), se ayudan, incluso quedan, la última vez con nosotros. Pero eso es lo que menos importa aquí. Lo que más importa es que Silvia está terminando medicina, que es lo que ella soñaba. Aunque eso tampoco sea lo que importa:

lo que importa es que ya no sufre cuando no saca unas notas excelentes (la vida siempre poniéndote en tu sitio). Lo que importa es que ha suspendido dos —te dice orgullosa Cristina y añade—: Ha suspendido dos y la tía es más feliz que nadie en la vida.

Valentín y Elena, arquitecto él y analista financiera ella, por ejemplo, padres de Iván el Terrible. El mayor de tres hijos. El que se ponía hasta arriba. El que trapicheaba nada más y nada menos que en Las Rozas. Contra todo pronóstico (sobre todo, contra el pronóstico de Valentín: Manipulación de alimentos, sí, tocarse los huevos a dos manos, eso es lo que va a hacer), Iván acabó el grado de FP y ha empezado otro que me dijeron, pero que no recuerdo. El chaval vive con su novia (cinco años mayor y panadera) en un pueblo de la sierra y es un obseso de la bici de montaña. Tiene dos perros y combina los estudios con un trabajito parcial en el ayuntamiento. Le vimos hace poco en una fiesta que hicieron sus padres. Elena no hacía más que decirle que se tenía que quitar ese *piercing* de la ceja y él le contestaba sonriendo que se lo quitaba si ella dejaba de fumar... Cómo ha crecido ese chaval. Me refiero a cómo ha madurado. Simpático, muy sociable, muy sincero, todo lo contrario a lo que se temían. Se lo he dicho a Celia decenas de veces y ella opina lo mismo: de largo, es el más majo de los tres hijos, el más normal, el más independiente, el más cariñoso con sus padres. La vida.

Por ejemplo, Paloma y José, amigos de Carabanchel y propietarios de una peluquería. Madre y padre de mellizos: César el tranquilo y Álvaro el nervioso, Zipi y Zape. Hoy, mientras tomamos un vino, te cuentan que aquellos ataques de ira del segundo ya pasaron. Que tiene genio, claro, pero todo dentro de lo normal. Estuvo en terapia un tiempo hasta que la psicóloga les dijo que el chico no tenía ningún problema y que lo sentía, pero que había muchos chavales en lista de espera con problemas mayores. Así que se acabó la terapia. El hijo fue creciendo. Domándose. Controlándose mejor. Hasta que pasó algo: cuando José fue atropellado en el paso de cebra y estuvo a punto de morir, Álvaro creció de golpe. Como si el hecho de haber nacido un instante antes que su hermano le diera los galones del mayor. Paloma cuenta emocionada que una vez que volvió de dormir en el hospital, al mes o así, se encontró la casa entera hecha y los baños limpios y una nota en la nevera. Al verla de lejos, pensó que era de César, pero qué va: era de Álvaro. Ponía: «Te digo lo que tú me decías a mí. Si ves solo nubes, tendrás solo nubes. Un beso, jabata». Y firmaba A. Como si le diera vergüenza mostrarse más. La madre conserva aquella nota en la carpeta de las cosas importantes. Te repite la frase como si le hubiese escrito te quiero o te amo o no puedo vivir sin ti. Y no es para menos después de lo que fue su adolescencia. Hoy, Álvaro no es el tipo más empático del mundo, ni el mejor conversador, ni el más expresivo, pero ya no salta como un resorte. Por cierto, César lleva muy bien la ingeniería, pero apenas te hablan de ello, porque yo sé que están más orgullosos del camino empinado de Álvaro. Quiere ser psicólogo, me dice José muy feliz, y traga saliva.

Las figurillas.

Las más pequeñas, las más frágiles, las que creíamos que podían romperse con un solo golpe y ya no.

Marina se ha ido a Valencia a buscarse la vida, pero continúa siendo la mejor amiga de mi hija. Mencía superó la anorexia y ha empezado a trabajar en la empresa de su padre, me dice Inés. Loreto sigue saliendo con Hernán y estudia telecomunicaciones. Jimena regresó de Estados Unidos con las tetas mudadas y al poco se mudó con su familia a Pozuelo.

Y luego está lo de nuestra Inés —permítanme que insista con Inés, déjenme que les cuente, que saque pecho yo también—, porque ninguna forma de estar orgulloso a lo largo de una vida se acerca al orgullo que te procura una hija. Una hija que lo pasó mal, pero que termina bien, como nos gusta que ocurra en las películas y en los libros.

En tres años ha madurado muchísimo.

Estudia Filología Hispánica. Escribe mucho y lee más. No para en casa y eso es lo mejor que se puede decir de alguien que tiene veintiún años y que estuvo cuatro en una cueva. Escucha más que habla, y lo hace divinamente. Se lleva bien con su cuerpo y con las marcas de su cuerpo, y eso hace que se lleve bien con todo el mundo. No se te ocurra decirle que mi Atlético de Madrid es mejor que su Celta de Vigo. Ha vuelto al balonmano: el otro día me dedicó un gol, se partía de risa buscándome en la grada. Escucha una música que no comprendo, pero que hago esfuerzos por comprender. Su madre y yo pensamos que tiene novia, una chica estupenda de la facultad con la que casi siempre queda. En ocasiones, cuando bromea, me llama lechuguino. O cagón. Cada vez se parece más a su tía y eso es hermoso porque es la mujer más libre que conozco.

Alguna mañana de sábado, cuando no ha trasnochado demasiado, salimos a correr por el parque hasta el lago. Media hora nada más. En el comienzo, muy despacio. Luego ya no. Siempre rompe el hielo diciendo: Bueno y tú qué. Y yo al principio hablo, pero luego ya no. Sé que me quiere porque me espera, porque se adapta a mi ritmo, porque me dice estás acabado, papá, o vaya pintas que me llevas, y ella habla y habla llena de vida mientras corre y yo nada más que asiento porque no tengo resuello para decir ni una palabra.

Si algo estuvo roto alguna vez (y lo estuvo), creo que aquello ya está sellado. Cuando pienso en su infancia remota, me hago cargo de su inmenso valor, de su altura. Perdonó nuestro silencio. Se hizo cargo de nuestro miedo a que aquello le hiciera daño. Nos comprendió. Falta una sola cosa.

Después del viaje a Pirineos, nos ha dicho que le queda otro viaje por hacer. Sin nosotros. A Manizales, Colombia. Quién sabe si a la calle de las Guapas. Su madre le dice que es una idea fantástica, y también le dice cogiéndole la cara con las dos manos que está muy orgullosa de ella.

A veces, cuando voy por la calle y veo a un adolescente hacerle un gesto airado a su madre, o cuando observo en el autobús cómo un padre trata de conversar con su hija y esa hija calla, me pregunto quiénes son en realidad los incomprendidos.

Y respiro aliviado porque esa respuesta ya no me atañe. Pero quizás sí le concierna a mi hija (quién sabe) en diez o quince años, si es que acaso es madre. Y entonces se fijará en su historia y su memoria le ayudará lo mismo que a mí me sirve la mía.

Ah, me olvidaba. El libro de Clarence no vendió nada: quinientos setenta y dos ejemplares de una tirada de cinco mil. Lo que queríamos que fuera no fue. No fue la revelación de la novela negra. No respondió a las expectativas, a veces sucede con los libros y con las personas. No saqué nada en claro de aquello.

O quizás sí.

Quizás descubrí que las mejores historias, las que más emocionan, las que más nos llegan, no son las que hablan de los otros en sitios lejanos, sino las que hablan de ti. Aquí mismo. Ahora. Y hacen que se te iluminen los ojos y quieras conocer el final.

Aprendí que a veces buscamos argumentos de ficción y los argumentos los tenemos en casa, historias que merecen la pena ser escritas y compartidas, pero que callamos para protegernos, historias anodinas vistas desde fuera, pero que, una vez leídas con detenimiento, te interpelan como un tamtam antiguo, historias nuestras secretas que creemos únicas y que tienen mucho más que ver con los otros de lo que imaginamos.

El libro de vida de Inés que muy pocos conocen cuando se sientan junto a ella en el metro, pongamos.

El libro de muerte de Roberto, que tiene un final u otro según quien lo escriba.

El libro de Celia.

Mi libro.

Esas páginas convulsas que, en un momento dado de la vida, nos hacen renegar y maldecir y desear no haber escrito nunca.

Pero que siempre, con el paso de los años, al menos acaban.

No necesariamente con una puesta de sol o con un paisaje idílico.

Sino con algo mucho mejor porque es más real: una hija adulta sentada junto a mí en un sofá viendo la televisión, los dos bajo una manta como cuando eras una niña, tu cabeza —por fin, aquí mismo, ahora, Inés— descansando en mi hombro.

14

A MODO DE EPÍLOGO: CLARA

Mi hermano se enrolla mucho. Seré breve.

Pasó hace ya tiempo, pero me sigo poniendo blandita al recordar aquel momentazo.

Después del disgusto que se llevó Inesita cuando leyó su expediente, me tocó ponerme borricota para que viniera a casa por sus dieciocho años.

Me soltó que no le apetecía mucho, que andaba con la regla, ya ves tú, que en cualquier caso había intentado montar algo con sus amigas ese día, pero que ninguna podía, hay que joderse, y que lo habían dejado para el sábado.

—Así que no te enfades, tía —me soltó la mico—, pero es que no tengo mi mejor día.

—Ni mejor día ni leches en vinagre de Módena —le dije—. O te vienes aquí esta tarde un rato a por tu regalo o le chivo a tus padres lo del viernes pasado.

Así que la jodía vino. Qué remedio.

—No hay quien se te resista —me dice a veces Víctor cuando estamos en la cama dándole. Y yo creo que el pendejo de él se refiere también a este tipo de cosas: cuando me pongo pesada, pesada, pesada, parezco una mosca alrededor de una mula. Una y otra vez, una y otra vez, hasta que la mula se aburre y gano yo.

Tocó el telefonillo puntual (a las nueve en punto a por tu regalo o me chivo de lo del sábado), mandé a todos callar y les dije que se encerraran en mi cuarto en silencio, la recibí en el pasillo, le di un abrazaco de supertía por delante y luego la agarré por detrás, para intentar levantarla en el aire, como cuando era pequeña, pero nada.

—Dieciocho años, cómo has crecido, maja.

Le pregunté si tomaba algo, me dijo que un vinito blanco como el mío, le pedí que se sentara en el sofá y que cerrara los ojos porque le iba a dar el regalo. Obedeció. A ver, qué remedio, la pobre.

—Ya puedes abrirlos.

Y al hacerlo, abrí yo también la puerta de mi dormitorio. Y de allí fueron saliendo y dando gritos como unos vitorinos Marina, Mencía, Jimena, Patricia, Loreto, su novio, Lucas, el equipo entero del balonmano, la hostia de gente que había allí dentro, felicitándola, que yo ni sé cómo me habían cabido todos en la habitación y en la terraza.

La lechuguina miró a su tía con cara de la madre que te parió.

—Tu regalo. —Cogí el bolso para irme como la guapa de *Los Ángeles de Charlie*—. Tienes la nevera enterita llena de bebida. Te dejo las llaves. Me voy con Víctor al parador de Gredos. Ea. Mi niña. Y, vosotros, los chicos del maíz, escuchad que os quiero decir una cosita: ¡En esta casa se mea sentado!

Se rieron y aplaudieron. Me abrazaron todos como si fuera Iniesta cuando el gol ese. Hubo quien dijo de mantearme, pero los techos de la casa son bajos y les dije che, che, che, che, respeto.

Lo último que oí fue cómo mola tu tía y de quién son estas bragas.

Volví. Las recogí muy digna del suelo. Las eché en la cesta del tendedero. Les dije otra vez, como para recordarlo y hacerme valer, que no olvidaran que en esta santa casa no se meaba de pie.

Entonces ya sí cerré la puerta.

Cuando meaba mi hermano Paco sí lo hacía de pie. Todos lo hacían de pie. Hasta yo un día de niña, por probar, lo que pasa es que el chorro me salió como un aspersor y mi madre vino luego con la zapatilla. Fin del experimento. Desde entonces, sentada como un Buda.

Cuando Paco orinaba, yo me iba al baño detrás y trataba de que me dejara vérsela porque siempre he sido muy curiosa y en esa época no se enseñaba nada de nada, no era como ahora, que la gente anda en pelotas por casa igual que gorilas.

Él se ponía de espaldas y se bajaba la cremallera, y yo trataba de asomarme. Lo que pasaba es que me cerraba el paso moviendo el culo, a derecha, a izquierda, llamándome pesada entre risas, hasta que terminaba, tiraba de la cadena, aquello quedaba perdidito de gotas y yo me quedaba sin saber cómo la tenía un adolescente.

Los que no han tenido un hermano Paco en su vida no saben el miedo que da cuando te paras a pensar que Paco de crío era normal y que todos, por lo tanto, podemos acabar un día como él.

Un día estás tan requetebién a los quince, moviendo el culo en el baño para que tu hermana no te vea la chorra, y al día siguiente te empiezas a agobiar con lo que sea, te obsesionas con tu agobio, ese agobio que no controlas te acaba poniendo triste, y al final esa tristeza no tienes manera de sacártela de encima ni con un estropajo nanas y acaba siendo otra cosa peor. Igual que el hongo ese que le sale a los rosales. Así vas enfermando. Lo mismo que Paco en la cabeza: arañitas rojas, manchas en las hojas que se secan por mucho que riegues, una plaga, llámalo esquizofrenia o putadón.

Creo que si no le contaron a la niña lo de los abusos, que, afortunadamente, no recordaba, fue porque tenían miedo de que aquello se desparramara, imagino. Miedo de que la hija se volviera loca como el tío al que nunca conoció. Creo que si mi hermano el Cagón no se atrevió a darle el expediente, fue justo por eso. Y que mi cuñada (que venía de una familia bien) se dejó arrastrar por mi hermano porque también había oído hablar del suicidio de su cuñado. Y solo con pensar en sacarle ese tema a la hija después de una peli de Disney o delante de una fuente de palomitas, les debía de dar un mal rollo de pelotas.

A mí tampoco me contaron aquella parte del expediente que luego saltó por los aires, yo tampoco supe. Muchas veces me pregunto qué habría hecho si lo hubiera sabido: si me habría atrevido a contarle algo así mirando a Inés a la cara o habría preferido callar; si me habría comportado como una madre a secas o como una tía única.

Luego vino lo de Roberto, claro. Esa cosa tremenda y absurda de que muera un chaval de ocho años. Y eso sí que no se pudo esconder. Y ese miedo de volvernos majaras perdidos ya sí que nos acojonó a todos. Incluida a mí. Al abuelo Ambrosio. A la abuela Aurora. Como si la genética tuviera que ver, que va a ser que sí tiene que ver. En esto y en todo.

Pero yo no tengo hijos, así que tú, chitón, Clarita, me dicen a veces.

Aunque no me da la real gana. Que no, que no, que no. Porque si algo bueno tengo, es que no me sale de ahí callarme.

Porque las tías también tenemos derechos y creo que en el fondo todos los hijos y las hijas adolescentes son adoptados. Me refiero a que son ellos, propiamente ellos, por mucho que tengan ADN Pérez o Gutiérrez. Que los puede haber parido una madre o haberlos engendrado un padre con eso de la semillita que nos decían, pero que cada coche de choque va a su bola y aquí arriba, en el perolo, pilota un conductor diferente.

Por eso todos los hijos adolescentes son adoptados.

Porque parece que todos vienen desde muy lejos y acaban de aterrizar, porque tienen poco que ver contigo, porque buscan algo que tienen delante y ni ven, porque están hechos un lío lleno de nudos lo mismo que todos.

No soporto esa palabra de adoptado. Como si fuera mayonesa *light* o cerveza sin alcohol. Son hijos a secas, joder. Hijos y ya.

Tampoco soporto la palabra tumor.

Cada vez que oigo la palabra tumor, me acuerdo del lechuguino de mi hermano. Tumor o cáncer es eso que no explicas a los demás, Javi, eso que dejas que se te haga grande dentro como te ha pasado a ti, cada vez más grande, pero que te podrías haber ahorrado si te lo hubieras sacado al principio, cuando el bulto era chiquitito.

Hablad, que habláis poco.

Relajaos un poquito, chicos, que nada es tan importante.

No me seáis cansinos con lo de la culpa, madre del amor hermoso.

Dadles tiempo, como hacía papá con los tomates.

Tú, chitón, Clarita, que no tienes hijos.

Y una mierda como una plaza de toros de grande. Como si solo pudieran hablar de las cagadas de los perros los que tienen uno.

A Inesita la tengo calada lo mismo que al Pesca: solo con verle los ojos ya sé si viene con buenas intenciones o lo único que quiere es mi cuerpo serrano de calendario de camionero.

Los ojos de la lechuguina. Qué ojos tiene hoy la jodía. Como para que la cojan de anuncio en la óptica Caño que hay en Nuestra Señora de Fátima, la Virgen.

Los ojos de mi sobrina Inesita tienen otro brillo ahora. No son esos ojos de lubina que me puso un tiempo cuando descubrió lo suyo (sé que eran de lubina porque los veo todos los días en el puesto del Pesca). Son ojos de niña de veintiuno, Inesita, ojos de que te suda el pepe todo y de que pasaste lo peor, quién pillara esos años, veinte, veintiuno, veintidós.

El otro día fuimos todos a la piscina de mi urba porque la que cumplía fui yo. Ni se piensen que voy a decir los años, ja. Vinieron tres o cuatro amigas, el Tomi, Javi, Celia, la niña, mi madre, aunque no se bañe ya... Estrenamos juntos la barbacoa de obra que se me emperejiló hacer este curso que me ha tocado ser presidenta. Lo dije. Que no me hubieran votado. Ahora que arreen.

Cuando Inés se quitó la ropa, llevaba el bañador debajo, me pidió que le diera crema, repasé sus marcas.

—Son mías —me dijo y sonrió.

Desde que se hizo mujer-mujer, fue la primera vez que no le importaba que la vieran así, completa.

Quién no tiene marcas, eh:

Las tiene el que no sabe vivir con ellas. Ese sí que las tiene.

Yo estaba allí ese otro día en que me da a mí que la chica, por fin, se las quitó todas.

Fue muy bonito, de verdad, creo que se lo he contado a Víctor veinte veces. Me refiero a lo del momentazo que comentaba al principio.

Seré breve, decía.

El fin de semana del cumpleaños número dieciocho de Inés (hace ya la torta, pero me acuerdo como si fuera ayer), mi hermano Javi y Celia, los pobres, le regalaron un lienzo exactamente igual a la fotografía aquella en la que su padre aparecía con Roberto cuando era un bebé. Solo que en el cuadro pintado ahora el bebé era oscurito y no clarito. Y tenía el pelo largo y negrísimo como Pocahontas. No me digas a quién se lo había encargado, pero le quedó fantástico.

No supo qué decir Inés.

Y lo dijo todo.

La niña se puso a hacer una piña con sus padres y la cabrita me dejó a mí fuera. Les pasó los brazos por encima de los hombros a los dos. Igual que si fueran a bailar un sirtaki, pero haciendo un círculo muy juntos. Cada vez cerrándose más. No podían ni hablar. Solo respiraban muy fuerte.

Si llega a ser un cine, allí todo el público se habría puesto a tirar de moquero, vaya que sí.

No sé quién lloraba más allí.

Yo lo hacía como una perra de contenta, igual que esas perras que se mean encima de la emoción cuando las acarician.

Siempre fue un copiotas mi hermano Javi. En la parte de abajo del cuadro, le había puesto eso que siempre me oye decir a mí: Inés del alma mía.

San Marcial del Vino (Zamora)
– Alocén (Guadalajara) – Carabanchel (Madrid)
13 de julio de 2022

AGRADECIMIENTOS

Este libro fue escrito gracias a la ayuda indispensable de mucha gente.

Gracias a Antonio Ferrandis, jefe de adopciones de la Comunidad de Madrid. Por sus apuntes sobre un personaje de ficción llamado Leidi Yoana.

A Fernando Gil, catedrático de toxicología de la Universidad de Granada, por aconsejarme el arsénico y explicarme los motivos.

A la psicóloga Mercedes Bermejo, por todas las claves que me dio aquella tarde.

A José Antonio López, oncólogo del Doce de Octubre, por sus matices sobre el cáncer.

A Mónica López, internista del Ramón y Cajal, por hacer lo propio sobre la reproducción asistida.

A Alejandra Meléndez, periodista colombiana, por afilar mis palabras.

De Javier Gomá está sacada la idea de que alguien ejemplar es aquel que te invita a una vida más hermosa y más digna.

A Indio Comas le debo otra referencia: él decía que la palabra duda sonaba como un nombre de perrita rusa. A mí se me ocurrió que la palabra culpa también.

Gracias musicales a Radio Clásica: la escuché muchísimo mientras escribía. Y gracias literarias a Emmanuel Carrère. No sabría decir por qué, pero este libro cambió cuando leí la frase «Yo maté a Nana» en *Una novela rusa*.

Gracias muy especiales a mi editora Miryam Galaz, por ser pesada, los ánimos, la confianza, su ojo. Ella ya sabe.

Gracias por todas sus aportaciones también a Fátima Casaseca, que me conoce bien a pesar de no habernos visto jamás, a pesar de no haber hablado ni una sola vez.

Gracias reverenciales a Pedro Rodríguez, maestro de boli rojo, rojo de boli maestro. Porque es una de las cuatro personas que me hizo amar los libros. Las otras tres son: mi abuela Isabel, mi hermana Ana y mi tío Agustín, que (sí) era una persona esquizofrénica, leía a Lorca, escuchaba a Elvis, subrayaba compulsivamente y me llevaba a los quioscos.

Gracias inagotables a Ana. Siempre. Después de escribir más de cuatrocientos mil caracteres, no tengo palabras.

Y gracias a todos esos amigos incomprendidos que siguen compartiendo sus vidas y sus dudas y sus miedos y sus insomnios. Porque se levantan cada mañana y, a pesar de todo y de todos, lo vuelven a intentar.

Otros títulos del autor en Booket: